dtv

Er ist ein rechter Schlawiner, dieser Max Barabander. Nach dem Tod seines Sohnes läßt er seine gramgebeugte Frau in Buenos Aires zurück. Zwar ist er in Amerika ein vermögender und angesehener Herr geworden, doch zieht es ihn zurück nach Warschau, in sein altes zwielichtiges Milieu. Ehe er sich's versieht, ist er wieder in allerhand dubiose Händel verstrickt – und in zahlreiche erotische Abenteuer. Zirele, der züchtigen Tochter des strengen Rabbi, verspricht er die Ehe. Gleichzeitig knüpft er zarte Bande zu Reizl Kork, der gewitzten und lüsternen Geliebten eines berüchtigten Ganoven aus der Warschauer Unterwelt. Als sei das noch nicht genug, treibt Max es auch noch mit Esther, der vernachlässigten Bäckersfrau, und mit der blutjungen Basche, einem ausgebeuteten Dienstmädchen. Durch immer neue Flunkereien versucht er sich aus seinem Schlamassel herauszuwinden. Doch so, wie er die Frauen benutzt, um seinen Komplexen zu entfliehen, versuchen die Frauen ihn zu benutzen, um ihren eigenen Leben zu entkommen.

Isaac Bashevis Singer, am 14. Juli 1904 in Polen geboren, emigrierte 1935 in die USA. 1978 wurde ihm für sein Gesamtwerk der Nobelpreis für Literatur verliehen. Er starb am 24. Juli 1991 in Miami.

Isaac Bashevis Singer

Max, der Schlawiner

Roman

Deutsch von Gertrud Baruch

Deutscher Taschenbuch Verlag

Ungekürzte Ausgabe
Oktober 2002
Deutscher Taschenbuch Verlag GmbH & Co. KG,
München
www.dtv.de
© 1991 Isaac Bashevis Singer
Titel der amerikanischen Originalausgabe:
›Scum‹
(Titel der jiddischen Originalfassung: ›Shoym‹)
(Farrar, Straus & Giroux, New York 1991)
© 1995 der deutschsprachigen Ausgabe:
Carl Hanser Verlag, München Wien
Umschlagkonzept: Balk & Brumshagen
Umschlagbild: ›He and She (The Sickness unto Death)‹ (1994)
von M.L. Kitaj (© M.L. Kitaj, mit freundlicher
Genehmigung von Marlborough Fine Art, London)
Gesetzt aus der New Baskerville
Satz: Fotosatz Amann, Aichstetten / Druckerei C.H. Beck, Nördlingen
Druck und Bindung:
Druckerei C.H. Beck, Nördlingen
Gedruckt auf säurefreiem, chlorfrei gebleichtem Papier
Printed in Germany · ISBN 3-423-13004-0

Fleisch und Korruption sind von Anfang an dagewesen und werden immer der Abschaum der Schöpfung bleiben, das Gegenteil von Gottes Weisheit, Gnade und Pracht. Die Menschen werden es irgendwie fertigbringen, auf der Oberfläche der Erde vorwärts und rückwärts zu kriechen, bis Gottes Bund mit ihnen ein Ende nimmt und der Name des Menschen für immer aus dem Buch des Lebens getilgt sein wird.

(Der Tod des Methusalem)

Die jiddische Zeitung, die Max Barabander an diesem Morgen kaufte, brachte die gleichen Nachrichten, die er in den New Yorker und Londoner Zeitungen gelesen hatte: Der Balkan sei ein Pulverfaß; Purischkewitsch, der berüchtigte Anstifter von Pogromen, und andere Mitglieder der Schwarzen Hundert seien eifrig damit beschäftigt, russische Juden auszurotten; die jüdischen Siedlungen in Palästina litten unter einer Dürre; in Argentinien machten die Bürokraten der Jüdischen Ansiedlungsbehörde den Baron-de-Hirsch-Siedlungen wieder einmal Schwierigkeiten; Kaiser Wilhelm habe in diplomatischen Kreisen wegen seiner Kriegsdrohungen erneut Verbitterung ausgelöst; und die Zionisten bereiteten einen neuen Kongreß vor. In der Nachrichtenkolumne mit der Überschrift »Die vier Enden der Erde« wurde von einer ägyptischen Bauersfrau berichtet, die Sechslinge zur Welt gebracht hatte – alles Totgeburten.

Max Barabander las die Zeitung, während er eine Käsesemmel aß und seinen Kaffee trank. »Sechs Kinder auf einen Schlag!« murmelte er. »Ob man sechs Gräber für sie aushebt oder sie vielleicht alle in einem einzigen Grab bestattet? Waren es Mädchen oder Knaben?«

Auf dem Schiff von Argentinien nach England und auch später in Frankreich und Deutschland hatte er keine jiddische Zeitung auftreiben können. In Berlin hatte er sich eine deutsche Zeitung gekauft, doch in die-

ser Fremdsprache fehlte den Nachrichten die Würze. In jiddischer Sprache schien jede Lokalnachricht ihr eigenes Aroma zu haben: Ein Schuhmacher hatte ein Lotterielos gekauft, mit dem er – hätte er es nicht als Klosettpapier benützt – fünfundsiebzigtausend Rubel gewonnen hätte; in Australien war ein Schiff mit dreihundert Bräuten angekommen, alle von ihren Bräutigamen nach Photographien ausgewählt. Max nahm einen großen Schluck Kaffee. »Dreihundert Mädchen! Zum Teufel mit ihren verflixten kleinen Bauchnabeln! Das würde mir gefallen – ein Schiff mit lebendiger Ware!« Er spielte mit dem Gedanken. »Damit könnte ich im Handumdrehen eine Million Rubel verdienen.«
Er klopfte sich auf die Brusttasche, in der er sein Geld, seinen argentinischen Paß, seine Rückfahrkarte und sein mit Namen gespicktes Adreßbuch aufbewahrte. Er war selber ein Dieb gewesen und hatte eine Todesangst davor, bestohlen zu werden. Zur Beruhigung betastete er den Revolver in seiner Jackentasche.
Max Barabander war siebenundvierzig, sah aber jünger aus. Man hielt ihn oft für fünfunddreißig oder höchstens achtunddreißig. Er war groß, breitschultrig, blond, blauäugig, hatte ein eckiges Kinn, einen kurzen Hals und eine gerade Nase. Schon als Junge war er für seine Körperkraft bekannt gewesen. Wenn er mit der Faust auf einen Tisch schlug, spreizten sich dessen Beine wie die eines geschlachteten Tieres. Er hatte einmal gewettet, drei Dutzend Eier vertilgen und zwölf Flaschen Bier trinken zu können, und er hatte die Wette gewonnen. Was er alles mit Weibsbildern anstellen konnte, hätte ihm außer den betreffenden Frauen niemand geglaubt. Aber als er jetzt auf die Fünfzig zuging, geriet

er in Panik. Sein Haar wurde schütter, und die kahle Stelle ließ sich kaum mehr darunter verbergen.

Seit sein Sohn Arturo gestorben war, dachte Max ständig über den Tod nach. Wenn es passieren kann, daß ein Siebzehnjähriger über Kopfweh klagt und zehn Minuten später seinen letzten Atemzug tut, dann ist das Leben keinen Pappenstiel wert. Irgendwie hatte Max sich dazu gezwungen, diese Tragödie aus seinen Gedanken zu verdrängen, doch Rochelle, seine Frau, war halb verrückt geworden. Eigentlich hatte er ihretwegen diese Reise unternommen. Er hatte ihre an Wahnsinn grenzenden Ausbrüche nicht mehr ertragen können. Sie zwang ihn, Kaddisch für ihren Sohn zu sagen, zündete immer wieder Kerzen für Arturos Seelenheil an und spendete ständig Geld für Wohltätigkeitszwecke. Ihre Gallenkoliken wurden so schlimm, daß sie sich einer Operation unterziehen mußte. Max wollte sie nach Polen mitnehmen, weil die Ärzte ihm erklärt hatten, eine solche Reise könnte ihre Rettung sein, doch Rochelle hatte sich strikt geweigert. »Ich muß bei Arturo bleiben.«

In letzter Zeit hatte sich Max Barabander aus fast allen seinen schmutzigen Geschäften zurückgezogen. Er war sogar Mitbesitzer eines Theaters in Buenos Aires geworden. Zum richtigen Zeitpunkt hatte er Dutzende von Häusern und Grundstücken erworben, die ihm jetzt großen Profit einbrachten. Die neuen jüdischen Einwanderer, die gegen das »Unreine« zu Felde zogen, erlaubten sich nicht einmal, die Synagoge zu besuchen oder Grabstätten im Friedhof zu kaufen. Gleichwohl unterhielt Max gute Beziehungen zu den Gemeindevorständen und amtierte sogar als stellvertretender Direktor des Waisenhauses. Jahrelang hatte er ein achtbares Leben geführt und in seiner Ehe mit Rochelle Befriedigung gefunden. Bis zu Arturos tragischem Tod war Rochelle ein Vulkan, und er war ihr so hörig gewesen, daß es ihn nicht mehr nach anderen Frauen gelüstet hatte. Aber Arturos Tod hatte alles verändert: Rochelle war frigide geworden und ließ ihn nicht mehr an sich heran. Sie wollte sterben, redete ständig vom Tod und ließ sich von einem Steinmetz ihren eigenen Grabstein anfertigen. Zum ersten Mal, seit Max sie kannte, schickte sie ihn zu anderen Frauen. Er hatte versucht, ihrer Aufforderung nachzukommen, doch er konnte es nicht. Für ihn war diese Reise keine Geschäfts-, sondern eine Vergnügungsreise. Vielleicht würde ihn der Aufenthalt in Polen verjüngen.

Auf dem Schiff hatte er allerlei Geschichten über südamerikanische Zuhälter gehört, die Mädchen gewaltsam entführten und in Kutschen verschleppten, achtbare Frauen verkauften, sie der Prostitution auslieferten und sie zwangen, ein Leben in Schande zu führen. Aber er hatte über diese weithergeholten Geschichten gelacht. So etwas war vielleicht vor achtzig Jahren möglich gewesen, heutzutage bestimmt nicht mehr. Mädchen ließen sich doch jederzeit dazu bewegen, diesen Weg freiwillig einzuschlagen. Max wußte, daß er eigentlich nur nach Polen gekommen war, um sich eine Mätresse zuzulegen. Und er wußte auch, daß Rochelle nie mehr so werden würde wie früher. Wenn er ein Mann bleiben wollte, mußte er wieder Verlangen nach einer Frau verspüren, ein so heftiges Verlangen wie früher nach Rochelle.

Er hatte in Polen auch einige andere Dinge zu regeln. Vor Jahren hatte er seine Eltern in Roszkow zurückgelassen und ihnen nie eine Zeile geschrieben. Sie waren gestorben, ohne zu wissen, was aus ihm geworden war. Irgendwo in Polen hatte er einen Bruder, Salmon, und eine Schwester, Sore-Necke, ganz zu schweigen von Onkeln, Tanten, Vettern und Kusinen. Außerdem hatte er immer noch gute Freunde in Polen. Aber konnte er sich denn nach dreiundzwanzigjährigem Schweigen wieder bei Verwandten und Freunden blicken lassen? Und konnte er denn das Grab seiner Eltern besuchen, wenn er vielleicht an ihrem Tod schuld war?

Max trank seinen Kaffee aus und aß den Rest seiner Käsesemmel. Er war erst vor einer Stunde mit dem Schnellzug aus Berlin angekommen und hatte seine Koffer in der Gepäckaufbewahrung des Wiener Bahnhofs gelassen. Dann war er durch Warschau gelaufen, bis ins Grzybow-Viertel. Er kannte sich in der Stadt aus, hier hatte er gute und schlechte Zeiten erlebt. Er hatte sogar drei Monate im Powiak-Gefängnis gesessen, aber das war schon zwanzig Jahre her.

Damals war in Warschau die erste Pferdetrambahn verkehrt. Jetzt, im Jahre 1906, gab es hier elektrische Straßenbahnen, und hin und wieder fuhr ein Automobil vorbei. Er stellte fest, daß die Läden in der Marszalkowskastraße elegante Waren im Schaufenster hatten und daß die Frauen nicht weniger modisch gekleidet waren als die in Paris und Berlin. Die Straßen waren jetzt breiter, die Gebäude höher. Das jüdische Viertel hatte sich zwar weniger verändert, aber auch hier war etwas von der neuen Zeit, vom zwanzigsten Jahrhundert, zu spüren. Viele jüngere Männer hatten sich den Bart abrasiert und trugen Hüte und Anzüge. Junge jüdische Frauen hatten kurzärmelige Kleider an, die so geschnitten waren, daß man den nackten Hals sehen konnte. Als Max hier gelebt hatte, trugen alle jüdischen

Mädchen Umhängetücher, Hüte waren eine Seltenheit und Handtaschen unbekannt.

Die Zeitung annoncierte jetzt jiddische Theaterstücke, eine Dichterlesung in Hazomir, einen Liederabend mit dem Schneyer-Chor, eine Studentenversammlung im Vereinshaus. Es gab sogar Inserate von Ärzten, die sich erboten, Geschlechtskrankheiten und »Männerprobleme« zu kurieren.

»Jaja, die Welt hat einige Fortschritte gemacht«, murmelte Max. Wie sonderbar! Unter den Gästen im Café waren mehrere Mädchen, die an kleinen Tischen saßen, frühstückten und Zeitung lasen. »Was für Mädchen sind das bloß?« fragte er sich. In Argentinien sah man ein anständiges Mädchen niemals allein herumsitzen, schon gar nicht in einem Lokal. Allerdings machten die Fräuleins hier einen anständigen Eindruck. Nach ihrer Kleidung zu schließen, waren es vermutlich Fabrikarbeiterinnen oder Verkäuferinnen.

Im Ausland hatte Max Berichte über die Revolution gelesen, die 1905 in Rußland stattgefunden hatte; und über den Kampf zwischen der Unterwelt und den Arbeitern, genauer gesagt, den streikenden Arbeitern. Emigranten hatten allerlei Geschichten über den Blutsonntag mitgebracht, über die Bombe, die Boruch Schulman auf die Polizisten geschleudert hatte, über die Demonstrationen, die Streiks, die Massenverhaftungen. Und darüber, daß der Zar schließlich nachgegeben und erlaubt hatte, daß Rußland eine Nationalversammlung – die Duma – bekam. Ein Artikelschreiber hatte allerdings behauptet, alles sei noch genauso wie vorher: die Macht liege nach wie vor in den Händen der Schwarzen Hundert, und der alte Rasputin habe den Zaren, die Zarin und die Hofdamen hypnotisiert.

»Wohin soll ich jetzt gehen?« fragte sich Max. Er zog sein Adreßbuch heraus, blätterte darin und stieß auf die Eintragung »Hotel Bristol«. Er konnte sich noch an diesen Namen erinnern. Es hatte immer geheißen, daß dort Generäle und Kaufleute der Großhändlergilde abstiegen. Und wenn sich im Gefängnis jemand darüber beklagt hatte, daß sein Bett zu hart sei, hatten die Mithäftlinge jedesmal gewitzelt: »Morgen wirst du ins Hotel Bristol verlegt.« Und jetzt würde er, Max Barabander, dort wohnen.

Er ging hinaus, winkte eine Droschke herbei und ließ sich zum Wiener Bahnhof fahren. Dort holte er seine beiden Koffer ab und ließ sie von einem Lastenträger zu der wartenden Droschke bringen. Als er ihm zehn Kopeken gab, verbeugte sich der Mann vor ihm.

»Jaja, mit Geld in der Hand ist man Herr im Land«, sagte sich Max. »Den Ton gibt an, wer zahlen kann.«

Er lehnte den Kopf an die Seitenwand der Droschke und atmete tief. Jede Stadt hat ihren eigenen Geruch. Seine Nase konnte sich noch an den von Warschau erinnern: eine Mischung aus Fliederduft, Kloaken- und Teergestank, dem vom Wind herübergetragenen Duft der Wälder von Praga und einem namenlosen Etwas. Was den Straßenlärm betraf, so klangen das Gerassel der Trambahnen und das Rattern der Kutschenräder auf dem Kopfsteinpflaster jetzt anders als früher. Auf dem Marktplatz ging es noch immer sehr geräuschvoll zu, und nach wie vor waren die lauten Stimmen der Chederschüler zu hören, die den Pentateuch rezitierten. Die Droschke hielt vor dem Hotel Bristol, und ein Gepäckträger trug Max' Koffer die Marmorstufen hinauf.

»Ein Zimmer wie jedes andere«, murmelte Max und

betastete routiniert die Matratze. »Nicht schlecht. Hier fehlt bloß noch ein Weibsbild.« Er ließ sich in einem Sessel nieder und zündete sich eine Zigarette an. Dann zog er wieder sein Adreßbuch aus der Tasche. Irgendwo mußte man ja anfangen, und dann würde eine Bekanntschaft zur anderen führen.

»Was Rochelle jetzt wohl drüben in Argentinien macht? Hier in Polen ist Sommer, dort ist Winter. Wenn hier Nacht ist, ist dort Tag.« Meere, Flüsse und Länder trennten ihn jetzt von Rochelle, was aber verband ihn noch mit ihr? Nur Gedanken und Erinnerungen.

Auf seine Weise war Max ein Philosoph, der über alles mögliche nachgrübelte. Er glaubte nicht an den Pentateuch, war aber der Meinung, daß Gott im Talmud gegenwärtig sei. Jeder Mensch hat sein eigenes Schicksal. Aber weshalb? Warum braucht die Welt einen Kaiser Wilhelm, einen Purischkewitsch oder einen Mayer, genannt »der Blinde«? Der Freund, der Max empfohlen hatte, Mayer den Blinden aufzusuchen, hatte dessen Adresse nicht gewußt, ihm aber geraten, es in der Kneipe in der Krochmalnastraße zu versuchen. Mayer der Blinde war der Anführer der Rowdys dieser Gegend, eine Art Rabbi der Rabauken. Max hatte eigentlich nicht die Absicht, sich mit der Warschauer Unterwelt einzulassen. Weshalb sollte sich jemand, der bei klarem Verstand ist, in ein Krankenbett legen? Aber es konnte ja nichts schaden, sich einmal dort umzusehen. Er hatte früher in der Krochmalnastraße gewohnt und konnte sich noch gut an jene Kneipe erinnern.

Er sah auf seine goldene Uhr: Es war sieben Uhr abends, aber ihm kam es noch wie mitten am Tag vor. In Warschau sind die Sommertage länger als in Buenos

Aires oder New York: Es wird erst kurz vor zehn Uhr dunkel. Dieses Mal nahm Max keine Droschke, sondern ging zu Fuß. Zunächst ging er in die Gnojnastraße und sah sich dort um. Die gleichen Gerüche wie früher: Öl, Seife, Hering. Ein Pförtner mit einem Blechschild an der Mütze kehrte Pferdeäpfel auf. In den Läden standen langbärtige Juden herum, in langen Kaftanen und derben Stiefeln. »Warum schwitzen sie nicht?« fragte sich Max, der einen leichten Anzug trug und einen Strohhut aufgesetzt hatte.

Er bog in die Krochmalnastraße ein. Auf der einen Seite war ein hoher Zaun, auf der anderen ein fensterloses Gebäude. »Was ist das? Eine Fabrik? Ein Arsenal?« Er ging weiter bis zum Platz, dem berühmten Treffpunkt der Diebe, Schwindler, Zuhälter, Dirnen. Alles war noch genau wie früher. Kleine Jungen, die Mütze tief in die Stirn gezogen, standen grüppchenweise herum, redeten und tuschelten miteinander. Einige junge Burschen spielten Lotterie: Sie zogen Nummern aus einem Säckchen und kreiselten mit einem hölzernen Gockelhahn. Der Gewinn war eine *tschaste*, ein in Öl gebackenes, mit Schokoladenguß überzogenes Kleingebäck. Straßendirnen lungerten an den Toren herum, und Max musterte sie mit Kennerblick. Sie benützten kein Rouge, hatten sich aber allem Anschein nach die Wangen mit rotem Papier eingerieben. Sie trugen lose herabfallende Kleider, rote Strümpfe und gelbe Sandalen. Eine von ihnen war klein und rund wie ein Faß, eine andere hatte Pockennarben, eingefallene Wangen und eine pikkelige Stirn. »Wer so eine nimmt, muß wirklich auf dem letzten Loch pfeifen«, dachte Max. Hier roch es penetrant nach Rauch und Gebackenem, dazu stieg Max ein Gestank in die Nase, den er schon lange vergessen hatte.

Zwei junge Rowdys bemerkten ihn, blinzelten einander zu und schlenderten dann zu ihm hinüber. »Onkelchen, wo kommst du denn her?« fragte der eine.

»Ich bin nicht dein Onkel, also verschwinde!«

»Bist wohl ein großes Tier?«

»Ja! Hau ab, oder ich polier dir die Fresse!«

»Ein Grobian, was?«

Max hatte keine Angst vor solchem Pack, sah aber ein, daß es sinnlos war, sich auf eine Schlägerei einzulassen. Er drängte sich an den beiden vorbei und ging weiter.

»Nichts hat sich hier verändert«, dachte er. »Der gleiche Schmutz, die gleiche Armut.« Hökerinnen saßen auf dem Marktplatz und boten angefaultes Obst feil, Zwiebeln ohne Schale, angeknackste Eier (die sie »Knikkerle« nannten) und gestopfte Strümpfe. Alte Weiber, die – genau wie im tiefsten Winter – Umhängetücher und wattierte Kleidung trugen, riefen: »Heiße Kichererbsen! Bohnen! Kartoffelpuffer!«

»Ich schau mich bloß ein bißchen um, dann komme ich nie mehr hierher«, nahm sich Max vor. Als er bei Hausnummer 6 angelangt war, öffnete er die Tür zum Lokal und spähte hinein. Mehrere junge Männer saßen an Tischen und spielten Domino; ein paar andere teilten Spielkarten aus. Einige standen an der Theke und unterhielten sich mit einem kleinwüchsigen Mädchen, das unzählige Sommersprossen und volle Lippen hatte. Fliegen krochen auf den Kuchen und Gebäckstücken herum, die auf der Theke lagen. »Ob das hier wirklich das Stammlokal von Mayer dem Blinden ist?« fragte sich Max.

Jemand rief: »He, Freimaurer, mach die Tür zu!«

»Komm rein, aber paß auf!« frotzelte ihn ein Mädchen. Max wich zurück, schloß die Tür und schlenderte weiter: Er hatte nicht vor, sich an einem so heißen Tag in einem so stickigen Lokal aufzuhalten. Er ging bis zur Hausnummer 17, erkannte die Kneipe wieder und trat ein. Hier sah es viel ordentlicher aus. Der Fußboden war schwarz-weiß gefliest. Auf der Theke standen Platten mit Gänsebraten, Schüsseln mit Heringshäckerle und mit Kalbfleischsülze, Körbe mit Salzsemmeln und Teller mit Eierplätzchen. Ein stämmiger Kerl schenkte Faßbier ein. Männer und Frauen saßen an den Tischen, tranken, plauderten und schnabulierten Appetithäppchen. Max setzte sich an einen leeren Tisch und bestellte ein Bier.

»Bayerisches oder Awschane?« fragte der Schankkellner. Die Namen kamen Max bekannt vor, doch er wußte nicht mehr, was sie bedeuteten. Er lächelte.

»Einfach ein kaltes Bier.«

»Etwas dazu? Heringshäckerle? Gehackte Leber? Aufschnitt?«

Max überlegte. »Ich nehme Heringshäckerle mit Roggenbrot.«

Dann schaute er sich im Lokal um. Er, der in Armut geboren und aufgewachsen war, konnte Ärmlichkeit nicht ausstehen. Rochelle, der es ebenfalls schlechtgegangen war, hatte sich schnell an den Luxus gewöhnt und schöne Kleider, teure Möbel und kostbaren Schmuck geliebt. Sie hatte gern Spielkasinos besucht und ihn auf Reisen nach Rio de Janeiro und New York begleitet. Er selbst hatte nie richtig Spanisch gelernt, Rochelle dagegen sprach es fließend, und Arturo hatte Spanisch wie ein Einheimischer gesprochen. Sie hatten ihn in Schulen für Söhne wohlhabender Familien geschickt. Rochelle hatte sich überdies als gewiefte Geschäftsfrau erwiesen, und er hatte nie einen Handel abgeschlossen, ohne sich mit ihr zu beraten.

Aber die sieben guten Jahre waren zu Ende gegangen. Rochelle war jetzt eine gramgebeugte Frau, und Max, der Weiberheld, war impotent. In Paris hatte er sich die Gunst eines schönen Mädchens erkauft, mit dem er nach Deauville gereist und im besten Hotel abgestiegen war. Doch sobald sie ihn umarmte, war er in Schwermut verfallen und hatte sich so geekelt, daß er sich fast erbrochen hätte. Weder der Champagner noch ihre Verführungskünste hatten etwas genützt. Das gleiche war ihm in Berlin passiert und vorher auf dem Schiff. Er hatte Ärzte in Amerika und Europa konsultiert, und alle hatten das gleiche gesagt: die Nerven. Sie hatten ihm Wasserkuren verschrieben, warme Bäder und Medikamente, die so nutzlos waren wie das Schröpfen eines Leichnams. Und alle hatten ihm den gleichen Rat gegeben: Machen Sie eine lange Reise, vergessen Sie Ihr Mißgeschick, legen Sie sich neue Freunde und neue Interessen zu.

Der Kellner brachte einen Krug Bier, Brot mit Heringshäckerle, eine saure Gurke und – auf Kosten des Hauses – eine Schüssel mit gepfefferten Kichererbsen. Max wartete, bis der Schaum sich gesetzt hatte, dann trank er den halben Krug in einem Zug aus und mampfte den gehackten Hering. Die Eßlust war alles, was ihm geblieben war. Er betrank sich selten und mied die Saufbrüder mit ihrem leeren Geschwätz, ihren Prahlereien und ihrem Gewinsel. Er sagte sich oft, daß er trotz seiner siebenundvierzig Jahre im Grunde seines Herzens jung geblieben sei und noch die gleichen Wunschträume wie ein junger Bursche habe. Obwohl er reich war, scheffelte er in seinen Träumen immer noch Millionen, entdeckte er vergrabene Schätze, hofierte er Opernsängerinnen, Damen der Gesellschaft und Prinzessinnen, die sich in ihn verliebten, wurde er so reich wie Rothschild und gewährte dem Zaren von Rußland Darlehen und kaufte dem Sultan Palästina ab.

Max hatte einiges über Dr. Theodor Herzl gelesen, der an Herzschlag gestorben war, weil er es nicht geschafft hatte, Palästina zur Heimstatt des jüdischen Volkes zu machen. Jedes Jahr spendete Max einen Schekel für die Sache der Zionisten. Er plante sogar, auf der Rückreise Palästina zu besuchen, Jerusalem zu besichtigen, Rachels Grab, die Klagemauer und die Siedlungen, wo junge Leute, Freidenker und ehemalige Studenten den Erdboden pflügten, Weinstöcke pflanzten und Hebräisch sprachen.

Ja, hier in Hausnummer 17 hatte er einst in einer Dachstube gewohnt und war täglich an der Kneipe vorbeigegangen. Betreten hatte er sie nie, denn damals konnte er sich nicht einmal ein Glas Bier leisten. Eines Tages war er wegen Diebereien in die Klemme geraten, von der Polizei gesucht und schließlich verhaftet worden. Im Powiak-Gefängnis hatte er seine Strafe abgesessen. Heute war er Staatsbürger der Republik Argentinien und hatte in seinem Reisepaß ein russisches Visum. Niemand konnte ihm etwas anhaben.

In einer Kneipe allein am Tisch zu sitzen war ein zweifelhaftes Vergnügen. Wenn Rochelle doch bei ihm wäre! Wenn er doch eine andere Frau auftreiben und mit ihr zusammensein könnte! Er schaute sich im Lokal um. Die wenigen Frauen, die an den Tischen saßen, waren in mittleren Jahren – dicke, feiste Weibsbilder, die wie Händlerinnen aus Januschs Basar aussahen. Sie hatten rauhe Stimmen, und eine von ihnen hatte eine Schürze mit großen Taschen umgebunden – wie eine Hausiererin. Nein, das war nichts für ihn. Er blätterte wieder in seinem Adreßbuch, stieß auf einen Namen, konnte sich aber nicht mehr erinnern, von wem er diese Adresse bekommen hatte. Durch das viele Herumreisen war sein Gedächtnis aus den Fugen geraten: Ständig suchte er nach seiner Brille, ständig verlegte er die Füllfederhalter, die er sich in New York gekauft hatte; und wenn er sich umzog, vergaß er, sein Geld, seine Papiere und sein Taschentuch einzustecken.

Neue Gäste kamen herein, aber keiner nahm Notiz von ihm. Jeder schien jeden zu kennen. Sie schoben ihre Tische zusammen, unterhielten sich lautstark, lachten und stießen miteinander auf ein langes Leben an. Ihr Wortführer war ein stiernackiger Dickwanst mit einem massigen Gesicht, der über seiner Weste eine Kette aus goldenen Fünfrubelstücken trug. Die anderen nannten ihn Schmuel, lachten über seine Witze und scharwenzelten um ihn herum. Er keuchte und röchelte wie ein Asthmatiker, und seine Stimme klang wie die eines an Herzerweiterung Leidenden. Er mußte einmal ein Hüne gewesen sein, aber Max war überzeugt, daß diesen Mann jeden Moment der Schlag treffen konnte. Der Fettwanst schenkte sich einen Krug Bier nach dem anderen ein und tat sich an Kutteln mit Kartoffelbrei gütlich.

Max hörte ihn erzählen, wie er einen Hilfsrabbiner vor einer Gefängnisstrafe bewahrt habe. Dieser hatte ein Brautpaar getraut und damit gegen das Gesetz verstoßen, weil Hilfsrabbiner keine behördliche Genehmigung haben, Trauungen zu vollziehen. Der gute Mann hätte zu einer Gefängnisstrafe von drei bis zwölf Monaten verurteilt werden können, doch er, Schmuel, sei zum Untersuchungsrichter gegangen und habe die Sache geregelt. Eine korpulente Frau mit schwabbeligen Armen, einem riesigen »Balkon« und einem Gesicht, das immer breiter wurde, sagte mit krächzender Stimme: »Er hat sich schmieren lassen, was?«

»Ohne Schmiere drehen sich die Räder nicht. Der gute Mann ist zu mir gekommen und hat mich angefleht: ›Reb Schmuel, rettet mich!‹ Er zitterte vor Angst. Ich befürchtete schon, daß er bei mir zu Hause umkippen würde. Drei Tage im Knast, und mit so einem ist's vorbei.«

»Wir geben ihm eine wöchentliche Zuteilung.«

»Er hat vier Kinder.«

»Die Rebbezin kauft bei mir Fisch für den Schabbes«, sagte die korpulente Frau. »Ein Dreiviertelpfund. Sagt's nicht weiter, aber ich lege jedesmal eine Zuwaage drauf. Nennen wir's meine gute Tat.«

»Bei mir hat sie einmal eine Perücke aus Rohseide bestellt«, sagte eine andere Frau.

»Was für ein Zeug ist das denn?«

»Das weißt du nicht? Kein Haar, sondern Seide.«

»Eine Rebbezin soll nie die Haare anderer tragen.«

»Warum nicht?«

»Wenn ein Mann Haare sieht, wird er geil.«

Dröhnendes Gelächter und Gestampfe. Die korpulente Frau schneuzte sich in ihre Schürze, und Schmuel schlug mit der Faust auf den Tisch. »Lacht nicht! Wir leben doch von den Verdiensten dieser Leute.«

Max Barabander konnte sich nicht mehr zurückhalten. Er stand auf, ging zu ihnen hinüber und sagte: »Wie ich höre, sprecht ihr die Muttersprache. Darf ich mich zu euch setzen? Ich bin nicht von hier. Ich bin eben erst aus Übersee gekommen.«

»Amerikaner, was?«

»Argentinien liegt auch in Amerika.«

Sie verstummten, dann sagte Schmuel: »Schieben Sie Ihren Stuhl herüber! Woher kommen Sie? Aus Buenos Aires?«

»Aus Buenos Aires, aus New York, aus Paris – aus der ganzen Welt.«

»Nu, was passiert denn da draußen in der großen Welt?«

»Es ist eine große Welt mit vielen kleinen Welten«, erwiderte Max, ohne so recht zu wissen, wie er fortfahren sollte. »Wenn man in Buenos Aires sagen will, daß man sein Brot verdient, sagt man, daß man in Amerika sein Glück macht. In New York sagt man: ›Ich verdiene meinen Lebensunterhalt.‹ Fragt man in London einen Juden, wie es ihm geht, dann sagt er, es könnte ihm viel besser gehen. Und in Paris vergessen die Juden völlig, daß sie Juden sind. Sie hocken in Cafés herum und bleiben für zehn Centimes von morgens bis abends dort sitzen. Wenn man ihnen etwas erzählt, sagen sie ›oh, là là!‹ und fragen, ob sie dich zu einem ›Aperitif‹ einladen dürfen. Das ist ein Glas Wein. Man kann zehn Glas davon trinken, ohne besoffen zu werden.«

»Wird denn dort gar nichts Hochprozentiges getrunken?« fragte Schmuel.

»Die Franzosen trinken lieber Wein, der zwar für einen Segensspruch taugt, aber das Herz nicht schneller schlagen läßt. Darf ich Schnaps aufwarten lassen?«

»Was meinen Sie mit ›aufwarten lassen‹?«

»Eine Runde Schnaps spendieren.«

»Wir sind keine Bettler, wir können unseren Schnaps selber bezahlen, aber wenn Sie mit uns anstoßen wollen, auf gute Freundschaft sozusagen, dann her damit!

Wie mein Großvater zu sagen pflegte: ›Schlag niemals ein Gläschen Schnaps oder eine Prise Schnupftabak aus.‹«

»Was wollt ihr dazu essen?«

»In welchem heiligen Buch steht geschrieben, daß man etwas dazu essen muß?«

»Ich esse eine Portion Kutteln dazu«, sagte die feiste Marktfrau.

»Was denn, Reizele, bist du nicht schon fett genug?«

»Mein Mann mag mich so, wie ich bin.«

»Ein schlagfertiges Weibsbild!« bemerkte Schmuel. »Wie war doch gleich Ihr Name?«

»Max Barabander.«

»Ich heiße Schmuel Wackler, aber man nennt mich Schmuel Smetena. Dieser Spitzname ist an mir hängengeblieben.«

»Weshalb Smetena? Sie essen wohl gern Schmetten?«

»Mir schmeckt alles, was andere auch nicht verschmähen. Deshalb hab ich so einen Schmerbauch. Stimmt es, daß Mädchen auf der Straße gewaltsam entführt und nach Argentinien verfrachtet werden?«

»Die gehen ganz von selbst dorthin.«

»Da ist der Kellner!« Einige bestellten ganz gewöhnlichen Schnaps, einige wollten Kognak, Max bestellte Whisky. Der Kellner zuckte die Achseln: Whisky war ihm unbekannt. Max hatte dieses Wort nur gesagt, um zu beweisen, daß er Ausländer war und Getränke kannte, von denen man hier noch nie gehört hatte.

Außer Schmuel Smetena und Reizele saßen noch drei Frauen und zwei Männer am Tisch. Ein gedrungener, fast halsloser Mann mit einem kantigen Gesicht hatte sich eine Mütze über die blonden Haare gestülpt. Die anderen nannten ihn Zelig, und Schmuel Smetena erklärte, im Viertel sei er als Zelig Kischke oder Zelig Fischer bekannt. Seine Frau Malke, klein und rundlich, mit krummer Nase und gelblichen Augen, saß dicht neben ihm, lächelte und warf Schmuel und Max Blicke zu. Hin und wieder, so schien es Max, blinzelte sie ihm zu. »Was soll das?« fragte er sich. »Hält sie sich etwa noch für begehrenswert?«

Ihm fiel ein Mann auf, der sehr hager war, fast nur Haut und Knochen, und der kein Haar mehr auf dem Kopf hatte. Er war wie ein Adliger gekleidet: Anzug mit Nadelstreifen, Stehkragen, Hemdbrust, Schlips mit Krawattennadel. Am Revers hatte er eine jener Papierblumen stecken, die von Wohlfahrtsvereinen verkauft werden. Mit dünner Stimme bestellte er neunzigprozentigen Branntwein und eine heiße Wurst.

»Was hat diese Blume zu bedeuten?«

»Sie ist vom Gesundheitsverein.«

»Was für ein Verein ist das?«

»Er schickt Leute, die an Schwindsucht leiden, nach Otwock.«

»Und was geschieht dort mit ihnen?«

»Es ist ihre letzte Bleibe. Bald danach werden sie in große Reisekoffer gepackt.«

»Du solltest dich schämen, so zu reden, Fulje!« rief die kleinwüchsige Frau.

»Aber es ist wahr.«

»Wer die Wahrheit sagt, bekommt Prügel«, erwiderte Schmuel Smetena.

»*L'chaim!*« Max trank seinen Schnaps und mampfte Kalbsfußsülze mit Knoblauch. Ein Glücksgefühl, wie er es schon lange nicht mehr empfunden hatte, erfüllte ihn.

Weder in Paris noch in Berlin hatte er engeren Anschluß gefunden. Dort verwendeten die Juden französische oder deutsche Ausdrücke, oder sie sprachen den litauisch-jiddischen Dialekt. Außerdem waren fast alle Juden, denen er im Ausland begegnet war, jünger als er gewesen und hatten ihn wie einen alten Mann behandelt. Man kann nie wissen, wo man ein freundliches Gesicht antreffen wird. Noch keine halbe Stunde in dieser Kneipe, und schon wurde er von den Leuten hier mit seinem Vornamen angeredet. Einer der Stammgäste, ein älterer Mann namens Chaim Kawiornik, erklärte ihm, daß er ganz in der Nähe, Hausnummer 8, ein Café betreibe. »Wenn du gern Käsesemmeln ißt, dann komm zu mir. Bessere Käsesemmeln bekommst du auf der ganzen Welt nicht.«

»Was ißt man denn in Argentinien?« wollte eine Frau wissen, die bisher geschwiegen hatte. Sie war um die Vierzig, klein und dunkel, und hatte einen schon leicht angegrauten Bubikopf. Um ihre Augen, so dunkel wie schwarze Kirschen, zogen sich Fältchen. Sie hatte eine kurze Nase, ein kleines Kinn und zusammengewachsene Augenbrauen. Sie wirkte manierlicher als die anderen und machte, obwohl nicht mehr jung, einen mädchenhaften Eindruck. Wenn sie lächelte, blitzten ihre kleinen, weit auseinanderstehenden Zähne, und ein Grübchen erschien auf ihrer Wange. Max hatte schon mehrmals zu ihr hinübergeschaut, aber sie war seinem Blick ausgewichen. Sie trug eine graue Jacke, an deren Gürtel einer jener Beutel hing, in die Händlerinnen das Bargeld stecken.

Max war erleichtert: »Ich dachte schon, Sie wären stumm.«

Schmuel wieherte vor Lachen. »Du brauchst dich bloß mit ihr anzulegen, und schon bekommst du Ausdrücke zu hören, die dich schamrot machen.«

»Warum sollte ich mich mit ihr anlegen? Also, in Argentinien essen wir Rindfleisch, zweimal täglich. Wir verschiffen Rindfleisch in die ganze Welt. Wir haben eine Grasart, die Alfalfa heißt, und wenn die Rinder dieses Gras fressen, werden sie schön fett. Man kann in Argentinien Hunderte von Meilen reisen und nichts anderes als Pampas sehen – Gras und Rinderherden.«

»Argentinien kann zwar Rindfleisch exportieren, aber es importiert Menschenfleisch«, witzelte Schmuel.

»Das stimmt, aber bald wird Argentinien das nicht mehr nötig haben. Die spanische Frau ist nicht gerade tugendhaft. Das Ärgerliche dabei ist, daß man sie bloß anzugucken braucht, und schon ist sie schwanger.«

»Bloß vom Angucken?« fragte die Schwarzäugige.

»So sagt man jedenfalls. In Argentinien sind die Gojim – die Männer meine ich – keine frommen Christen. Nicht einmal am Sonntag gehen sie in die Kirche. Die Frömmelei bleibt den Señoras überlassen. Sie gehen in die Kirche, legen beim Priester die Beichte ab, und so weiter. Aber wenn der Ehemann der Dame nicht zu Hause ist, kann man sie leicht herumkriegen. Diese Frauen halten sich allerdings nicht lange – mit dreißig sind sie verblüht. Daran ist das Klima schuld. Übrigens hat dort fast jeder Mann eine Mätresse.«

»Ein fabelhaftes Land!«

»Ein heißblütiges Land. Man erzählt viel Schlechtes über Argentinien, aber wenn ihr drüben wärt, würdet ihr alles verstehen. Man verspürt einen Drang und muß ihm sofort nachgeben.«

»Warum hast du ein so fabelhaftes Land verlassen und die weite Reise bis in die Krochmalna gemacht?« fragte die kleinwüchsige Frau.

»Es gibt für alles einen Grund. Bist du eine Händlerin?«

»Mein Mann ist Bäcker, und ich verkaufe Brot, Semmeln und Bejgl. Wir haben einen Laden. Krochmalnastraße 15.«

»Wie heißt du?«

»Esther.«

»Vom Brotverkaufen kann man gut leben. Brot und Semmeln wollen die Leute immer essen.«

»Mein Mann hat zwölf Lehrbuben. Wie lange willst du in Warschau bleiben?«

»Das weiß ich noch nicht.«

»Komm doch morgen abend zu uns. Wir essen unser Nachtmahl gegen zehn Uhr. Ich stelle dir meine Schwester vor. Sie ist rund zehn Jahre jünger als ich.«

»So alt bist du ja auch noch nicht.«

»Nicht so alt und nicht so jung. Eine Großmutter. Ich habe ein zweijähriges Enkelkind. Wo wohnst du denn in Warschau?«

»Im Hotel Bristol.«

Einen Moment lang herrschte Schweigen, dann sagte Schmuel Smetena: »Dann bist du bestimmt nicht arm.«

»Arme Leute kommen nicht nach Polen, um das Grab ihrer Eltern zu besuchen«, erwiderte Max Barabander und wunderte sich über seine eigenen Worte.

»Dann bist du also einer von uns«, sagte Schmuel. »Hier in Warschau kann man nicht reich werden. Ohne einen reichen Vater wird man kein wohlhabender Mann. In anderen Ländern, in Amerika, kann man sich hinaufarbeiten. In welcher Branche bist du denn?«

»Häuser und Grundstücke.«

»Und du bist wirklich hierhergekommen, um das Grab deiner Eltern zu besuchen?«

»Meine Eltern sind in Roszkow beerdigt.«

»Wo liegt das? Ich dachte, du stammst aus Warschau.«

»Ich habe früher einmal hier in Nummer 17 gewohnt.«

»Amerikaner kommen und gehen, und man kann die Art, wie sie reden, kaum verstehen. Ein Sechzigjähriger kommt hierher, aber er sieht aus wie vierzig. Er läuft den jungen Mädchen nach, und plötzlich wird er krank und muß ins Spital. Aber sie haben Dollars, diese Amerikaner. Für einen Dollar bekommt man zwei Rubel. Was für Geld habt ihr denn in Argentinien?«

»Den Peso.«

»Wenn jemand hierherkommt, sagt er, daß er sich wie zu Hause fühlt. Einmal ist einer aus London hier aufgetaucht und mit uns hinüber nach Falenitz gefahren. In London, hat er gesagt, gibt's keine saubere Luft – immer bloß Rauch und niemals Sonnenschein. Jeden Tag Nebel und oft auch Regen. Das Geld wird dort pfundweise oder weiß der Teufel wie abgewogen. Eines allerdings ist überall gleich: Man muß ständig Schmiergeld zahlen. Wenn jemand einen Laden hat und gezwungen wird, ihn um sieben Uhr abends zu schließen, kann er sich das leisten, wo doch die Leute erst um sieben Uhr Feierabend haben und zum Einkaufen gehen können? Also muß man den Polizeibeamten oder seinen Schergen schmieren. Andernfalls zeigt er dich an und du bekommst eine Menge Ärger. Ich regle diese Angelegenheiten. Man muß wissen, *wen* man schmieren kann und *wie*. Man kann nicht einfach drei Rubel herausziehen und sie dem Kommissar zustecken. Der verhaftet dich auf der Stelle wegen versuchter Bestechung, und dafür kannst du eingelocht werden.

Mit einigen muß man Karten spielen – Oke oder Sechsundsechzig – und die Partie verlieren. Sonst nehmen sie das Schmiergeld nicht an. Wenn Schmuel Smetena anruft und sagt, er möchte eine Partie Karten spielen, dann weiß der Großkotz, daß er gewinnen wird, auch wenn er ein miserables Blatt hat. Einmal hatte ich zwei Neuner – *schragess* nennen wir diese wertlosen Karten – und zwei Buben. Solche Karten muß man eigentlich sofort ausspielen. Aber ich gehe ja nicht wegen der Karten hin. Da ich wußte, daß der Vizekommissar vier Asse hatte, habe ich auf mein erstes Blatt gesetzt und, als er fünfundzwanzig dagegen setzte, die Partie verloren. Wenn Leute wie er gewinnen, schauen sie sich die Karten des anderen meist gar nicht mehr an, aber diesmal streckte er seine Pratze aus und warf einen Blick auf mein Blatt. ›Du Teufelsbraten hast mir wohl angst machen wollen?‹ Worauf ich sagte: ›Ja, Euer Gnaden.‹ So ist das halt hier bei uns. Man kann mit Stolypin oder sogar mit dem Zaren Karten spielen, wenn man bereit ist, genug Geld zu verlieren.«

Dann sagte er zu der Bäckersfrau: »Esther, dein Mann ist kein Schmuggler, sondern ein Bäcker, aber er zahlt ihnen ebenfalls Schmiergeld. Ihre Frauen kommen in euren Laden und erhalten die Backwaren umsonst. Habe ich recht oder nicht?«

»Du bist wohl gerade dabei, Amerika zu entdecken?«

»Welche Gesetzwidrigkeiten kann denn ein Bäcker begehen?« fragte Max.

Esther lächelte. »In den Augen dieser russischen Schweine ist alles gesetzwidrig. Sie schicken Kontrolleure herum, die behaupten, daß es in den Bäckereien nicht sauber sei. In ihren Kasernen kneten sie Teig mit den Füßen, aber bei uns soll's nicht sauber sein! Komm morgen abend zu uns, dann wird dir mein Mann alles erzählen.« Sie schlug die Augen nieder.

»Dein Mann bäckt bis elf Uhr nachts Bejgl«, sagte Schmuel.

»Er ist schon gegen zehn Uhr zu Hause.«

»Spiel kein Theater, Esther! Was soll das Getue! Lade diesen Mann doch einfach zu dir ein! Du kannst ruhig hingehen, Max. Sie kocht fürstliche Mahlzeiten. Sie hat eine ansehnliche Schwester und eine schöne Tochter, und sie selber ist ja auch nicht abstoßend häßlich.«

Alle lachten, und Esther errötete wie ein junges Mädchen.

»Schmuel, du redest Stuß. Ich bin bereits Großmutter.«

* * *

Als sie sich verabschiedet hatten, zahlte Max die Rechnung und ging hinaus. Gewöhnlich kühlte es im Sommer abends ein wenig ab, hier jedoch wurde es nicht kühler. Die Backsteinmauern, die Blechdächer, das Kopfsteinpflaster strahlten Hitze aus. Es wimmelte von Buben und Mädchen, die mitten auf der Straße spielten und erst im letzten Moment auswichen, wenn eine Droschke vorbeifuhr.

Max machte sich wieder auf den Weg zur Gnojnastraße. An jedem Hoftor riefen Straßendirnen den Männern etwas zu. Max, der ein Glas nach dem anderen getrunken hatte, war beschwipst, aber dennoch in gedrückter Stimmung. Weshalb hatte er diese lange Reise gemacht? Um sich mit Schmuel Smetena zu unterhalten? Um sich von einer Bäckersfrau einladen zu lassen, die bereits Großmutter war? Einst hatte er in Warschau viele Liebchen gehabt, aber wo sie wohnten, wußte er nicht mehr.

»Warum fahre ich nicht gleich nach Roszkow?« fragte er sich. »Ich könnte doch etwas Sinnvolles tun. Man lebt ja nicht ewig.«

Er versuchte, sich vorzustellen, was passieren würde, wenn er hier tot umfiele. Rochelle würde wahrscheinlich nie erfahren, wo er begraben lag. Was hatte seine Mutter, sie ruhe in Frieden, so oft gesagt? ›Das Leben ist ein Tanz auf Gräbern.‹ Was sollte er tun? Einen Schriftgelehrten beauftragen, eine Torarolle anzufertigen? Sein Geld einem Gesundheitsverein spenden, der Papierblumen verkauft?

Plötzlich fiel ihm der Hilfsrabbiner ein, der gute Mann, den Schmuel Smetena vor dem Gefängnis bewahrt hatte. Ob er ihn aufsuchen und ihm ein paar Rubel geben sollte? Es war noch nicht besonders spät, noch niemand hatte sich schlafen gelegt. Er war sich bewußt, daß seine spontane Regung eine verrückte Idee war. Wurde er plötzlich zum Philanthropen? Er war nicht krank – Gott soll schützen! –, nein, er wurde von irgendeiner Kraft getrieben.

Er hielt eine alte Frau an, die eine Haube trug. »Was wollt Ihr?« fragte sie.

»Wo wohnt der Rebbe? Ich habe seinen Namen vergessen. Er soll ein guter Mann sein. Manche Leute lassen sich von ihm trauen.«

»Meint Ihr den Hilfsrabbiner? Hausnummer 10, im ersten Stock. Seht Ihr den Balkon da drüben, wo das Licht brennt?«

»Vielen Dank.«

»Links vom Hoftor.«

Max überquerte die Straße und ging durch das Tor,

wo eine Petroleumfunzel brannte. Dann blieb er eine Weile stehen und betrachtete den Hof. Im Lichtschein, der aus den Fenstern fiel, sah er einen Abfallbehälter, eine kahle Mauer und ein Aborthäuschen. Trotz der vorgerückten Stunde wurde noch gearbeitet. Er hörte das Surren von Nähmaschinen, das Klopfen von Schusterhämmern, ein Rattern und Summen wie in einer Fabrik.

Er hatte vergessen, daß es hier Kellerwohnungen gab. Zu seiner Linken sah er eine Behausung mit einer schiefen Decke und einem kleinen, ebenerdigen Fenster. Wäsche war an Leinen aufgehängt. Eine Hausfrau richtete auf einer breiten Bank ein Bett. In der Küche war ein Mädchen damit beschäftigt, Kartoffeln zu kochen. Max hätte ihnen gern ein paar Rubel gegeben, aber dann hätte er diese dunklen Stufen hinuntertappen müssen. Er stellte fest, daß auch die Stiege, die zur Wohnung des Rabbis führte, unbeleuchtet war.

»Ach, die leben noch wie vor hundert Jahren«, sagte er sich, als er in den ersten Stock hinaufstieg.

Während er überlegte, an welcher Tür er klopfen sollte, ging eine der Türen von selbst auf, und er sah eine Küche mit rosa gestrichenen Wänden. Töpfe standen auf dem Backsteinherd, und eine Petroleumlampe mit einem Blechschirm hing von der Decke herab. Eine Frau saß am Tisch und schrieb.

»Wo wohnt der gute Mann?« fragte Max Barabander. »Ich meine den...«

Die Frau hob den von einer Perücke bedeckten Kopf. Sie hatte ein schmales Gesicht, hohle Wangen und eine kleine Nase. Ihre grauen Augen blickten ihn fragend an, ein bißchen ängstlich und dennoch leicht belustigt.

»Sie wollen den Hilfsrabbiner sprechen?«

»Ja, den Hilfsrabbiner.«

»Das ist mein Mann, aber er ist jetzt nicht da. Wollen Sie etwas mit ihm klären?«

»Nein, das nicht.«

»Mein Mann ist drunten im Bethaus. Neustadter Bethaus wird es genannt.«

»Sie sind also die Rebbezin?«

»Ja, das bin ich.«

»Kommen Sie herein und machen Sie gefälligst die Tür zu!« sagte eine junge Frau, die auf dem Bett saß. Ihre Stimme klang ein bißchen ungeduldig und spöttisch. Nach Max' Schätzung war sie achtzehn oder neunzehn. Sie trug ein Kattunkleid mit Stehkragen und langen Ärmeln und hatte ihr dunkles Haar zu einem Knoten geschlungen. Ihr Gesicht war leuchtend weiß, obwohl sie im Halbdunkel saß. Sie hatte etwas an sich, das Max verblüffte. Sie wirkte provinziell, schien aber trotzdem so weltgewandt zu sein wie die Damen, die er in Paris und Berlin gesehen hatte. Ihre Schönheit war besonders auffällig, weil das andere Mädchen (ihre Schwester?), das, in ein Umhängetuch gehüllt, auf einer Truhe saß, einen dunklen Teint, eine breite Nase und buschige, männlich wirkende Augenbrauen hatte. Max machte die Tür hinter sich zu, blieb einen Moment lang stehen und wußte nicht, was er sagen sollte. Dann ließ er, wie gewöhnlich, seiner Zunge freien Lauf.

»Ich bin aus fernen Landen hierhergekommen. Ich war in der Kneipe in Hausnummer 17, und dort hat mir ein gewisser Schmuel Smetena von Ihrem Mann erzählt.« Dann wandte er sich an das hellhäutige Mädchen. »Sie sind sicher seine Tochter. Oder seid ihr zwei Schwestern? Schmuel sprach davon, daß der Rebbe ... wie soll ich es ausdrücken ... Schwierigkeiten wegen einer Trauung hatte. Keine Bange, ich bin kein Spitzel. Ich habe erfahren, daß der gute Mann darunter zu leiden hat, und da habe ich mir gesagt, daß es ihm bestimmt schwerfällt, sich durchzuschlagen. Meine Eltern haben früher hier gewohnt, aber sie sind schon gestorben. Nicht hier in Warschau, sondern in Roszkow. Das ist ein Schtetl in der Provinz Lublin. Sie wissen vielleicht, wo es liegt. Ich bin gekommen, um das Grab meiner Eltern zu besuchen. Ich stamme ebenfalls aus Warschau. Hier habe ich vor mehr als zwanzig Jahren gewohnt.«

Alle drei sahen ihn verwundert an. Die Rebbezin warf ihm einen durchdringenden Blick zu. In den Augen des hellhäutigen Mädchens war Belustigung zu lesen. Das dunkelhäutige, untersetzte Mädchen gaffte ihn mit offenem Mund an. Die Rebbezin legte ihren Federhalter hin. »Warten Sie einen Augenblick! Mein Mann wird gleich kommen. Zirele, hol einen Stuhl für unseren Gast!«

Zirele, die Hellhäutige, stand zögernd auf. Sie öffnete die Tür zu einem Wohnraum, holte einen Stuhl und stellte ihn mitten in die Küche.

»Danke«, sagte Max, »aber ich brauche nicht zu sitzen. Wie meine Mutter zu sagen pflegte: ›Man muß nur gut stehen können.‹ Ich bin eineinhalb Tage lang im Zug gesessen. Obwohl ich zweite Klasse fuhr, war es ermüdend. Hier wohne ich im Hotel Bristol.«

»Im Hotel Bristol?« rief Zirele. »Das muß ja ein Vermögen kosten!«

»Vier Rubel pro Tag, das ist doch kein Vermögen.«

»Das sind achtundzwanzig Rubel pro Woche!«

»Nebbich. In Berlin habe ich zwölf Mark pro Tag gezahlt. Das sind sechs Rubel.«

»Sie müssen Millionär sein.«

»Zirele, red keinen Stuß!« mischte sich die Rebbezin ein.

»Sechs Rubel pro Tag macht zweiundvierzig Rubel pro Woche. Woher haben Sie so viel Geld? Wo leben Sie denn? In Amerika?

»Ja. In Südamerika.«

»Wir sind hier herumgesessen und haben davon geträumt, einen Lehrer zu engagieren. Wir wollen Russisch und Polnisch lernen. Gestern ist einer zu uns gekommen, der hat für eine Unterrichtsstunde zwanzig Kopeken verlangt. Drei Stunden pro Woche kosten sechzig Kopeken, also vier Gulden. Für dieses Honorar würde er uns beiden Unterricht erteilen. Aber woher soll man so viel Geld haben?« Zirele deutete auf das andere Mädchen. »Das ist meine Freundin Leatsche.«

»Leatsche? Ich hatte eine Kusine namens Lea. Sie ist vor dreißig Jahren an Windpocken gestorben – Gott bewahre Sie davor!«

»Sind die Kinder damals denn nicht gegen Windpocken geimpft worden?«

»Nicht in Roszkow«, erwiderte Max. Dann fragte er Leatsche: »Wohnen Sie auch in dieser Straße?«

Sie setzte zu einer Antwort an, doch es dauerte eine ganze Weile, bis sie die Worte über die Lippen brachte. Es war ein mühsames Gestammel. »Wir wohnen in einer sehr ärmlichen Straße. Wir stammen aus Wyszkow. Zuerst ist mein Vater hierhergekommen, dann meine Mutter mit meinem Bruder Joel, meiner Schwester Nemi und meiner jüngeren Schwester.«

»Was ist Ihr Vater von Beruf? Ist er auch Hilfsrabbiner?«

Lea grinste übers ganze Gesicht. »O nein, er ist Heiratsvermittler und hausiert nebenbei mit Uhren. Mein älterer Bruder ist Kontorist.«

»Wenn Ihr Vater Heiratsvermittler ist, warum arrangiert er dann nicht eine Partie für Sie?«

Die Rebbezin runzelte die Stirn. »Sie ist noch sehr jung. Zur rechten Zeit wird sie schon den Mann finden, der ihr bestimmt ist.«

»Ich bin nach Warschau gereist«, sagte Max, »und alles hier kommt mir irgendwie fremd vor. Über zwanzig Jahre habe ich in der großen, weiten Welt verbracht, und plötzlich bin ich wieder hier! Ich war in der Kneipe, und Schmuel Smetena hat mir die ganze Geschichte erzählt. Was geht es diese russischen Schweine an, wenn ein guter Mann eine Trauung vollzieht? Und dann sind alle aus der Kneipe nach Hause gegangen. Ein Hotel, und sei es noch so luxuriös, ist aber kein Zuhause. Es heißt ja, daß Alleinsein schwermütig macht. Da ist mir der Gedanke gekommen, den guten Mann aufzusuchen.«

»Haben Sie drüben in diesem Amerika eine Familie?« fragte die Rebbezin.

»Ich hatte eine.«

»Was ist passiert?«

»Ich hatte einen Sohn – Arturo hieß er. Meine Frau hatte ihn nach ihrem Vater, Arje Leib, genannt. In Argentinien wird aus ›Arje‹ der Name Arturo. Ein prächtiger Junge, klug und hübsch. Kam von einem Spaziergang nach Hause und klagte über Kopfschmerzen. Meine Frau riet ihm, sich im Bett auszuruhen. Er legte sich hin und stieß einen Seufzer aus. Meine Frau ging hinaus, um ein Glas Wasser zu holen, und als sie zurückkam, war alles vorbei.«

Die Rebbezin zuckte zusammen. »Gott soll schützen!«

»Ich konnte einfach nicht mehr daheim bleiben«, sagte Max.

»Wie geht es Ihrer Frau?«

»Sie ist nach ihm dahingegangen«, hörte er sich zu seiner eigenen Verwunderung sagen.

»Gott soll schützen! Was ist passiert? Ist sie krank geworden?«

»Sie hat Gift genommen.«

Die Rebbezin rang ihre schmalen Hände. Sie beugte den Kopf hinunter, als wollte sie ausspucken, tat es aber nicht. »Der Himmel bewahre uns alle vor solchem Leid! Sie hat bestimmt vor lauter Gram den Verstand verloren. Der Herr im Himmel möge ihr vergeben.«

»Ich hatte ein Zuhause, und plötzlich war ich meiner Familie beraubt.«

Eine Weile herrschte Schweigen. Man konnte hören, wie der Docht in der Lampe das Petroleum aufsaugte.

»Was sind Sie von Beruf?«

»Ich verkaufe Häuser und Grundstücke.«

»Nu, alles ist vorherbestimmt. Nichts geschieht zufällig«, sagte die Rebbezin streng.

Max fiel plötzlich auf, daß sie die gleiche Art Perücke trug, von der die Friseuse in der Kneipe gesprochen hatte: eine Perücke aus Rohseide. Er wollte sie danach fragen, sah aber ein, daß dies nicht der richtige Moment dafür war. Er hatte sich gerade eine ungeheuerliche Lüge ausgedacht. Weshalb?

Zirele neigte den Kopf zur Seite und musterte Max argwöhnisch und zugleich neugierig. Plötzlich sagte sie: »Dann haben Sie diese Reise gemacht, um Ihre Verzweiflung zu vergessen.«

Es war schon lange her, seit Max das deutsch-jiddische Wort ›Verzweiflung‹ gehört hatte, aber er verstand, was es bedeutete, und es gab ihm einen Stich, drehte ihm den Magen um. Die Tochter des Rebbe, dieses blutjunge Ding, hatte mit einem einzigen Wort ausgedrückt, was mit ihm los war und warum er diese Reise gemacht hatte. Ein Schauder rann ihm über den Rücken.

»Ja, genau deshalb.« Er mußte das Thema wechseln. »Rebezzin, was schreiben Sie denn da?«

»Quittungen.«

»Wofür denn? Für die Schul?«

»Mein Mann gehört nicht zum Rabbinat und bekommt kein Geld von der Gemeinde. Die Leute in unserem Viertel geben ihm eine wöchentliche Zuteilung. Ein Spendensammler macht die Runde und gibt jedem Spender eine Quittung.«

»Und davon lebt der gute Mann?«

»Manchmal kommt eine Hochzeit dazu oder eine Scheidung oder ein Gerichtsverfahren.«

Max überlegte eine Weile. »Ein frommer Mann sollte genug zum Leben haben, damit er die Tora studieren kann und sich keine finanziellen Sorgen machen muß.«

Zirele lachte, ihre Augen funkelten. »Es gibt vieles, was anders sein sollte. In unserer Straße gibt es Lastenträger, die so schwere Sachen auf dem Rücken schleppen, daß es ein Wunder ist, wenn sie unter der Last nicht zusammenbrechen. Die meisten von ihnen sind ältere Juden. Einmal habe ich einen gesehen, der einen ganzen Kleiderschrank trug. Warum er unter diesem Gewicht nicht zusammenbrach, ist mir ein Rätsel. Und wo hausen diese Leute? In dunklen Kellerräumen, wo es so feucht ist, daß sie unweigerlich die Schwindsucht bekommen. Sie laufen in Lumpen herum. Kürzlich ist einer von ihnen gestorben, und die Leute haben Geld für das Totenhemd gespendet.«

»Zirele, laß die Lastenträger aus dem Spiel, wenn wir von deinem Vater sprechen«, wandte die Rebbezin ein.

»Natürlich verdienen diese Juden Mitleid. Aber das eine hat nichts mit dem anderen zu tun.«

»O doch, Mame. In einer gerechten Welt wird niemand Not leiden, aber in einer ungerechten Welt leiden alle außer einigen Ausbeutern und Blutsaugern.«

»Die streikenden Arbeiter haben die Fenster deines Vaters eingeschlagen.«

»Ein paar törichte Burschen. Sie waren aufgebracht darüber, daß Vater sich im Bethaus gegen sie aussprach. Warum sollte ein Armer das Wort gegen andere arme Leute ergreifen? Sie haben nicht gegen Vater, sondern gegen den Zaren gekämpft.«

Die Rebbezin zuckte zusammen und legte den Federhalter hin. »Tochter! Was redest du denn da? Dein Geschwätz wird uns noch an den Galgen bringen.«

»Keine Sorge, Mame! Dieser Mann ist kein Spitzel.«

»Gott soll schützen! Aber die Wände haben Ohren. Der Zar kann nicht alle Leute reich machen. Wenn er sein ganzes Vermögen aufteilen würde, spränge für jeden bloß ein Dreirubelschein heraus.«

»Niemand verlangt von ihm, daß er sein Vermögen aufteilt. Er soll dem Volk Freiheit gewähren, echte Freiheit, keine Duma, wo die Abgeordneten kein Wort zu sagen wagen, weil die Geheimpolizei dank ihrer Spitzel alles unter Kontrolle...«

»Tochter, wirst du jetzt endlich den Mund halten?« Die Stimme der Rebbezin wurde lauter. »Jemand kommt herein, und schon legt sie mit ihren Argumenten los. Wir können uns doch nicht um die ganze Welt

Sorgen machen. Arme Leute hat es schon immer gegeben und wird es immer geben, es sei denn, der Messias kommt. In der Tora steht geschrieben: ›Die Armen auf dieser Erde werden nicht aussterben.‹«

»Ich weiß, Mame, ich weiß. Aber wie hätte unser Lehrer Moses denn wissen sollen, was dreitausend Jahre später geschehen würde? Es bräuchte keine armen Leute zu geben. In Rußland wird so viel Getreide angebaut, daß jeder sich sattessen könnte. Rußland exportiert sogar Getreide. Wir könnten Fabriken bauen, wo alles produziert wird – Kleidung, Schuhe, alles, was der Mensch braucht. Statt dessen müssen die Bauern barfuß und nackt herumlaufen. Und ein Stück Brot ist ein Luxus für sie, die den Boden bestellen und das Getreide ernten für das Brot, das andere essen. Ihren Kindern können sie keine Schulbildung zukommen lassen, und wenn sie ihnen überhaupt etwas beibringen, dann nur, daß man das Kruzifix küssen muß.«

»Du willst dich also um die Bauern kümmern, obwohl sie Antisemiten sind und Pogrome begehen?«

»Das tun sie nur, weil sie von den Schwarzen Hundert dazu angestiftet werden. Was sollten die Bauern denn gegen die Arbeiter in Berditschew oder Kischinew haben? Purischkewitsch stachelt sie an, und sie folgen ihm wie eine Herde Schafe. Es muß jemand kommen und ihnen die Wahrheit sagen.«

»Dann lauf doch los und sag sie ihnen!«

»Wenn ich doch nur Russisch könnte!«

Max war baff. Noch nie hatte er ein Mädchen so reden gehört. Zireles Freundin Leatsche saß mit offenem Mund da, ihr Kinn erinnerte Max an die Kinnladen einer Kuh.

»Rebbezin«, sagte er, »nehmen Sie's Ihrer Tochter

nicht übel. Sie hat Grips und kann denken. Das kommt daher, daß ihr Vater ein Rebbe ist. Der Apfel fällt nicht weit vom Stamm. Ihr Vater denkt über die Tora nach, und sie will, daß etwas dabei herauskommt. Auch in Amerika gibt es Sozialisten, und die haben das Recht zu demonstrieren. Am Ersten Mai marschieren sie mit roten Fahnen und allem Drum und Dran. Sie kämpfen für kürzere Arbeitszeit und höhere Löhne.«

»Dort gibt es keinen Zaren, aber immer noch arme Leute«, sagte die Rebbezin. »Wer fegt dort die Schornsteine? Rockefeller?«

»Woher wissen Sie denn etwas von Rockefeller, Rebbezin?«

»Wir wissen Bescheid. Meine Tochter kauft sich jeden Tag eine Zeitung und liest sie gründlich. Aber man kann sich nicht um die ganze Welt Sorgen machen.« Ihr Ton änderte sich plötzlich. »Der Allmächtige hat die Welt erschaffen und wacht über sie. Tochter, mach dich jetzt lieber ans Geschirrspülen.«

»Nicht jetzt, Mame, nicht jetzt!«

»Rebbezin, seien Sie mir nicht böse«, sagte Max, ohne zu wissen, wie er weiterreden würde. »Ich bin in der Kneipe gesessen und habe gehört, wie die Leute über den Rebbe sprechen, und jetzt möchte ich, sozusagen, etwas tun. Ich bin kein armer Mann. Aber was nützt mir mein Geld? Ich möchte hinuntergehen und etwas kaufen. Das wird mein gutes Werk sein. Die Läden sind offen, und man kann alles bekommen – Wurst, frische Semmeln, Bejgl, Sardinen. Möchten Sie vielleicht ein Glas Wein oder Schnaps? Das regt den Appetit an. Der gute Mann wird bald aus der Schul zurückkommen und auch einen guten Bissen essen wollen.«

Die Rebbezin runzelte die Brauen. »Wir sind keine

reichen Leute, aber wir haben, gelobt sei Sein Name, genug zu essen. Danke für Ihre Güte, aber es ist nicht nötig.«

»Könnte ich vielleicht etwas zum Kauf eines religiösen Buches oder Gegenstands beisteuern?«

»Mein Mann kommt bald und wird...«

In diesem Moment waren Schritte auf der Stiege zu hören. Zirele lachte und blinzelte Max gleichzeitig zu. Die Schritte klangen kräftig und hastig. Die Tür wurde geöffnet, und Max sah sich dem Rabbi gegenüber, einem kleinwüchsigen, gedrungenen Mann, der einen knöchellangen Kaftan, derbe Stiefel und einen abgewetzten, zerschlissenen Hut trug. Er hatte einen roten Bart, dunkle Schläfenlocken, ein blasses Gesicht, eine kurze Nase und helle Augen.

»Seine Tochter ist ihm wie aus dem Gesicht geschnitten«, dachte Max. Dieser Mann strahlte eine ungewöhnliche Warmherzigkeit aus. Max hatte das vage Gefühl, ihm schon einmal begegnet zu sein.

Der Rabbi wollte offenbar etwas sagen. Er war hereingestürmt wie jemand, der es gar nicht erwarten kann, etwas zu berichten. Der Anblick des Besuchers brachte ihn zunächst in Verwirrung und schien ihm fast angst zu machen. Doch gleich darauf war er wieder guter Laune.

»Guten Abend«, sagte er. »Ein Jude? Willkommen! Sie haben wohl auf mich gewartet?«

»Zünde die Lampe in der Stube an!« befahl die Rebbezin ihrer Tochter.

»Ja, Mame.«

Zirele stand auf und ging ins Zimmer nebenan. Rasch musterte Max ihre Figur. Nicht groß, aber schlank, mit einer schmalen Taille. Ein einziger Blick genügte ihm, um alles zu registrieren: die mädchenhaften Schultern, die schmalen Füße, den flachen Busen, den weißen Hals, so zart wie der eines Kindes. Ein süßes kleines Frauenzimmer.

»Rebbe«, sagte er, »ich bin aus fernen Landen gekommen und habe von Ihnen gehört. Ich möchte etwas zu einer guten Sache beisteuern.«

»Ach wirklich? Das freut mich. In Warschau gibt es Jeschiwess, Gemeinden und einfache Leute, die Hilfe brauchen. Kommen Sie mit in die Stube! Warum in der Küche sitzen? Fühlen Sie sich wie zu Hause!« Er streckte ihm seine kleine Hand hin, die Max eine Weile in seiner Pratze hielt. Er überragte den Rabbi und sah auf ihn hinunter wie auf einen Chederschüler.

Die beiden gingen in den Raum nebenan. Zirele hatte bereits die Lampe angezündet. Max sah Wandregale voller Bücher und einen Toraschrein mit rituellem Vorhang. Auf dem Schrein hielten zwei Löwenfiguren, deren Mähnen mit Blattgold verziert waren, die Tafeln mit den Zehn Geboten. Die Löwen hatten rote Zungen, in die Höhe gestreckte Schweife und funkelnde Glasaugen, die eine Art heilige Wildheit ausstrahlten. Das Lesepult am Fenster war beladen mit religiösen Büchern und beschriebenen Papierbogen. Mitten im Raum standen ein Tisch, ein Stuhl und zwei Bänke.

»Was für ein Raum ist das?« fragte sich Max. »Eine Lernstube? Eine Synagoge?« Er hatte nicht erwartet, daß sich direkt neben der Küche ein heiliger Raum befand. Jetzt kamen ihm Bedenken wegen der Lüge, die er sich vorhin ausgedacht hatte: daß er Witwer sei.

Zirele lächelte. »Das ist unsere gute Stube. Sicher ganz anders als in Amerika.«

»Auch wir haben Synagogen, aber der Rebbe wohnt woanders.«

»Das hier ist keine Synagoge«, sagte der Rabbi fast entschuldigend. »Samstags betet hier eine kleine Gemeinde. Der Toraschrein gehört ihr, aber die Bücher sind mein Eigentum.«

»Ist der Mietpreis hoch?«

»Monatlich vierundzwanzig Rubel. Wir haben noch ein anderes Zimmer und einen Balkon. Für Warschauer Verhältnisse ist das nicht zu teuer. In den anderen Straßen sind die Mieten höher.«

»Rebbe, ich möchte etwas zu Ihrer Miete beisteuern. Fünfzig Rubel.«

Der Rabbi warf seiner Tochter einen Blick zu. »Weshalb denn? Wir haben das nicht nötig. Es fällt uns natürlich nicht leicht, die Miete zu zahlen, aber wir schaffen es schon, gottlob.«

»Ist Ihre Tochter verlobt?« fragte Max zu seiner eigenen Überraschung.

Der Rabbi überlegte eine Weile, als wüßte er nicht mehr genau, ob seine Tochter schon versprochen war. Zireles Blick verriet Belustigung, aber auch ein gewisses Bedauern. Sie wurde rot, aber die Röte breitete sich nur über die Hälfte ihres Gesichts aus.

»Setzen Sie sich doch!« sagte der Rabbi. »Die Sache ist so: Sie ist noch nicht versprochen, aber man hat ihr schon etliche Partien vorgeschlagen. Nach altem Brauch bekommen Töchter bei der Heirat eine Mitgift. Aber ein Hilfsrabbiner kann sich keine Mitgift leisten. Nu, jeder macht die Partie, die ihm bestimmt ist. Woher kommen Sie? Was machen Sie?«

Zirele ging zur Tür, blieb aber davor stehen und wartete, ob ihr Vater sie vielleicht bitten würde, Tee oder andere Erfrischungen zu servieren. Sie warf Max warnende und zugleich vielsagende Blicke zu.

»Mit diesem Mädchen«, sagte er sich, »werde ich mich schon einigen. Wir haben bestimmt bald ein Rendezvous.«

Der Rabbi setzte sich vorsichtig auf einen Stuhl, auf dem ein mit schwarzem Wachstuch bezogenes Kissen lag.

»Also, ich lebe in Argentinien«, sagte Max, »aber ich reise schon eine Zeitlang in der Welt herum – London, New York, Paris, Berlin. Ich bin Immobilienhändler.«

»Ach wirklich? Was tut sich denn in der Welt da draußen? Juden sind Juden, stimmt's?«

»Ja, Rebbe, Juden sind Juden. Aber nicht so wie hier. In Whitechapel gibt es Synagogen und *mikwess* und so weiter, aber die jüngere Generation spricht Englisch. Man unterhält sich mit einem von ihnen, und plötzlich sagt er: ›Ich bin Jude.‹ Hätte er's nicht gesagt, dann wäre man gar nicht darauf gekommen. In Paris sprechen die Juden Französisch. In Argentinien hat die jüngere Generation begonnen, Spanisch zu sprechen.«

»In Spanien sind die Juden geächtet«, sagte der Rabbi halb zu sich selbst, halb zu seinem Besucher.

»Argentinien ist nicht Spanien. Die Spanier kamen dorthin und haben das Land erobert. Sie jagten die Indianer hinaus und brachten sie um.«

»Was hatten die denn getan, um dieses Los zu verdienen?«

»Warum wurden denn die früheren Bewohner des Landes Israel von den Juden umgebracht?« mischte sich Zirele von der Tür her ein. »Sie waren doch auch Familienväter und -mütter. Hatten *sie* es denn verdient, ausgemerzt zu werden?«

Der Rabbi erschauerte. Offenbar hatte er nicht bemerkt, daß seine Tochter noch im Zimmer war. Er zerrte an seinem Bart, ließ ihn aber gleich wieder los. Er hatte seinen Hut abgelegt und trug nur noch sein Schädelkäppchen. Auf seiner Stirn erschien eine tiefe Furche.

»Der Allmächtige hatte es so verfügt. Jene sieben Stämme waren gänzlich der Sünde verfallen. ›Die Greuel hören nicht auf in dieser Welt.‹ Wenn ein irdener Topf unrein wird, muß er zerbrochen werden. Wenn eine ganze Stadt dem Götzendienst frönt, wird sie zur verbotenen Stadt. Wenn jemand immer mehr der Sündhaftigkeit verfällt, wird er eines Tages nicht mehr bereuen können.«

»Woran sind denn die kleinen Kinder schuld?« fragte Zirele. »Die kleinen Kinder haben doch nicht gesündigt.«

Der Rabbi verzog das Gesicht, seine Stimme klang jetzt rauh. »Wegen der Sünden der Väter müssen die Kinder leiden. Wenn Väter und Mütter sich gegen den Schöpfer auflehnen und sich auf Hexerei und alle möglichen unreinen Dinge einlassen, dann kann niemand mehr beschützt werden.«

»Das ist nicht gerecht, Vater.«

»Was redest du da? Was ist denn in dich gefahren? Man kann doch nicht mehr Mitleid haben als der Schöpfer. Es steht geschrieben: ›Und die Seelen, die ich erschaffen habe ...‹ Bring uns jetzt den Tee! Möchten Sie etwas dazu essen?«

»Rebbe«, sagte Max, »ich möchte Ihre Tochter bitten, hinunterzugehen und etwas einzukaufen. Ich gebe ihr Geld. Einen Moment, bitte!«

Er ging zur Tür und gab Zirele zwei Zehnrubelscheine. »Bitte, Fräulein, besorgen Sie etwas – Plätzchen oder Obst. Ich werde auch einen Bissen essen, zu Ehren des guten Mannes.«

»Zwanzig Rubel für Plätzchen?«

»Den Rest können Sie behalten. Um Russisch zu lernen.«

Zirele warf einen Blick über die Schulter, als ob sie ihre Mutter in Verdacht hätte, an der Tür zu lauschen. Dann murmelte sie: »Ein außergewöhnlicher Mann!«

Max hatte mehrere Stunden geschlafen. Als er aufwachte und auf die Uhr sah, war es noch nicht einmal drei Uhr morgens. Draußen begann es schon zu dämmern. Er stand auf und machte gymnastische Übungen, streckte die Arme und die Beine hoch, beugte sich nach rechts und links, nach vorn und hinten.

Im Traum hatte er sich nicht nur mit Rochelle, sondern auch mit seinen einstigen Liebchen amüsiert. Auch von Zirele hatte er geträumt, von einer Schiffsreise mit ihr, aber auch mit anderen Frauen, die wie Hennen in einen Hühnerstall gepfercht waren. Als er ihnen Futter brachte, hatte er gefragt: »Weiß der Kapitän denn nicht, was hier los ist, oder stellt er sich bloß dumm?« Ein heftiger Sturm war aufgekommen und hatte das Schiff nach Sibirien verschlagen. »Liegt denn Sibirien am Meer?« hatte er sich gefragt. »Oder fliegt das Schiff durch die Luft? Wie seltsam!« Die Frauen, zu denen er gesprochen hatte, waren halb Mensch, halb Huhn. Alle gackerten, und dann hatte eine wie ein Hahn zu krähen begonnen. Plötzlich hatte Zirele gesagt: »Wir müssen sie schlachten.« In diesem Moment war er hochgeschreckt und, von Lüsternheit erfüllt, aufgewacht.

Er wollte ein Bad nehmen und läutete nach dem Zimmermädchen. Doch zu dieser frühen Stunde erschien niemand. In Berlin hatte er ein Zimmer mit Bad gehabt, aber in diesem Warschauer Hotel mußte man sich eine Wanne und heißes Wasser bringen lassen. Er wusch sich am Waschbecken und frottierte sich mit einem in Salzwasser getränktem Handtuch. Das war gut für die Nerven. Vom Waschbecken aus konnte er durchs Fenster auf die Straße schauen. Sie war leer, weit und breit keine Droschke, keine Trambahn, kein Fußgänger zu sehen. Tau war auf die Bäume gefallen, Vögel zwitscherten. Max legte sich wieder ins Bett.

Und wieder begann er zu träumen. Diesmal befand er sich in einer Stadt, einer Mischung aus Buenos Aires und New York. Sein Schiff hatte einen Sturm heil überstanden und im Hafen angelegt, die Passagiere wurden nach Ellis Island gebracht. Rochelle hatte sich als Mann verkleidet, doch unter dem Jackensaum lugte ein Damenschlüpfer hervor. Sogar ein Blinder hätte bemerkt, was sie vorhatte. Max schrie sie an, sie solle die Spitzenborte verbergen, aber sie hörte nicht auf ihn. Er schlug mit der Faust auf sie ein – dann wachte er auf, in Schweiß gebadet. Sein Herz klopfte wie wild. »Diese Träume machen mich noch wahnsinnig!« Jetzt fühlte er sich wie ausgepumpt, im Traum dagegen war er so vital wie eh und je gewesen.

Wieder mußte er sich mit kaltem Wasser begießen, um seine Begierde zu zügeln. Ihm war, als hätte er nur wenige Minuten geschlafen, aber es war bereits zehn vor sechs. Auf der Straße ratterten ein paar Trambahnen. Pförtner kehrten die Gehsteige und besprengten sie mit Wasserschläuchen.

Als er sich angezogen hatte, war es sieben Uhr. Er ging ein paar Häuserzeilen entlang und wollte gerade zum Frühstücken in ein Café gehen, als ihm Chaim Kawiornik einfiel, der behauptet hatte, bei ihm gäbe es die besten Käsesemmeln der Welt. Max beschloß, hinzufahren, und brauchte nicht lange auf eine Droschke zu warten. Als der Kutscher hörte, daß er ihn in die Krochmalnastraße fahren sollte, rümpfte er die Nase. Aber dann schwenkte er die Peitsche. »Hü!«

Max lehnte sich an die Seitenwand der Droschke. Wer weiß – vielleicht würde er sie sehen. Der Rebbe hatte von einem Balkon gesprochen. Ob Zirele auf den Balkon kommen würde? Er schloß die Augen. »Das ist verrückt«, sagte er sich. »Ich werde da so tief hineingeraten, daß mich sieben Paar Ochsen nicht herausziehen können.« Aber er hatte schon so viele Schlappen erlitten, daß der Bann jetzt endlich gebrochen werden mußte. »Etwas muß geschehen«, sagte er sich. »Vielleicht wird Rochelle schwerkrank. Möglicherweise willigt sie sogar in die Scheidung ein, wenn ich ihr mein halbes Vermögen überlasse. Die Hauptsache ist, nicht untätig zu bleiben.«

Die Droschke fuhr durch viele Straßen, deren Namen er nicht kannte. Sie gelangten in ein jüdisches Viertel, und er erkannte die Fassade der Wiener Resource wieder. Zwischen den Säulen des Gebäudes hielten Straßenhändler Tischtücher, Handtücher, Bettwäsche, Nähgarn, Knöpfe und Stoffreste feil. Überall roch es nach Kirschen, Erdbeeren, Johannisbeeren und anderen Sommerdüften. Max holte tief Luft und atmete den Geruch von Pferdemist ein. Sogar die Krochmalnastraße wirkte einladender als tags zuvor. Auf dem Platz herrschte jetzt noch kein Hochbetrieb.

Die Droschke hielt vor Hausnummer 8, und Max gab dem Kutscher ein Vierziggroschenstück. Er entdeckte das Café, ging hinein und erkannte Chaim Kawiornik wieder, der jetzt eine lange Schürze und eine weiße Kochmütze trug. »So wahr ich lebe – der Amerikaner!«

rief er, schlug die Hände zusammen und deutete auf einen Stuhl. »Nimm Platz! Hier brauchst du bestimmt nicht zu hungern!«

»Die ganze Straße duftet nach deinen Käsesemmeln.«

»Sogar aus Muranow kommen die Leute wegen meiner Semmeln. Auf ein langes, gesundes Leben für uns beide!«

»Hast du vielleicht eine jiddische Zeitung?«

Chaim öffnete die Tür, rief einem Straßenhändler etwas zu, und schon brachte ein Mädchen eine Zeitung. Noch nie hatte Max so sehr danach gelechzt, etwas in jiddischer Sprache zu lesen. Die politischen Nachrichten auf der Titelseite schienen die gleichen wie gestern zu sein. Aber in den Lokalnachrichten wimmelte es von neuen Katastrophenmeldungen: Überschwemmung in Lublin, Eisenbahnerstreik in Rußland, ein Brand in Warschau, der viele Menschenleben gekostet hatte. Unter der Überschrift »Ein Mann, ein Tier« war folgender Bericht zu lesen: »Gestern kam Jan Lopata, Wachmann in der Smoczastraße 12, spät in der Nacht betrunken nach Hause und fiel über seine elfjährige Tochter Marianna her. Die Mutter wollte die Gewalttat des Betrunkenen verhindern, aber er stach mit einem Messer auf sie ein. Danach verging er sich an seinem eigenen Kind. Die Hilfeschreie der Nachbarn alarmierten die Polizei, die den bestialischen Vater festnahm und in Handschellen abführte. Seine Frau wurde in das Heiliggeistkrankenhaus eingeliefert. Ihr Zustand ist kritisch.«

Max aß seine Käsesemmel und versuchte sich vorzustellen, was sich da abgespielt hatte. »So lecker diese Käsesemmel ist«, dachte er, »so bitter kann das Leben sein. Wer weiß schon, von welchen Wahnsinnsideen ein Vater besessen sein kann? Ich selbst habe nie eine Tochter gehabt, aber sind in den alten Zeiten nicht ähnliche Freveltaten begangen worden? Hatte Jakob nicht zwei Schwestern geheiratet? In Argentinien, Peru, Bolivien, Chile und anderswo werden Töchter von ihren Vätern mißbraucht, Brüder paaren sich mit ihren Schwestern, Mütter haben Geschlechtsverkehr mit dem eigenen Sohn. Nicht immer werden solche Leute wegen ihrer Verbrechen verhaftet; sie gehen zur Beichte, und der Priester spricht sie von ihren Sünden frei und besprengt sie mit Weihwasser. Die Indianer halten sich an jahrtausendealte Bräuche. Nun ja, dieser Jan Lopata muß zweifellos seine Strafe auf einer Pritsche im Powiak-Gefängnis absitzen.«

»Noch ein Glas Kaffee?« Chaim Kawiornik brachte das heiße Gebräu persönlich und setzte sich Max gegenüber. »Was steht denn in der Zeitung?«

»Viele Katastrophenberichte.«

»Glaubst du, die schreiben ein wahres Wort? Diese Schreiberlinge denken sich oft Lügen aus. Hat man da drüben, wo du gelebt hast, gewußt, was hier bei uns los ist?«

»Drüben gibt es auch Zeitungen.«

»Habt ihr etwas über den Russisch-Japanischen Krieg erfahren?«

»Ja, alles.«

»Hier ist es bei den Krawallen so heiß hergegangen, daß ich mein Café schließen mußte. Die streikenden Arbeiter haben gesagt, alle müßten gleichberechtigt sein, und es dürfte keinen Zaren mehr geben. Als ich fragte, ob *ich* den Zaren stürzen sollte, erwiderten sie: ›Du bist auch ein Bourgeois, du saugst uns das Blut aus.‹ Ja, so haben sie mit mir geredet. Jemand mußte ihnen eine ... wie heißt das doch gleich ... eine Proklamation vorlesen, weil sie nicht lesen können. Wenn solche Dokumente bei jemandem gefunden werden, wird er nach Sibirien verbannt. Als die Nachricht verbreitet wurde, daß der Zar nachgeben wolle, sind sie zum Rathaus marschiert, wo sie mit Schüssen empfangen wurden. Sie sind umgefallen wie Fliegen. Die Kosaken sind in die Menge hineingeritten und haben mit ihren Säbeln Köpfe gespalten. Die jungen Rowdys, die Diebe, die Hehler, die Zuhälter haben sich eingemischt, und es wurde eine regelrechte Straßenschlacht. Dann haben sich die streikenden Arbeiter ins Getümmel gestürzt und die Huren verprügelt. Eine Puffmutter wurde zusammengeschlagen. Einer aus unserem Viertel, Mayer der Blinde, hat fünf Stichwunden abbekommen.«

»Mayer der Blinde? Wo ist er?«

»Kennst du ihn?«

»Ich habe den Namen gehört.«

»Er war der Anführer der Rowdys. ›Rabbi‹ haben sie ihn genannt. Wenn jemand bestohlen wurde, ging er zu Mayer dem Blinden und zahlte ihm Lösegeld, und wenn Mayer dem Dieb befahl, die Beute zurückzugeben, dann bekam der Bestohlene alles wieder – bis zum letzten Groschen. Jetzt ist Mayer der Blinde nicht mehr der große Macker. Er ist auf einem Auge blind und mit dem anderen kann er fast nichts mehr sehen. Eine neue Generation ist herangewachsen. Wie es im Pentateuch geschrieben steht: ›Und er kannte Josef nicht.‹ Du weißt doch, was das heißen soll?«

»Ich bin eine Zeitlang in den Cheder gegangen.«

»Man vergißt, was man gelernt hat, aber einiges behält man. Ich wache mitten in der Nacht auf, und mir fällt ein Bibelvers ein – und später vergesse ich ihn wieder. Ich habe gehört, daß du gestern beim Rebbe gewesen bist und ihm ein paar Rubel gegeben hast.«

Max Barabander schob sein Glas weg. »Wer hat dir das gesagt?«

»Hier weiß man über alles Bescheid. Der Rebbe ist ein guter Mann und ein armer Schlucker. Er hatte einen Sohn, der ein moderner Jude geworden und von zu Hause fortgegangen ist. Er setzte einen steifen Hut auf, und sein Vater saß Schiwe für ihn. Du hast Zirele kennengelernt, stimmt's?«

»Ja, sie war da.«

»Ein gutes Mädchen, aber ihr Vater hat wenig Freude an ihr. Zu modern. Sie sollte den Sohn eines Melamed, Reb Zeinwele, heiraten, aber sie hat die Partie ausgeschlagen. Als ihre Mutter darauf beharrte, wollte Zirele sich vom Balkon stürzen. Ich war dort und habe sie schreien gehört. Nur mit einem Hemd bekleidet, kam sie auf den Balkon gerannt und wollte übers Geländer springen. Selbstmord begehen, nennt man das. Der Rebbe rannte ihr nach, ohne Kaftan, nur im Gebetsmantel. Sein Käppchen fiel hinunter. Aus der Partie wurde nichts. Zirele kommt jeden Morgen hierher, um die Zeitung zu kaufen. Du bist Witwer, stimmt's?«

»Ja, das stimmt.«

»Was ist denn da draußen für ein Radau? Ich seh mal nach.«

Als Chaim hinausgegangen war, trank Max einen Schluck Kaffee. Es hatte sich schon gelohnt, hierherzukommen. Ein leckeres Frühstück – und außerdem hatte er etwas über Zirele erfahren. Wenn ein Mädchen so hitzköpfig sein kann, muß man auf der Hut sein. Andererseits: ein solches Mädchen ist heißblütig. Leicht zu verführen.

Chaim kam zurück. »Ein Glaser ist von einem Fenster im dritten Stock heruntergefallen.«

»Ist er tot?«

»Hat sich bloß ein Bein gebrochen.«

»Der hat mehr Glück als ich«, dachte Max. »Man bringt ihn ins Krankenhaus und kuriert sein Bein.« Er rief den Kellner herbei, zahlte, nickte Chaim zu und ging hinaus.

Von der Straße aus konnte er den Balkon sehen, der zur Wohnung des Rabbis gehörte. Ein Junge mit roten Schläfenlocken stand auf dem Balkon. Unter dem Saum seines nicht zugeknöpften Kittels waren die Schaufäden seines Gebetsschals zu sehen. Der Balkon war so niedrig, daß Max ihn fast berühren konnte. »He«, rief er, »wie heißt du?«

»Ich? Itschele.«

»Du bist wohl der Sohn des Rebbe?«

»Ja.«

»Ist der Rebbe zu Hause?«

»Nein.«

»Und deine Mutter?«

»Sie ist nicht da.«

»Wer ist denn da?«

»Meine Schwester.«

Etwas zerrte an Max' Eingeweiden. »Ich gehe hinauf«, dachte er. »Was kann denn schon passieren? Wenn sie mich hinauswirft, geht doch die Welt nicht unter.« Er ging durch das Hoftor. »Hab ich mich etwa in sie verliebt? Nein, das ist keine Liebe, sondern Hartnäckigkeit – der Wunsch, eine Mauer einzureißen.« Er war nach Polen gekommen, um etwas in die Tat umzusetzen – was, das wußte er selber nicht. Wenn er es nicht schaffte, sich aus seiner Misere zu befreien, dann gäbe es nichts mehr, was ihn zur Heimkehr bewegen könnte. Er glich einem Spieler, der sein ganzes Vermögen beim Roulette einsetzt.

* * *

Als er an die Tür klopfte, antwortete niemand. Er drehte den Knauf herum, die Tür ging auf, und er sah Zirele auf einer eisernen Bettstatt sitzen und eine jiddische Zeitung lesen. Sie war eine jener Brünetten, deren Haare einen goldblonden Schimmer haben. Ihr Gesicht und ihr Hals waren leuchtend weiß. Auf ihren Wangen waren zwei rote Flecken, wie man sie manchmal bei Schwindsüchtigen, aber auch bei jungen, gerade erst der Kindheit entwachsenen Mädchen sieht. Zirele wirkte jetzt jünger als am Abend zuvor. Als sie Max sah, blitzte in ihren blauen Augen eine typisch weibliche Freude auf. Doch gleich wurde sie wieder ernst und wich zögernd ein wenig zurück. Über ihrem Kleid trug sie, wie ein Schulmädchen, eine Latzschürze aus Rips.

»Keine Bange, Zirele«, sagte Max, »ich tu Ihnen nichts. Ich bin in das Café von ... wie heißt er doch gleich ... von Chaim Kawiornik in Hausnummer 8 gegangen und habe Ihren Bruder auf dem Balkon stehen sehen. Er ist Ihnen wie aus dem Gesicht geschnitten.«

Zirele ließ die Zeitung sinken. »Er ist heute nicht in den Cheder gegangen, weil heute Galuewka ist.«

»Was ist das?«

»Der Geburtstag des Onkels des Zaren. Itschele geht in einen staatlichen Cheder – da werden alle christlichen Feiertage eingehalten.«

Max hatte nicht alles mitbekommen, was sie sagte, aber ihre Stimme berauschte ihn. Sie war so rauh wie die ihres Vaters, des guten Mannes, klang aber trotzdem wie eine Glocke. Wenn Zirele den Mund öffnete, sah man ihre milchweißen Zähne. »Sie ist reizend«, dachte Max. Es drängte ihn, sie in die Arme zu nehmen und mit aller Kraft an sich zu drücken, sie irgendwohin zu tragen, wo er mit ihr allein sein und sich an ihrem Körper berauschen konnte. Gleichwohl war ihm klar, daß er sich beherrschen mußte. »Sie ist die Tochter eines Rebbe, und ihr Bruder ist zu Hause.«

»Zirele, ich möchte etwas mit Ihnen besprechen, das zu Ihrem eigenen Besten ist.«

»Ach ja? Meine Mutter ist nicht zu Hause. Ich muß gleich das Mittagessen richten.«

»Hätten Sie Lust, mit mir zu Mittag zu essen? Ich lade Sie in ein ... wie nennt ihr das? ... in ein Speiselokal ein. Ich möchte mit Ihnen reden.«

»Worüber denn? Das hat mir gerade noch gefehlt – mit Ihnen ausgehen! Hier ist es wie in einem Schtetl, schlimmer sogar. Jeder weiß, was die Nachbarn im Kochtopf haben. Meine Mutter ...« Sie hielt inne und sah ihn verschmitzt, neugierig, aber auch ein bißchen ängstlich an. »Ich habe noch das Wechselgeld von den zwanzig Rubeln, die Sie mir gestern gegeben haben.« Sie machte eine Bewegung, als wollte sie das Geld aus ihrem Strumpf ziehen.

Max sah sie verwundert an. »Ich will Ihr Geld nicht. Im Gegenteil. Ich möchte Ihnen mehr Geld geben. Vielleicht können wir uns irgendwo treffen. Wie heißt der Park, der für Juden verboten ist?«

»Meinen Sie den Sächsischen Garten? Den dürfen Juden besuchen, aber bloß solche, die keinen Kaftan tragen. Und die Frauen müssen einen Hut aufsetzen.«

»Ich kaufe Ihnen einen Hut.«

Zirele sah ihn erstaunt und mißtrauisch an. »Was würden die Leute sagen? Die Tochter des Rebbe! Man würde meinen Vater aus Warschau verjagen.«

Max ging einen Schritt auf sie zu. »Ihr Vater ist doch nicht in ganz Warschau bekannt. Möglicherweise bloß in dieser Straße. Auf dem Marschall-Boulevard weiß bestimmt niemand, wer Sie sind. Wir gehen in einen Laden und kaufen für Sie den schönsten Hut in ganz Warschau. Dann nehmen wir eine Droschke und fahren...«

»Wohin denn?« fragte Zirele so gespannt wie ein Kind, dem man ein Erwachsenenvergnügen versprochen hat.

»Oh, zum Sächsischen Garten oder weiter hinaus in die Neue-Welt-Straße. Ich weiß nicht mehr, wie die Allee heißt.«

»Jerusalemer Allee. Ich kann nicht mitkommen, weil ich das Mittagessen kochen muß. Meine Mutter ist zu einer alten Freundin gegangen, die in Hausnummer 12 wohnt. Wir essen um zwei Uhr zu Mittag. Mein kleiner Bruder Moische kommt aus dem Cheder nach Hause und...«

»Dann treffen wir uns nach dem Mittagessen.«

»Wo? Wenn ich ausgehe, muß ich sagen wohin. Meine Mutter ist sehr nervös. Sobald sie sich Sorgen macht, bekommt sie Herzklopfen. Wenn ich eine Stunde unterwegs gewesen bin, muß ich genau berichten, was ich gemacht habe.«

»An so einem schönen Tag geht doch jeder gern spazieren, auch die Tochter eines Rebbe. Gehen Sie hinüber zum Hotel Bristol, dort werde ich auf Sie warten.

Wir nehmen eine Droschke, und niemand wird wissen, wer Sie sind. Man könnte Sie doch für meine Tochter halten. Ich kaufe Ihnen einen Hut und Schuhe und was Sie sonst noch brauchen. Wir werden eine Weile zusammensein, dann fahren Sie in einer Droschke zurück. Falls Sie ins Theater oder in die Oper gehen wollen, kaufe ich Plätze in der ersten Reihe.«

Zirele fuhr sich mit der Zunge über die Oberlippe. »Aus dem Theater kommt man nicht vor Mitternacht nach Hause. Meine Familie würde befürchten, ich sei entführt worden oder sonstwas. Meine Mutter würde vor Aufregung sterben. Mein Vater ...«

»Wir müssen ja nicht ins Theater gehen. Wir könnten uns in ein Café setzen oder eine Spazierfahrt über die Pragabrücke machen. Als ich Sie gestern reden hörte, da wußte ich sofort, daß Sie kein Dummerchen sind. Sie wissen, worauf es im Leben ankommt, aber Ihre Eltern ... Fanatiker. Die werden Sie mit einem Schmegegge verheiraten, Ihnen den Kopf scheren und Ihnen eine Perücke aus Seidenhaar aufsetzen. Und später werden Sie ein Haus voller schmutziger Kinder haben.«

Zireles Miene wurde ernst. »Ja, das stimmt, aber ...«

»Was aber? Kommen Sie nach dem Essen ins Hotel Bristol. Falls Sie sich nicht hineintrauen, warte ich vor dem Hotel auf Sie. Ich bin nicht arm, ich habe Geld. Meine Frau ist tot, und ich bin, wie man so sagt, ohne Kind und Kegel. Ich möchte gut sein, aber ich brauche jemanden, zu dem ich gut sein kann.« Er war entzückt über seine eigenen Worte.

Ihm war nicht klar, ob er dieses Mädchen, die Tochter des Rebbe, vom rechten Weg abbringen oder ob er sein Leben mit ihr teilen wollte. Ein berühmter Arzt in Berlin, ein Psychiater, der Jiddisch konnte, hatte ihm gesagt, das beste Heilmittel für seinen Gemütszustand wäre, sich zu verlieben. »Mit Zirele würde ich wieder ein Mann werden«, dachte er. Ob er wirklich davon überzeugt war oder ob er sich das nur einreden wollte, wußte er selber nicht genau.

Zögernd legte Zirele die Zeitung auf die Bettstatt. »Ich habe Angst, daß mich jemand erkennen könnte.«

»Niemand wird Sie sehen.«

»Was soll ich denn mit dem Hut machen, wenn ich nach Hause komme? Meine Eltern fragen mich bestimmt, woher ich ihn habe.«

»Nebbich. Ich werde mit Ihren Eltern sprechen. Ich werde ihnen sagen, daß ich Sie heiraten will.« Es war, als hätte ein Dibbuk in ihm gesprochen.

Zirele warf rasch einen Blick zur Tür. »Ach, was reden Sie denn da?«

Max wechselte plötzlich zum vertraulichen »Du« über.

»Ich bin fast dreißig Jahre älter als du, aber ich bin kein alter Mann. Wir könnten eine Weltreise machen. Ich engagiere einen Lehrer für dich, keinen alten Schullehrer, der zwanzig Kopeken verlangt, sondern einen Professor, bei dem du Russisch, Deutsch, Französisch lernen kannst – alles, was du willst. Auch ich möchte lernen. Wie sagt man so schön? ›Besser spät als nie.‹ Ich habe, gottlob, genug Geld. Wir können nach Paris, London, New York reisen. Du bist keine Landpomeranze. Ich habe auf den ersten Blick gesehen, wie vornehm du bist.«

Zireles Gesicht wechselte unheimlich schnell die Farbe. Ihr Blick verriet Schrecken, aber auch die Verwirrung eines Menschen, der unbedingt etwas sagen will, es dann aber doch für sich behält. Sie nestelte an ihren Haarflechten herum, zuerst mit der rechten, dann mit der linken Hand. Sie hatte kleine, weiße Hände, genau wie ihr Vater. »Bitte!« platzte sie dann heraus. »Jemand könnte vorbeigehen und uns hören.«

»Um wieviel Uhr kommst du?« fragte Max, überzeugt davon, daß sie kommen würde.

Sie sah ihn fragend an. »Um vier?«

»Ja, um vier.«

»Am Hotel Bristol?«

»Ja.«

»Vielleicht auf der anderen Straßenseite?«

»Wie du willst.«

»Ich komme, aber ... ich werde zu Fuß nach Hause gehen. Eine Droschke – das wäre nicht gut. Die Leute tuscheln ohnehin schon hinter meinem Rücken – Sie können sich gar nicht vorstellen, was ... Ich sollte gezwungen werden ... gegen meinen Willen ... lieber sterben ... ganz einfach ...«

»Ja, ich weiß.«

»Hat man es Ihnen erzählt?«

»Ja, als ich heute zum Frühstück bei Chaim Kawiornik war.«

»Ach bitte, erzählen Sie's nicht weiter, sonst komme ich ins Gerede.«

»Wem sollte ich es denn erzählen? Ich kenne hier doch niemanden. Wenn du willst, rede ich mit deinen Eltern.«

»Die würden nie ...« Sie brach mitten im Satz ab.

»Man kann nie wissen. Sie können dir keine Mitgift geben. All diese Jeschiwaburschen müssen Kost und Logis bei den Brauteltern bekommen – und was sonst noch dazugehört. Ist es hier zu einem Pogrom gekommen?«

»Nein, aber etliche Leute sind erschossen worden.

Hier in unserem Hof hat ein junger Bursche namens Wowa gewohnt, seine Mutter war Witwe. Er ging zu einer Demonstration, und danach hat ihn niemand mehr lebend gesehen.«

»Warst du in ihn verliebt?«

»Nein, aber...«

»Also, ich geh jetzt. Vergiß nicht – um vier Uhr gegenüber dem Hotel Bristol.«

»Ja, um vier.«

Max wollte sich gerade verabschieden, als die Tür zur Betstube aufgerissen wurde und der Junge mit den roten Schläfenlocken hereingestürmt kam. Als er Max sah, wich er einen Schritt zurück, dann deutete er auf ihn. »Ach, Sie sind der Mann, der mich draußen auf dem Balkon angesprochen hat!«

Max betrachtete ihn genauer. Er war so viele Jahre außer Landes gewesen, daß er vergessen hatte, wie jüdische Kinder in Polen gekleidet waren. Der Junge trug eine Schirmmütze aus zerknittertem, fuseligem Samt, die er schief auf dem Kopf hatte. Sein Gesicht, so hellhäutig wie das seiner Schwester, war schmutzverschmiert. An seinem Kittel baumelte der einzige noch vorhandene Knopf. Seine Stiefel waren geflickt, seine Zehen schauten heraus. Sein Gebetsschal war verrutscht, die eine Quaste hing höher als die andere. Max musterte ihn mit Kennerblick: Vor lauter Verlegenheit hatte der Junge sein Hemd hastig unter den Hosenbund geschoben.

Zirele sprang auf und zankte ihren Bruder aus: »Schau doch, wie du aussiehst! Wir ziehen ihm ein frisches Hemd an«, erklärte sie Max, »und kurz darauf ist es schwarz wie die Nacht. Er wälzt sich im Dreck.«

»Das macht doch nichts. Kinder sind halt so. Wie war doch gleich dein Name, mein Junge?«

»Itschele.«

»Gehst du in den Cheder?«

»Heute nicht.«

»Was studiert ihr denn? Den Pentateuch?«

»Pentateuch, Kommentare, Talmud.«

»Welches ist der Bibelabschnitt für heute?«

»*Sch'lach.*«

Max schwieg. Auch er hatte einmal die Heilige Schrift studiert, inzwischen aber alles vergessen. Das Wort *sch'lach* hatte etwas in ihm wachgerüttelt. »Ich muß nach Roszkow fahren«, ermahnte er sich.

»Hier ist ein Vierziggroschenstück für dich«, sagte er zu Itschele, der sofort die Hand ausstreckte. Zirele runzelte die Brauen.

»Geben Sie's ihm nicht! Wozu braucht er Geld? Er kauft sich ja doch bloß Süßigkeiten, und davon bekommt er Würmer.«

»Ich bekomme keine Würmer.«

»Da, nimm das Geld!« sagte Max. »Kauf dir, was du willst, aber sag's deiner Mutter nicht. Kein Wort zu ihr, verstanden?«

»Ja.«

»Erzähl ihr nicht, daß jemand hier war. Und jetzt kauf dir was! Ich heiße Max.«

»Max? Das ist kein jüdischer Name.«

»Eigentlich heiße ich Mordche, aber in Amerika wird daraus Max.«

»Du wohnst in Amerika?«

»Itschele, man redet ältere Leute nicht mit du an!« schalt ihn Zirele. »Das ist unhöflich.«

»Hatte ich vergessen.«

»Nebbich. Er kann mich getrost duzen«, sagte Max. »Und du auch, Zirele. Als ich gestern zu euch kam, habe ich mich sofort wie zu Hause gefühlt – so, als wäre ich zu meinen Eltern, Gott hab sie selig, zurückgekehrt. Ich bin auch in den Cheder gegangen, und was sonst noch dazugehört. Ich hatte einen Lehrer namens Schepsl Banak – das war jedenfalls sein Spitzname. In Roszkow hat jeder einen Spitznamen: Berele Bock, Feiwele Kratzmich, Herschele Dummkopf. Einer wurde Zeinwele Kischkefresser genannt. Was kaufst du dir denn für das Geld, Itschele?«

»Keine Süßigkeiten.«

»Nein? Was denn?«

»Einen Talmud. Ich und ein anderer Schüler müssen in demselben Talmudexemplar lesen. Aber er zieht es immer zu sich hinüber und läßt mich nicht hineinsehen. Wenn wir dann geprüft werden, kann ich den Abschnitt nicht, und der Lehrer schreit mich an.«

»Kostet ein Talmud nur zwanzig Kopeken?«

»Ein kleiner Talmud.«

»Da, ich geb dir noch ein Vierziggroschenstück, damit du dir etwas zum Naschen kaufen kannst. Dann hast du, wenn du dir einen kleinen Talmud gekauft hast, noch etwas zum Verjuxen übrig. Aber sag niemandem, daß ich hier war. Versprichst du mir das?«

»Ja.«

»Jetzt muß ich aber gehen!« Max stürmte hinaus und stieß mit jemandem zusammen. Es war nicht die Rebbezin, sondern eine Frau, die ein Huhn bei sich trug und wie ein Marktweib aussah.

»Jetzt hat mein Leben wieder einen Sinn«, sagte er sich. Er spürte nicht mehr die Leere, die ihn seit Arturos tragischem Tod gequält hatte. Am Hoftor bog er nach links ab. »Wozu wird das alles führen? Rochelle ist noch am Leben. Ich bin kein Witwer...« Er ging langsam in Richtung Gnojnastraße.

»Ein Ertrinkender greift nach einem Strohhalm«, sagte er laut vor sich hin.

Es regnete an diesem Abend, und der Droschkenkutscher mußte das Verdeck hochziehen. Max umarmte Zirele und küßte sie. Er spürte sie zittern wie ein Vögelchen. Nach Atem ringend, stieß sie ihn zurück. Ihr Gesicht wurde feuerrot. Es war schon lange her, seit ihn ein solches Verlangen nach einer Frau gepackt hatte, ein Verlangen so stark und heftig wie in seinen frühen Mannesjahren.

»Ich liebe dich! Ich liebe dich! Wir werden heiraten. Du wirst die Mutter meiner Kinder sein.«

Zireles Herz klopfte so heftig, daß er Angst bekam. Ich lasse mich von Rochelle scheiden, beschloß er. Ich gehe mit Zirele nach Afrika, bis ans Ende der Welt!

In der Gnojnastraße ließ er den Kutscher anhalten, weil Zirele nicht in einer Droschke zu Hause vorfahren wollte. Max hatte ihr versprochen, daß sie um neun Uhr wieder daheim sein würde, aber es war jetzt bereits Viertel vor zehn. Der Regen hatte aufgehört, die nasse Brücke glänzte, in ihren Mauersteinen spiegelte sich das Licht der Gaslaternen. Vom Fluß her blies ein kühles Lüftchen.

Max gab Zirele einen Abschiedskuß, bezahlte das Fahrgeld und half ihr beim Aussteigen. »Morgen vormittag komme ich zu euch. Ich werde ganz offen mit deinen Eltern sprechen.«

»Ach, ich hab Angst! Was soll ich ihnen denn sagen? Sie halten bestimmt schon Ausschau nach mir.«

»Sag ihnen, was du willst. Du kannst ihnen sogar sagen, daß du mit mir zusammenwarst. Wir werden ja heiraten.«

»Vielleicht ist es ihnen nicht recht, daß du keinen Bart hast.«

»Besser ein Jude ohne Bart als ein Bart ohne einen Juden«, zitierte Max aus einem Couplet des Jiddischen Theaters. »Wenn deine Eltern nicht zustimmen, brennen wir durch.«

Er sah ihr nach. Bevor sie in die Krochmalnastraße einbog, warf sie ihm einen ängstlichen und zugleich liebevollen Blick zu. Nein, er hatte diese Reise nicht vergebens gemacht. Jetzt war er wieder ein Mann. Ein junges Mädchen liebte ihn und wollte ihn heiraten – eine reine Jungfrau, die Tochter eines Rabbis. Zwischen den Wolken tauchte ein Stückchen Mond auf. Max holte tief Luft. Ja, die Krise war überstanden. Bedeutete das, daß es einen Gott gibt, der über jeden von uns wacht?

Eigentlich wollte Max ins Hotel zurückfahren – aber nein, es war noch zu früh für ihn, sich schlafen zu legen. Ihm fiel ein, daß Esther, die Bäckersfrau, ihn eingeladen hatte. Die Uhrzeit stimmte genau. Beschwingten Schrittes machte er sich auf den Weg. »Von jetzt an«, dachte er, »läuft für mich alles nach Wunsch.«

Als er bei Hausnummer 15 angelangt war, warf er einen Blick auf das Fenster des Rabbis im ersten Stock. Dort brannte Licht. Zirele war bestimmt schon daheim. Er legte zwei Finger auf die Lippen und warf ihr in Gedanken eine Kußhand zu. »Sie ist genau das, was ich brauche: jung, hübsch, nicht allzu gewieft, nicht fanatisch. Der Rebbe wird schon einwilligen. Ein Vater, dessen Tochter versucht hat, sich vom Balkon zu stürzen, kann nicht erwarten, daß sie eine großartige Partie macht.«

Als er am Hoftor vorbeiging, stiegen ihm typische Backstubengerüche in die Nase. Es roch nach Kümmel, Mohn, frischgebackenen Bejgl, Sauerteig. In einem Kellerraum, zu dem ein paar Stufen hinunterführten, schob ein Bäcker mit einer Schaufel Brotlaibe in den Backofen. Mitten im Raum stand ein Behälter mit kochendem Wasser, in den ein barfüßiger Mann, der nur mit seiner Unterwäsche bekleidet war und eine kegelförmige Papiermütze aufhatte, die vorbereiteten Bejgl warf. An einem riesigen, von einer Wand bis zur anderen reichenden Trog standen halbnackte junge Burschen, die Teig kneteten, einander etwas zuschrien und lachten. Der Anblick rief Max die Geschichten über die Hölle in Erinnerung, die er in seiner Jugend gehört hatte und in denen von Leuten erzählt wurde, die das Feuer anfachen, in dem sie dann wegen ihrer Sünden brennen müssen.

Ein mit Mehlstaub bedeckter Mann, der ein mit Rohteiglaiben beladenes Brett trug, ging vorbei. »Wo wohnt der Bäcker?« fragte ihn Max.

»Gleich da oben, im zweiten Stock.«

Max stieg die halbdunkle Treppe hinauf, die nur von einem verrußten Petroleumlämpchen beleuchtet war. Er brauchte nicht anzuklopfen, die Tür stand offen. Er hörte Geplauder, Gelächter und das Klirren von Geschirr. Drei Frauen saßen an einem Tisch und aßen ihr Nachtmahl. Sie waren so sehr mit sich beschäftigt, daß sie Max' Schritte nicht hörten. Er blieb eine Weile an der offenen Tür stehen und beobachtete die drei. Er erkannte Esther wieder, konnte sich aber auch denken, welche der beiden anderen Frauen ihre Schwester und welche ihre Tochter war. Als er hüstelte, blickten die drei auf. Esther stellte ihr Glas auf die Untertasse.

»Mamelech, er ist da!« Sie sprang auf. »Ich hatte dich schon abgeschrieben!« Sie klatschte in die Hände.

Im Nu saß Max am Eßtisch. Die drei hatten bereits von ihm gesprochen. Die ganze Straße wußte von seinem Besuch beim Rebbe. Zirele hatte recht: Die Krochmalna glich einem Schtetl. Max hatte schon zu Abend gegessen, bekam aber sofort wieder Appetit. Esther verschwand in der Küche.

Ihre jüngere Schwester sah ihr sehr ähnlich, nur daß sie ein hellerer Typ war, einen dralleren Busen und breitere Schultern hatte. Sie trug ihr Haar hochgekämmt und auf dem Kopf zu einem Zopf geflochten, der wie ein Rosch-Haschana-Striezel aussah. Schmuel Smetena hatte sie eine Schönheit genannt, aber Max gefiel die ältere Schwester besser.

Esthers Tochter geriet offenbar ihrem Vater nach: groß, stämmig, blond, der Typ, den man in der Krochmalnastraße als »strammes Weibsbild« zu bezeichnen pflegte. Ihr Lachen war laut und schallend. Sie mampfte mit vollgestopftem Mund. Bald würde sie ein Doppelkinn haben. Und in ein paar Jahren würde sie aufgehen wie ein Batzen Hefeteig.

Esther kam mit einem Tablett, auf dem eine Flasche Schnaps und einige kleine Gläser standen.

»Wir sind keine Saufbolde«, sagte sie, »aber zu Ehren unseres Gastes werden wir uns ein Schlückchen genehmigen.«

Als das Gespräch auf den Rebbe und Schmuel Smetena kam, sagte Esther: »Schmuel ist zum Schlimmsten fähig, aber er tut den Leuten gern einen Gefallen. Wer Geld hat, von dem läßt er sich für seine Dienste gut bezahlen, aber armen Schluckern hilft er kostenlos. Dem Rebbe ist der Gang zum Polizeirevier nur um Haaresbreite erspart geblieben.«

»Ist Schmuel Familienvater?«

»Ja, aber bloß am Schabbes.«

»Die Woche über läßt er sich daheim nicht blicken«, legte Celia, Esthers Schwester, los.

»Treibt er sich mit anderen Frauen herum?«

»Nur mit einer einzigen. Aber mit was für einer!«

»Wenn wir alle doch täglich so viel Geld verdienen könnten, wie Schmuel jede Woche beim Kartenspielen verliert!« warf Esther ein. »Im Nachwächterkabuff drüben in Hausnummer 11 wird gekartet. So mancher närrische Chassid hat dort seine Mitgift verspielt.«

»Was spielen die Leute denn?«

»Oke, Bank, Sechsundsechzig, Tausend – alles mögliche. Einmal hat einer gezinkte Karten benützt und alle Mitspieler ausgenommen, aber dann mußte er mit Knochenbrüchen im Sanitätswagen abtransportiert werden.«

»Schreitet denn die Polizei nicht dagegen ein?«

»Die bekommt einen Anteil von jedem Gewinn.«

Max trank ein Gläschen Schnaps und fühlte sich pudelwohl. Er aß eine Zwiebelsemmel, die genau so schmeckte, wie er es in Erinnerung hatte. Nach einer Weile begann Celia zu gähnen. Dasche, Esthers Tochter, sagte, ihr Mann warte zu Hause auf sie.

Max stand auf. »Für mich ist es auch höchste Zeit.«

»Warum hast du's denn so eilig?« fragte Esther. »Wartet vielleicht jemand im Hotel Bristol auf dich?«

»Wer denn? Die Königin von Saba?«

»Dann bleib doch da. Ich geh nie vor zwei Uhr schlafen.«

Als die anderen gegangen waren, wirkte Esthers Gesicht älter und härter.

»Wo ist dein Mann?« fragte Max.

»In Lazars Schenke.«

»Wer kümmert sich um die Backstube?«

»Niemand. Unsere Bäckerei könnte eine Goldgrube sein. Ein Wunder, daß wir genug zum Leben haben.« Esther spielte mit ihrer Gabel und runzelte die Stirn. »Pejsach war der beste Bäcker in Warschau. Als ich ihm anverlobt wurde, sagten alle, ich sei in einen Topf voller Gold gefallen. Er hätte alle anderen Bäcker in unserem Viertel ausstechen können. Aber ein paar Jahre nach unserer Hochzeit hat er zu trinken begonnen. Seine Gehilfen tun, was sie wollen. Er drückt sich vor jeder Verantwortung – vor der für seine Tochter, für die Bäckerei, für das Haus. Wenn er nicht säuft, liegt er auf den Säcken in der Backstube und schnarcht. Er macht mir vor aller Augen Schande und hält die Feiertage und den Schabbes nicht ein. Hast du Frau und Kinder?«

»Ich hatte.«

»Was ist passiert?«

»Der Todesengel hat sie geholt.«

»Du bist noch jung.«

»Kummer macht alt.« Er war drauf und dran, von Zirele zu sprechen, aber er beherrschte sich. Er zündete sich eine Zigarette an und blies Rauchkringel. »Was nützt einem das Geld, wenn man niemanden hat, mit dem man es teilen kann? Selbst Rothschild ißt nur einmal täglich zu Mittag. Die Riviera ist wunderschön, aber wenn man allein in einem Eisenbahnabteil sitzt, hat man es bald satt, sie zu bewundern.«

»Findest du denn keine Frau, wie du sie dir wünschst?«

»Die jungen Frauen sind zu jung und die in meinem Alter sind verheiratet.«

»Ich wollte, ich hätte so viele tausend Rubel, wie es in Warschau Witwen gibt.«

»Wer eine Witwe heiratet, schläft mit ihrem verstorbenen Mann.« Max war sich nicht sicher, ob dieser Ausspruch auf seinem eigenen Mist gewachsen war oder ob er ihn irgendwo gelesen hatte.

Er stand vom Tisch auf und begann im Zimmer auf und ab zu laufen. Esther stand ebenfalls auf. Max wußte, daß er sich, wenn er Zirele wirklich liebte, nicht mit dieser Bäckersfrau, die schon Großmutter war, einlassen durfte. Aber man kann ja, wie der Volksmund sagt, schon ehe man in einem guten Wirtshaus einkehrt, einen Schluck vertragen. Er ging zu Esther hinüber, faßte sie um die Hüften und zog sie an sich. Sie wehrte sich nicht. Ihre Knie preßten sich an seine. Er küßte sie auf den Mund. »Jetzt schon?« fragte sie.

»In unserem Alter sollte man damit nicht zu lange warten.«

»Moment! Ich verriegle die Wohnungstür.«

Kaum hatte sie das gesagt, da spürte Max, daß seine Begierde nachließ. Das war ihm schon oft passiert. Sobald eine Frau nachgab, begann etwas in ihm abzukühlen, sich zusammenzuziehen – und ihn überkamen Angst und Scham. Hastig trank er den Schluck Schnaps, der noch in seinem Glas gewesen war. Der Alkohol stieg ihm zu Kopf. Aber die Angst verging nicht.

Esther blieb viel länger draußen, als man zum Verriegeln einer Tür braucht. Vielleicht wusch sie sich und zog etwas anderes an. Max sah zum Fenster, als ob er hinausspringen wollte. »Ich will nur solche haben, die nicht bereit dazu sind«, dachte er.

Fünf Minuten vergingen, dann steckte Esther den Kopf herein. Sie hatte sich ausgezogen und war in einen Bademantel geschlüpft. Mit einer Handbewegung forderte sie ihn auf, ihr ins Schlafzimmer zu folgen. Er winkte ihr sein Einverständnis zu. Dann schlich er auf Zehenspitzen zur Wohnungstür, entriegelte sie nach einigen vergeblichen Versuchen und ging hinaus.

Er rannte in Richtung Cieplastraße. Auf seinen abendlichen Triumph war eine bittere Niederlage gefolgt. »Gott im Himmel, das ist das Ende!«

Max Barabander zog sich aus und legte sich zu Bett, obwohl er wußte, daß er kein Auge zutun würde. Die Fenster waren offen, aber es kam kein bißchen frische Luft herein. Bewegungslos lag er da. Es juckte ihn am Hals, an den Schultern und den Beinen, aber er kratzte sich nicht. Wenn ein Mann seines Alters keine Lust mehr auf eine Frau hat, dann werden ihm das Essen, Trinken, Anziehen und das In-der-Welt-Herumreisen zur Last.

»Es gibt nur einen Ausweg«, sagte er sich. »Selbstmord.« Aber wie? Sich erschießen? Aus dem Fenster springen? Sich in der Weichsel ertränken? Sich vergiften? Sich erhängen? An der Zimmerdecke hatte er einen Haken entdeckt, aber er mußte erkennen, daß er nicht bereit war, sich einen Strick zu besorgen, eine Schlinge zu knüpfen und einen Schemel darunter zu stellen. So, wie dieser Wahnsinn begonnen hatte, so konnte er auch enden. Der Tod kommt nie zu spät. Aber was dann? Wenn es wirklich einen Gott gibt? Dämonen? Das Paradies? Vielleicht würde er am Tag nach seinem Tod vor Gottes Thron stehen.

Im Bett ausgestreckt, unfähig, sich zu bewegen, zog Max die Bilanz seines Lebens. Sein Vater war ein frommer Mann gewesen, ein Kutscher, der seinen letzten Groschen dafür gegeben hatte, daß Motl – wie er, Max, damals genannt wurde – in den Cheder gehen konnte. Aber fürs Lernen hatte er nichts übrig gehabt. Beim Aufsagen der Gebete ließ er ganze Zeilen aus, am Sabbat spielte er Karten, und oft hängte er sich hinten an ein Fuhrwerk. Schon frühzeitig war er hinter Mädchen her und prügelte sich mit gojischen und jüdischen Jungen. In Roszkow hatte er in dem Ruf gestanden, den Leuten gern Streiche zu spielen, ein Possenreißer und ziemlich dußlig zu sein. Als Fünfzehnjähriger trieb er sich mit einer jungen Schickse namens Wanda herum, die Ställe ausfegte. Er bestahl Juden und polnische Bauern. Von seinem Vater wurde er zu einem Schneider in die Lehre gegeben, doch er hatte für dieses Handwerk nichts übrig. Bei der ersten Gelegenheit brannte er nach Warschau durch.

Aber er war nicht ganz ungebildet geblieben. Er hatte Groschenhefte, jiddische Zeitungen, ja sogar Bücher gelesen: Schomer, Isaak Meir Dick und allerlei Almanache, aber auch Autoren wie Linetzki, Mendele Moicher Sforim, Scholem Alejchem, Hermalin und Seifert. Er hatte unzählige Witze und Anekdoten auf Lager, die er von Handlungsreisenden, Dieben, Hehlern und Ladenschwengeln gehört hatte. Er war ein Experte im Verführen von Frauen und jungen Mädchen geworden. Er hatte nie gelernt, einen fehlerfreien Brief zu schreiben, aber er war zungenfertig sowohl im Jiddischen wie auch im Polnischen und Russischen. Er liebte die Oper, das Theater, den Zirkus, das Ballett.

Gott im Himmel! Er hatte Eroberungen gemacht, mit denen er sich leider nicht brüsten konnte, weil man ihn für einen Lügner gehalten hätte. Choristinnen und

Revuetänzerinnen waren seine Liebchen gewesen – einmal sogar eine Schauspielerin, die im Muranower Theater Hauptrollen spielte. In Argentinien war er eine Zeitlang mit Besitzern von Bordellen befreundet gewesen. Und in diesem Milieu hatte er Rochelle kennengelernt. Damals hatte er sich allerdings geschworen, nicht in diesem Sumpf steckenzubleiben.

Sobald er das nötige Geld hatte, machte er Geschäftsreisen durch ganz Südamerika, durch die Vereinigten Staaten und Kanada. Er begriff, was die Zionisten und die Sozialisten wollten. Er lernte Anarchisten und Vegetarier kennen, Leute, die dafür plädierten, daß die Juden sich in Baron de Hirschs Kolonien ansiedeln sollten, und die Tolstojaner, die den Boden bestellten und nach der Lehre Tolstojs lebten. Er abonnierte eine jiddische Zeitung und eine New Yorker Zeitschrift und freundete sich mit New Yorker Schauspielerinnen und Schauspielern an, die auf Gastspielreise nach Buenos Aires kamen.

Trotz alledem behielt er seine Unterweltlermentalität bei. Er hatte phantastische Träume von großen Raubüberfällen, Geldfälschersyndikaten und allerlei Machenschaften, mittels derer man schnell reich werden konnte. Auch nachdem er mit seinen anrüchigen Freunden gebrochen hatte und Mitglied der Beerdigungsbruderschaft geworden war, in die nur angesehene Gemeindemitglieder aufgenommen wurden, konnte er einfach nicht aufhören, von zwielichtigen Geschäften zu träumen. Und nach wie vor war er begierig darauf, unschuldige Frauen zu verderben, eine Ehefrau ihrem Mann, eine Braut ihrem Verlobten abspenstig zu machen. In seiner Phantasie entführte er nach wie vor Mädchen auf Schiffen nach Buenos Aires und in andere Länder Südamerikas. Als Rochelle schwanger war, zitterte er vor Angst, sie könnte ein Mädchen zur Welt bringen.

Obwohl er kein Intellektueller war, hatte er seine eigene Weltanschauung. Waren die sogenannten anständigen Leute denn bessere Menschen als die Prostituierten, Diebe und Zuhälter? Die Kaufleute betrogen, die Hausfrauen beschwindelten ihre Ehemänner. Gab es denn nicht Bücher über Prostituierte und Mörder? Die Unterwelt täuschte wenigstens nicht vor, fromm zu sein. Max führte, so gut er es eben verstand, Beschwerde gegen Gott. Die Welt hat sich nicht selbst erschaffen, jemand muß doch für diesen kleinen Planeten Erde verantwortlich sein – aber wer *ist* dieser Jemand? Was *will* er eigentlich? Niemand war dabei, als Gott dem Moses die Zehn Gebote gab. Nimm dir doch, was du kriegen kannst. Aber was konnte er sich denn nehmen?

Bei Tagesanbruch schlief Max ein, und eineinhalb Stunden später wachte er auf. Um acht Uhr klingelte er nach dem Zimmermädchen und ließ sich ein Bad richten. Im Badezimmer zog er seinen Schlafrock aus und betrachtete seinen Körper im Spiegel. Er hatte zugenommen, aber seine Muskeln waren noch straff, seine Lebenssäfte flossen noch, seine Manneskraft lauerte auf ihre Wiederkehr. Er war nur einen Schritt weit von seiner alten körperlichen Leistungsfähigkeit entfernt. Etwas hatte sich in seiner Seele eingenistet. Kummer, Bedauern und Scham hatten wie ein Dibbuk Besitz von ihm ergriffen. »Ja«, dachte er, »ich sollte mich vielleicht an einen Rabbi wenden. Vielleicht an Zireles Vater, diesen guten Mann? Nein, nein, dem kann ich so etwas nicht anvertrauen.«

Beim Frühstück blätterte er die Zeitung durch, dann

überflog er die Inserate. Eines erregte seine Aufmerksamkeit: »Der berühmte Hellseher Bernard Schkolnikow liest Ihre Zukunft aus Ihrer Hand und Stirn, macht vermißte Personen und Gegenstände ausfindig, klärt Diebstähle auf, zeigt Ihnen in einem Spiegel Ihre Lieben. Preisgünstig. Besuchszeit von zehn Uhr morgens bis acht Uhr abends.« Adresse und Telephonnummer waren angegeben.

Max hörte einen Moment lang zu kauen auf. Vielleicht konnte dieser Mann ihm helfen. Vielleicht hatte die höhere Macht, die über die Welt waltet, ihn davon abgehalten, die Zeitung in den Papierkorb zu werfen. »Ich gehe noch heute zu diesem Hellseher.«

Wer weiß? Es gibt unergründliche Geheimnisse. Eine Zigeunerin hatte ihm einmal Dinge vorhergesagt, die sich in jeder Hinsicht bewahrheitet hatten. Und wie? Mit schmutzigen Spielkarten. Es gibt Zauberei, ja, es gibt sie. Vielleicht hatte ihn jemand mit einem Fluch belegt oder den bösen Blick auf ihn geworfen. Rochelle war ja auch so etwas wie eine Hexe ...

Er hatte ziemlich lustlos zu essen begonnen, doch dieses Inserat regte seinen Appetit an. Sorgfältig schnitt er es aus und steckte es in seine Westentasche.

Er wollte gerade sein Zimmer verlassen, als jemand an die Tür klopfte. Es war ein Hotelpage, der eine rote Livree mit goldfarbenen Knöpfen und eine runde Kappe trug. »Panie Barabander? Sie werden am Telephon verlangt.«

»Am Telephon?« Immer das gleiche, dachte Max. Kaum sieht man einen Hoffnungsschimmer, da passiert schon wieder irgend etwas. Aber wer sollte mich denn anrufen? Wer weiß denn, daß ich im Hotel Bristol wohne?

Das Telephon war im Korridor. Max nahm den Hörer. »Wer ist dort?«

»Spreche ich mit Max Barabander?« fragte eine ölige Männerstimme, die so klang, als käme sie nicht aus dem Brustkorb, sondern aus den Eingeweiden des Anrufers.

»Ja, hier ist Max Barabander.«

»Hier ist Schmuel Smetena. Wir haben uns vorgestern in der Kneipe in Hausnummer 17 kennengelernt. Erinnerst du dich?«

»Frag nicht so dumm! Natürlich erinnere ich mich.«

»Das freut mich. Ich verabscheue eingebildete Leute. Ich habe auf den ersten Blick gemerkt, daß du einer von uns bist. Gestern abend waren wir wieder in der Kneipe, und alle haben nach dir gefragt. Auch Esther, die Bäckersfrau aus Hausnummer 15. Du hast Glück bei Frauen.«

»Jetzt nicht mehr.«

»Ein altes polnisches Sprichwort sagt: ›Wo Wasser war, wird es wieder Wasser geben.‹ Warum kommst du nicht herüber? Die Sache ist so: Ich möchte etwas mit dir besprechen, aber nicht in der Kneipe. Ich habe eine Freundin – eine wunderbare Frau. Wir sind wie eine Familie. Ich habe keine Geheimnisse vor ihr. Sie wohnt in Hausnummer 23, und sie kocht fürstliche Mahlzeiten. Komm doch herüber und iß mit uns zu Abend. Nur wir drei.«

»Wie heißt sie? Und welche Nummer hat ihre Wohnung?«

»Hm? Sie heißt Reizl. Reizl Kork. So wird sie in unserem Viertel genannt. Wohnungsnummer 12. Du gehst durchs Tor in den Hof. Die Wohnung ist im zweiten Stock. Gleich nach Hausnummer 17 kommt Hausnummer 21 und dann 23.«

»Wann soll ich kommen?«

»Gegen fünf Uhr. Reizl möchte wissen, was du gerne ißt. Ich mag ihre Fleischklöße mit Graupen besonders gern – und Backpflaumen und gedörrte Aprikosen zum Nachtisch.«

»Was könnte besser sein als Fleischklöße mit Graupen?«

»Falls du eine Droschke nimmst, sag dem Kutscher, er soll durch die Cieplastraße fahren. Es braucht ja nicht jeder in unserer Straße zu wissen, wo du hingehst. Ich bin immer dafür, das Maul zu halten.«

»*Bueno* – wir treffen uns also um fünf.« Erst als Max eingehängt hatte, wurde ihm bewußt, daß *bueno* für die Leute hier in Polen ein Fremdwort war.

* * *

Der Hellseher Bernard Schkolnikow wohnte in der Dlugastraße. Die Droschke fuhr durch die Krakauer Vorstadtstraße, dann durch die Kozia- und Miodowastraße. Das Haus war in der Nähe des Krasinskiplatzes. Max konnte das Schloß sehen. Er erinnerte sich noch gut an dieses Viertel, in dem er oft mit Mädchen spazierengegangen war. Er betrat das Haus, das, wie viele Häuser in der Altstadt, einen engen Flur und schiefe Treppen hatte.

Im dritten Stock war es zappenduster. Max zündete ein Streichholz an und las an der Tür: BERNARD SCHKOLNIKOW. Er klopfte. Es dauerte lange, bis geöffnet wurde. Dann sah er sich einem kleinen Mann gegenüber, der einen winzigen schwarzen Bart und einen Schnurrbart hatte und allem Anschein nach eine Perücke trug. Er hatte einen langen Gehrock an (der nicht wie ein jüdischer Kaftan aussah), eine gestreifte Hose und Pantoffeln. Max fiel auf, daß er kränklich, bekümmert und verängstigt wirkte.

»Ich habe vorhin bei Ihnen angerufen. Max Barabander.«

»O ja, treten Sie ein.« Er hatte eine scharfe, aber heisere Stimme.

Max ging durch einen engen Korridor, dessen Wände dunkel tapeziert waren. An der Decke hing eine gußeiserne Laterne. Dann betrat er ein Zimmer, dessen Fenster mit schweren Portieren verhüllt waren. An der Wand hingen Bilder von Ungeheuern, Schlangen und Skeletten. Die Stühle waren schwarz gepolstert. »Das alles soll den Besuchern Angst einflößen«, sagte sich Max. In dem Raum war es so kalt wie in einem Keller.

Schkolnikow bot Max einen Stuhl an und setzte sich ihm gegenüber an einen kleinen Tisch.

»Wo, sagten Sie, kommen Sie her?«

»Aus Argentinien, aber ich habe schon in einem halben Dutzend Ländern gelebt.«

»Was führt Sie zu mir?«

Max Barabander begann zu erzählen. Von Arturos Tod, von Rochelles Verzweiflung und davon, daß er nach einiger Zeit ebenfalls schwermütig geworden sei. Schkolnikow unterbrach ihn nicht. Er verzog das Gesicht, als hätte er Bauchgrimmen. Mit seinen schmalen Fingern, die lange spitze, weibisch wirkende Nägel hatten, trommelte er auf der Tischplatte herum.

Max wußte selber nicht genau, wie lange er redete. Hin und wieder schloß Schkolnikow die Augen, als ob er eingenickt wäre. Dann öffnete er sie wieder. Er hatte buschige schwarze Brauen und einen durchdringenden Blick.

»Schlicht und einfach, ich kann keiner Frau mehr beiwohnen«, platzte Max heraus. Dann verfiel er in Schweigen.

Schkolnikow sah zum Fenster, als hegte er den Verdacht, daß jemand hereinschaute. »Ob er hier ganz allein wohnt?« fragte sich Max. »Oder hat er eine Familie?«

Schkolnikow kratzte sich an seiner Perücke. »Was sagen die Ärzte?«

»Nerven.«

»Nerven«, wiederholte Schkolnikow, und es klang so, als erfüllte ihn dieses Wort mit Abscheu. Er erschauerte, schloß das eine Auge und schien völlig in Gedanken versunken, die zu kompliziert waren, um ausgesprochen zu werden. »Wohin wurden Sie von den Ärzten geschickt? Nach Karlsbad? Nach Marienbad?«

»Ich war überall.«

»Und nichts hat geholfen?«

»Nichts.«

»Sie haben keine Badekuren nötig«, sagte Schkolnikow, den Blick in eine Zimmerecke gerichtet. »Das Verlangen des Mannes nach einer Frau entspringt dem Geist, nicht dem Körper. Dieses Verlangen wird Potenz genannt. Eine Art Magnetismus. Wie der Magnet Eisen anzieht, so zieht die Frau den Mann an. Nicht alle Frauen besitzen diese magnetische Kraft. Eine Frau kann schön sein und trotzdem den Mann kaltlassen. Eine andere kann häßlich sein, und dennoch kann ihr Anblick im Mann eine magnetische Kraft wecken. Bei einem jungen Mann ist diese magnetische Kraft so stark, daß jede Frau ihn sinnlich erregt. Vor einiger Zeit wurde in der Presse von einem jungen, nichtjüdischen Burschen berichtet, der eine Zweiundsiebzigjährige vergewaltigt hatte. Wenn ein Mann älter ist, muß er die Frau von Herzen lieben, und sie ihn auch – das ist wesentlich. Ihre Frau hat aufgehört, Sie zu lieben, will aber trotzdem nicht, daß Sie mit einer anderen schlafen. Falls sie starke geistige Kräfte besitzt, ist sie imstande, Sie aus der Ferne zu hypnotisieren. Sie kann Sie mittels telepathischer Botschaften unter Kontrolle halten, ohne daß Sie etwas davon merken. So wie jemand, der über größere körperliche Kraft verfügt, einen Schwächeren besiegen kann, so kann jemand, der größere geistige Kraft besitzt, mit einem Schwächeren alles tun, was er will. Und Sie sind eben der Schwächere.«

»Dann ist also nichts zu machen.«

»O doch, o doch. Haben Sie vielleicht eine Photographie Ihrer Frau?«

»Wieso? Ja.«

»Zeigen Sie mir die Photographie. Daß Sie ungeheuer weit von Ihrer Frau entfernt sind, spielt keine Rolle. Für den Geist zählen Entfernungen nicht. Auch wenn Sie bis ans Ende der Welt gingen, würde der Magnetismus Ihrer Frau Ihnen folgen. Zeigen Sie mir das Bild!«

Max gab ihm die Photographie. Bernard Schkolnikow betrachtete sie, verzog das Gesicht, biß sich auf die Lippen. Er drehte das Konterfei von einer Seite auf die andere. Dann schüttelte er den Kopf, als wäre die Wahrheit nur zu offensichtlich.

»Früher wurde es Magie genannt. Jetzt nennt man es Hypnotismus. Alles ist eine Sache des Willens. Warum konnte Napoleon Millionen von Soldaten in den Krieg schicken? Weil sein Wille stärker war als ihrer. Er hat den Krieg nicht deshalb verloren, weil die englischen und preußischen Kanonen besser feuern konnten, sondern weil sein Wille schwächer wurde. Wenn man bei einer Schlacht zusieht, die um einen Hügel oder einen Turm geführt wird, möchte man meinen, es sei ein körperlicher Kampf. In Wahrheit aber ist es ein geistiger Kampf. Verstehen Sie, was ich meine?«

»Durchaus.«

»Ihre Frau führt ganz einfach Krieg gegen Sie. Weil sie will, daß Sie entweder ihr ergebener Sklave werden oder kapitulieren. Sie müssen Widerstand leisten.«

»Wie denn?«

»Das werde ich Sie lehren. Sie müssen ihr ebenfalls Botschaften senden. Es gibt Mittel und Wege, Ihren Magnetismus zu stärken. Wenn Sie stärker werden, wird sie zwangsläufig schwächer. Genau das geschah mit Jakob und Esau. Sind Sie jemals in den Cheder gegangen? ›Der eine stieg auf, der andere fiel.‹ Aber das ist noch nicht alles. Auch die Geister der Toten sind ein Teil unseres Lebens. Sie, Herr Barabander, hatten Eltern, Freunde und geliebte Menschen, die von dieser Welt geschieden sind – wie Ihnen scheint, für immer. Aber sie sind hier und wollen Ihnen helfen. Sie müssen nur lernen, Verbindung mit ihnen aufzunehmen. Abends halte ich Séancen ab, bei denen wir die Geister unserer Lieben heraufbeschwören. Sie brauchen keine Angst zu haben. Geister können Ihnen nichts zuleide tun. Von Ihren Eltern werden Sie jetzt noch genauso geliebt wie als Kind.«

Max würgte es in der Kehle. Nur mühsam konnte er die Tränen unterdrücken.

»Ich habe nie an meine Eltern geschrieben. Nicht einmal einen Grabstein habe ich für sie errichten lassen.«

»Das haben sie Ihnen verziehen. Wie wir die Luft, so brauchen sie die Liebe zum Atmen. Ich kann nichts vorhersagen, aber Sie werden schon sehen. Es wäre gut für Sie, zweimal in der Woche an unseren abendlichen Séancen teilzunehmen. Hauptsache ist, nicht zu zweifeln und Geduld zu haben. Ich selbst bin kein Medium, aber ich habe eine Schwester, die eines ist. Mediale Kräfte sind angeborene Fähigkeiten. Solchen Personen fällt es leicht, Verbindung aufzunehmen mit den körperlosen Geistern, von denen wir umgeben sind und die uns über die Grenzen von Fleisch und Blut hinweg nahekommen wollen. Das Medium hat einen Kontrollgeist, der diese Verbindung vermittelt. Können Sie heute abend kommen?«

»Ich habe schon eine Verabredung für heute abend.«
»Dann vielleicht morgen?«
»Ja, morgen abend kann ich kommen.«
»Gut. Und kommen Sie mit einem Gefühl des Vertrauens, nicht des Zweifels. Glaube ist Potenz, Zweifel ist Impotenz. Verstehen Sie?«
»So ungefähr.«
»Und nun senden Sie Ihrer Frau die erste Botschaft. Schließen Sie die Augen und sprechen Sie mir Wort für Wort nach: ›Rochelle, von heute an wird deine Macht über mich nachlassen. Da du mich nicht mehr liebst, habe ich das Recht, anderswo Liebe zu finden. Ich bin fest entschlossen, frei und unabhängig zu sein, und niemand kann mir meine Freiheit nehmen. All deine Versuche, mich für immer an dich zu fesseln, werden fehlschlagen. Unser Sohn ist auf meiner Seite, in ihm habe ich einen Freund und Verbündeten.‹«

Bei diesen Worten zog sich etwas in Max' Kehle zusammen. Jedes Wort, das er nachsprach, mußte sich durch den Kloß, den er im Hals hatte, hindurchbohren.

Nur mit größter Anstrengung konnte er ein Schluchzen unterdrücken.

»Jetzt dürfen Sie die Augen wieder öffnen«, sagte Bernard Schkolnikow. »Kommen Sie morgen abend um acht.«

»Wieviel bin ich Ihnen schuldig?«

»Fünf Rubel. Die Teilnahme an der Séance kostet drei Rubel.«

Max zog einen Geldschein aus der Hosentasche. Bernard Schkolnikow stand auf. Max erhob sich ebenfalls und fragte: »Wie haben Sie das alles gelernt? Haben Sie es irgendwo studiert?«

»Ach, das ist eine lange Geschichte. Als Kind habe ich Kräfte in mir entdeckt, die ...«

Max verabschiedete sich, und Schkolnikow begleitete ihn zur Tür. Max sah auf seine Uhr. Das Ganze hatte nur fünfzig Minuten gedauert. Er ging die schiefen Stufen hinunter.

»Was ist er eigentlich? Ein Dieb, ein Meschuggener, ein Zauberer?« fragte er sich. Immer wenn er einen Nervenspezialisten konsultiert hatte, war er mit einem Gefühl der Verzweiflung weggegangen. Dieser Meister der Schwarzen Magie hingegen, der seine Wände mit Ungeheuern und anderem Mumpitz dekorierte, hatte in ihm ein Gefühl der Hoffnung geweckt. Ihm war nach Lachen und Weinen zumute. Konnte es wahr sein, daß seine Eltern und Arturo weiterlebten und ihm helfen wollten?

Es tat gut, wieder in der frischen Luft zu sein und die Sonnenwärme zu spüren. Er nahm keine Droschke, sondern ging zu Fuß bis zum Krasinskipark. Dort duftete es nach Gras und Rosen. Vögel zwitscherten. »Wo sind denn all diese Seelen? Wieso können sie von

Schkolnikows Schwester herbeigerufen werden?« Aber wer weiß schon, welche Geheimnisse es in dieser Welt gibt?

In einem Punkt hatte Bernard Schkolnikow jedenfalls recht: Rochelle führte gegen ihn, Max, einen geheimen Krieg. Er hatte oft das Gefühl, daß sie ihn verfolgte, beobachtete, foppte. Wie hatte es der Hellseher genannt? Magnetismus.

Max kam zu einem Teich, auf dem Schwäne schwammen, die von Kindern mit Brotkrumen gefüttert wurden.

»Wenn die Menschen nach dem Tod weiterleben, wie ist es dann mit den Tieren?« fragte er sich. »Täglich werden Millionen von Ochsen, Kälbern, Schafen, Hühnern geschlachtet. Warum kehren ihre Geister nicht zurück, um die Schlächter zu erwürgen? Und was ist mit den Soldaten, die in der Schlacht fallen, und mit den Juden, die bei Pogromen getötet werden?«

Er glaubte nicht an Wunder, aber daß Schmuel Smetena ihn heute angerufen hatte, kam ihm wie ein Wunder vor. Und zufällig in der Zeitung dieses kleingedruckte Inserat zu entdecken, war doch auch etwas Außergewöhnliches. Er las fast nie Inserate. Was scherte es ihn, welchen Geschäften man im Ausland nachging?

Bis fünf Uhr hatte er noch genug Zeit. Wenn man am Abend eine Verabredung hat, genießt man es, vorher allein zu sein. Er ging weiter bis zur Nalewkistraße und bummelte durch das jüdische Viertel. »Gott im Himmel, die Aushängeschilder sind mit hebräischen Buchstaben beschriftet, und ringsum wird Jiddisch gesprochen!« Er ging in einen riesigen Hinterhof, der fast schon eine Stadt für sich war. Männer beluden Fuhrwerke mit Kisten, Fässern und Körben, Marktweiber boten ihre Waren feil. Er entdeckte etwas, das wie eine Lernstube oder ein chassidisches Bethaus aussah, und ging hinein, um es sich näher anzuschauen. Junge Burschen mit Schläfenlocken lasen in ihren Talmudbänden, wiegten den Oberkörper, gestikulierten, erklärten einander die Bedeutung der heiligen Texte. Mitten unter ihnen sagte ein älterer Mann Kaddisch – nicht das übliche Gebet für die Toten, sondern eines, dessen Worte Max fremd vorkamen. Im Ausland hatte er sich im Lauf der Jahre von dieser altmodischen Jüdischkeit entfernt, die Juden hier aber dienten Gott noch so, wie damals die Leute in Roszkow. »Ob sie auch an Geister glauben? Aber warum hat Schkolnikow seinen Bart gestutzt? Hat er vielleicht einen anderen Glauben?«

Max stand wie angewurzelt an der Tür. Ein Mann mit einem gelben Bart kam auf ihn zu und fragte: »Ihr seid wohl gekommen, um hier zu beten? Ihr könnt Euch bei uns einen Tallit und T'fillin ausleihen. Für zwei Kopeken.«

Max überlegte eine Weile.

»Ich habe schon gebetet. Aber hier sind zwei Kopeken.« Er zog vier Rubel aus der Tasche und gab sie dem Mann. »Alles dreht sich um Rubel und Kopeken«, dachte er. »Sogar an einem so heiligen Ort.« Er ging hinaus und schloß die Tür. In diesem Moment dachte er an Zirele und daran, daß er ihr versprochen hatte, mit ihrem Vater Tachèles zu reden.

Aus der Dlugastraße bog die Droschke in die Tlomackistraße ein, überquerte die Rymarska und den Bankowyplatz, fuhr am Eisernen Tor vorbei und dann durch die Gnojnastraße zur Krochmalnastraße. Als sie unterwegs an einem riesigen Bankhaus mit gewaltigen Säulen und einem großen Innenhof vorbeikamen, dachte Max: »Diese Bank sieht wie eine Festung oder wie ein Schloß aus. Wie viele Millionen mögen hinter diesen Mauern liegen?« Er sah ein gepanzertes Fahrzeug in den Torweg einbiegen und war überzeugt, daß es mit Geld beladen war.

In der Krochmalnastraße ging er schnurstracks zur Wohnung des Rabbis. Er wußte noch nicht, wie er die Sache schaukeln würde, hatte aber schon begonnen, einen Plan auszuhecken. Er öffnete die Tür, ging hinein und sah sich Zirele und ihrer Mutter gegenüber.

Zirele trug eine weiße Bluse, in der sie jünger und blühender wirkte. Sie putzte Sauerampferblätter in einer Schüssel. Als sie ihn sah, errötete sie und warf ihm einen halb bekümmerten, halb fragenden Blick zu. »Ich hab mich wie ein Wurm in ihr Leben hineingebohrt«, dachte Max. Es war eine jener Erkenntnisse, die man nur sich selber eingesteht.

Die Rebbezin war offenbar in ihre Tagesgebete vertieft. Sie hielt ihr Gebetbuch in der Hand. Als Max guten Morgen sagte, nickte sie ärgerlich. Ihre Nase wirkte scharf und spitz. Ein einziger Blick genügte Max, um zu wissen, daß Zirele von ihm gesprochen hatte und daß die Rebbezin ihn nicht als Schwiegersohn haben wollte. Ihre grauen Augen musterten ihn mit einem Ausdruck des Abscheus.

Max fiel plötzlich das Wort »unberührbar« ein.

»Mutter und Tochter, hm? Bitte beten Sie weiter, Rebbezin. Ist der Rebbe zu Hause?«

»Mein Vater ist im Zimmer nebenan«, sagte Zirele.

»Du richtest wohl das Mittagsmahl? Ihr lebt hier noch wie in alten Zeiten. Was kochst du denn? Sauerampferborschtsch mit Kartoffeln?«

»Bleiben Sie doch zum Essen da«, sagte Zirele.

Die Rebbezin bewegte murmelnd ihre dünnen Lippen und deutete durch eine Handbewegung an, daß sie jetzt nicht sprechen durfte. Der Sonnenschein fiel auf ihre Perücke und ließ die Seidenhaare in vielerlei Farbtönen schimmern. Max empfand plötzlich Furcht vor dieser Frau. Er hatte das Gefühl, daß sie trotz all ihrer Frömmigkeit und obwohl sie in einer Welt des Glaubens lebte, genau über seine hinterhältigen Machenschaften Bescheid wußte. Ihm kam der Gedanke, daß auch sie eine heißblütige Frau sein könnte. Sie war bestimmt nicht älter als vierzig.

Er schaffte es, Zirele heimlich zuzublinzeln. Dann öffnete er die Tür zum Zimmer nebenan. Die Sonne schien durch die Fenster und die Balkontür. Der Rabbi stand an seinem Lesepult und schrieb gerade etwas auf einen Zettel. »Der gute Mann weiß gar nicht mehr, wer ich bin«, dachte Max. »Wie sonderbar!«

»Welche gute Kunde haben Sie mitgebracht?«

»Ich bin Max – Mordche – aus Amerika. Erkennen Sie mich denn nicht wieder?«

»Hm. Ja, natürlich. Willkommen!« Der Rabbi setzte sich an den Tisch und bot Max einen Stuhl an.

»Rebbe, habe ich Sie beim Studieren gestört?«

»Nein, nein. Gewiß, es ist wichtig, zu studieren. Aber es heißt ja: ›Wenn dich das Studium der Tora von der Wirklichkeit trennt, hat es keinen Zweck, weiterzustudieren!‹ Es heißt, daß jemand, der immer nur wiederholen würde: ›Die Schwester von Lotan hieß Timno‹, das Gebot, die Tora zu studieren, bereits erfüllt hätte. Außerdem ist Gastfreundschaft gegenüber Fremden ein wichtiges Gebot. Ein Jude, ein jüdisches Gesicht – das ist keine Bagatelle.«

Max hörte dem Rabbi aufmerksam zu. Er fand die Worte des guten Mannes sehr würdevoll. »Ich darf diesen Leuten kein Leid zufügen«, dachte er.

»Rebbe, Sie sind ein sehr beschäftigter Mann, ein heiliger Mann, und ich bin nicht den Staub unter Ihren Füßen wert. Ich bin ein einfacher Mann, ein ungehobelter Kerl.«

»Gott bewahre, Gott bewahre!«

»Hören Sie, Rebbe, ich bin, was ich bin. Ich wurde in den Cheder geschickt, und mein Vater – er ruhe in Frieden – wollte mich in die Jeschiwa und sonstwohin schicken. Aber ich trieb mich lieber in dunklen, verrufenen Gassen herum. Ich erzähle Ihnen das, damit Sie mir nicht zürnen. Gestern bin ich in Ihre Wohnung gegangen, und als ich Ihre Tochter sah, wußte ich sofort, daß Gott in ihr gegenwärtig ist. So haben wir es in Roszkow genannt. Sie ist schön und so edel, wie es sich für die Tochter eines heiligen Mannes gehört. Ihr Gesicht strahlt wie die Sonne. Zürnen Sie mir nicht, Rebbe. Ein Mann ist halt ein Mann. Auch Moses war einer. Ich habe auch ein wenig studiert. Wie gesagt, ich bin verwitwet. Aber vorher habe ich meinen einzigen Sohn verloren, mein geliebtes, behütetes Kind. Dann starb meine Frau. Seit ein paar Jahren reise ich in der Welt herum. Mal hier, mal dort. Ich habe eine Menge Geld. Aber was nützt mir das, wenn mir schwer ums Herz ist? Ich weiß, ich bin es nicht wert, Ihnen die Füße zu waschen und das Waschwasser zu trinken – aber ich bin immer noch ein Jude. Es heißt, daß wir alle vom selben Vater abstammen. Rebbe, ich spreche jetzt als mein eigener *schadchen*. Ihre Tochter gefällt mir. Ich weiß, daß ich viel älter bin und ihr Vater sein könnte. Andererseits findet man es ja gar nicht so übel, wenn der Ehemann älter ist als seine Frau. Ich würde sie in Gold kleiden und mit Samthandschuhen anfassen. Für mich gäbe es nur *einen* Gott und nur *eine* Zirele. Verzeihen Sie, Rebbe, wenn ich dummes Zeug rede. Mir ist nie beigebracht worden, wie man mit einem heiligen Mann zu reden hat.« Er hielt inne.

Der Rabbi blickte auf. Seine Augen leuchteten wunderbar blau, seine Wangen über dem roten Bart röteten sich. Jetzt sah er seiner Tochter noch ähnlicher.

»Wo beabsichtigen Sie zu leben? In fernen Landen?«

»Rebbe, ich gehe, wohin Sie wollen. Es ist, als stünden Ihre Worte in der Bibel geschrieben. Warschau ist eine großartige Stadt. Wenn ich Zirele heiraten darf, nehme ich sie erst einmal mit nach drüben, weil ich meine Geschäfte regeln will. Das dürfte ein paar Monate dauern, höchstens ein halbes Jahr. Warum gutes Geld hinauswerfen? Häuser müssen vermietet oder verkauft werden, desgleichen Grundstücke und andere Immobilien. Ich werde mein gesamtes Vermögen in Goldbarren anlegen und dann hierher zurückkehren. Zirele würde nie mehr arm sein, und Sie, Rebbe, auch nicht. Die Rebbezin hätte es dann nicht mehr nötig, solche Quittungen auszustellen. Sie könnten im Überfluß leben und die Tora studieren, ohne sich Sorgen zu machen. Bei Gott, der Schlag soll mich treffen, wenn ich gelogen habe!«

»Schwören Sie nicht! Sie dürfen nicht einmal die Wahrheit beschwören. Es heißt, daß die ganze Welt erzitterte, als der Allmächtige gebot: ›Du sollst den Namen deines Gottes nicht mißbrauchen.‹«

»Ich wollte Sie ja nur davon überzeugen, daß ich Ihnen keine Märchen erzähle. Ich bin zwar ein einfacher Mann, aber wenn's um etwas Wertvolles geht, bin ich ein Kenner. Selbst ein Bauer kann einen Kieselstein von einem Diamanten unterscheiden.«

»Nu, ich verstehe«, murmelte der Rabbi in seinen Bart. »Gut Ding will Weile haben. Das alles muß ich erst mit den Familienmitgliedern besprechen. Nach dem Gesetz muß auch das Mädchen gefragt werden. Es steht geschrieben: ›Wir müssen die Jungfrau hereinrufen und sie fragen, ob sie gewillt ist.‹«

»Das ist doch selbstverständlich, Rebbe. Wenn sie mich nicht haben will, wird niemand sie zum Traubaldachin zerren. Der Rebbe muß die Sache mit der Rebbezin, mit Zirele und den anderen Familienmitgliedern besprechen. Ich weiß, daß ich ein Juwel wie Zirele nicht verdiene, aber ich will gut zu ihr sein. Bei mir wird sie wie eine Gräfin leben. Und auch ihr Vater wird wohlhabend sein. Mein Geld, Rebbe, ist dann auch Ihr Geld. Ich werde Ihren Söhnen Gehröcke kaufen und was sie sonst noch brauchen. Die Krochmalnastraße ist keine gute Wohngegend. Völlig überfüllt. Wir werden umziehen, in eine Straße, wo es mehr frische Luft und Bäume gibt und nicht so viele ungehobelte Leute und Bettler. Dort können Sie als Rabbi fungieren und, wenn Sie wollen, Hof halten oder sich ganz ihren Studien widmen. Und Sie werden immer nur das Beste und Feinste bekommen. Ich rede vielleicht wie ein Ungebildeter, aber meine Gedanken sind rein.« Max wunderte sich über seine eigenen Worte. Ob er log oder die Wahrheit sagte, wußte er selber nicht.

Der Rabbi nahm sein Käppchen ab und fächelte sich damit. »Könnten Sie Ihr Geschäft hier weiterführen?«

»Mein Geschäft geht überall gut. Außerdem habe ich genug Geld angelegt, um die nächsten hundert Jahre davon leben zu können. Man investiert bei der Bank und lebt von den Zinsen. In Roszkow nannte man das ›Coupons abschneiden‹. Häuser und Grundstücke werden in jedem Land verkauft. Wir würden ein ganzes Stockwerk mit zwei großen Wohnungen mieten und Tür an Tür wohnen. Glauben Sie mir, Rebbe, ich bin nicht auf der Wassersuppe hergeschwommen. Mein Vater – er ruhe in Frieden – war Kutscher und ein frommer Jude. Wenn der Turzysker Rabbi nach Roszkow kam, wollte er immer nur in unserer Britschka fahren, weil er befürchtete, in anderen Kutschen vielleicht gegen die Vorschrift... Mir fällt das Wort nicht ein.«

»*Schatness.*«

»Sie sagen es, Rebbe. Ich hatte dieses Wort längst vergessen. Einmal wollte er sich ein Kissen hinter den Rücken schieben, da hat mein Vater die Naht aufgerissen, um ihm zu beweisen, daß der Bezug aus reinem Leinen war, nicht aus Halbwolle. Mein Vater war zwar kein Studierter, aber er konnte die heiligen Bücher lesen. Meine Mutter – sie ruhe in Frieden – trug am Schabbes eine Haube. Wir hatten zwar nur ein einziges Zimmer, aber wir gaben Gott, was Gottes ist. Wenn ein Fremder ins Schtetl kam, aß er bei uns. Alles war absolut koscher. Das würde ich beschwören, aber schwören ist ja nicht erlaubt. In Amerika bin ich von der Jüdischkeit abgewichen, aber hier, Rebbe, bin ich Jude!« Er klopfte sich mit dem Mittelfinger an die Brust.

Der Rabbi sah ihn wohlwollend und voller familiärer Herzlichkeit an. »Alles ist vorherbestimmt. Es steht geschrieben, daß vierzig Tage vor der Geburt eines Kinder der Ruf erschallt: ›Tochter von...‹, worauf der Name des Vaters genannt wird. Da zerbreche ich mir den Kopf, woher ich die Mitgift meiner Tochter nehmen soll, und plötzlich werden Sie aus fernen Landen zu mir geschickt.« Dann sagte er in völlig anderem Ton: »Meine Tochter hat moderne Ideen im Kopf. Sie liest Zeitungen, was dazu geführt hat, daß sie aufgeklärt ist. Wir wollten sie mit dem Sohn eines Lehrers verheiraten.«

»Ich weiß, Rebbe. Mit Reb Zeinwele.«

»Woher wissen Sie das?«

»Ich weiß es eben. So wahr ich lebe – mir entgeht nichts.«

»Dann spricht man also über meine Tochter?«

»Die Leute reißen doch immer das Maul auf. Aber ich habe zu denen gesagt: ›Wenn ein Mädchen nein sagt, darf man es nicht zwingen.‹«

Der Rabbi umklammerte seinen Bart, ließ ihn aber gleich wieder los. »Wir haben sie nicht gezwungen, Gott soll schützen! Aber sie ist sehr reizbar, genau wie ihre Mutter. Nerven sind eine Krankheit. Man verliert die Fassung und tut Dinge, die man später bereut. Früher nannte man das, vom Bösen in Versuchung geführt werden. Der Talmud sagt, daß der Mensch nur dann sündigt, wenn ein törichter Geist in ihn gefahren ist. Aber es gibt ja die freie Entscheidung, und man kann alles überstehen, wenn man den Willen dazu hat. Die Ärzte haben das Sündigen als Nervensache bezeichnet, und nun erklären sie, daß man wegen einer Krankheit keine Buße tun muß. Aber das ist ein Irrtum. Dann wäre ja, wenn man nicht imstande gewesen ist, seinen Zorn zu bezähmen, der Zorn keine Sünde.«

»Ja, Rebbe. Aber es ist doch möglich, daß jemand einen Wutanfall bekommt und sich einfach nicht mehr beherrschen kann. In der Stadt, in der ich lebe, gab es einen spanischen Goi, der verheiratet war und eine Mätresse hatte. Seine Frau kam dahinter und fing an, auf ihm herumzuhacken. Seine Mätresse hatte ebenfalls Kinder von ihm. In diesen Ländern ist das gang und gäbe. Kurz und gut, die Nörgelei seiner Frau ging ihm derart auf die Nerven, daß er sein Gewehr von der Wand nahm und sie mitsamt den Kindern erschoß. Dann ging er zu seiner Mätresse und richtete das gleiche Blutbad an. Die fünfjährige Tochter, die sich unter dem Bett versteckt hatte, war die einzige Überlebende. Danach wollte er sich ebenfalls erschießen, aber das Gewehr hatte eine Ladehemmung, und er landete im Gefängnis.«

Der Rabbi runzelte die Stirn. »Wurde er gehenkt?«

»Nein, er wurde in eine Irrenanstalt eingewiesen.«

»Was hat er nun davon? Er wird den Rest seines Lebens im Irrenhaus verbringen, und in der nächsten Welt kommt für ihn der Tag der Abrechnung. Das vergossene Blut schreit von der Erde und klagt den Mörder an. Was für einen Sinn hat es denn, in einem Augenblick des Zorns eine solche Tat zu begehen? Wie lange dauert denn unser Leben? Wir sind hier, um Gutes zu tun, nicht Böses.«

Max schwieg eine Weile, dann sagte er: »Heiliger Rebbe, das ist wahr. Jedes Wort, das Sie gesagt haben, verdient größten Respekt.«

»Wenn es, so Gott will, zu dieser Partie kommt, möchte ich, daß Sie ein Jude werden.«

»Was bin ich denn? Ein Goi?«

»Ein Jude muß einen Bart haben. Der Mensch ist nach Gottes Bild erschaffen, und der Bart ...«

»Ich tue alles, was der Rebbe will.«

Plötzlich war aus der Küche ein Geräusch zu hören. Die Tür wurde geöffnet, und die Rebbezin steckte ihren perückenbedeckten Kopf herein.

Als Max die Wohnung des Rabbis verließ, war es noch nicht einmal ein Uhr. Er stieg langsam die Treppe hinunter und wischte sich die Stirn mit seinem Taschentuch ab. Am Hoftor blieb er eine Weile stehen.

»Was für eine Sauerei hab ich denn da angerichtet? Ich werde mich von Rochelle scheiden lassen. Ich werde diesen guten Mann nicht in den Schmutz ziehen. Wenn ich das tue, verdiene ich, in Stücke gehackt zu werden.« Er war den Tränen nahe. »Gott im Himmel, bestrafe mich, wenn ich Schande über diese guten Leute bringe! Dann sollen die ägyptischen Plagen über mich kommen.«

Er ging in Richtung Gnojnastraße. Der gute Mann hatte ihn gebeten, morgen wiederzukommen – er werde die Sache mit den Familienmitgliedern besprechen. Etwas in Max' Kopf begann wie eine Maschine zu dröhnen.

»Ich werde nicht mehr hingehen«, beschloß er. »Ich mache Schluß damit, bevor es zu spät ist! Und ich gehe auch nicht zu Schmuel Smetena. Ich packe meine Koffer und fahre schnurstracks nach Roszkow.«

Er ging durch die Senatorska (diese Straße erkannte er wieder, als er den Rathausturm sah) und gelangte zum Theaterplatz. Alles war noch so, wie er es in Erinnerung hatte – das Opernhaus, das Café Samedeni. Ein großes, mit Kulissen beladenes Fuhrwerk kam angerattert.

Er ging in ein Café und bestellte Kaffee und Kuchen. Jiddische Zeitungen gab es hier nicht, aber ein Kellner brachte ihm eine Illustrierte mit Photographien von der Hochzeit eines Prinzen und einer Prinzessin. Max war gefesselt von diesen Bildern. Vier Pagen trugen die Schleppe des Brautkleides. Der Bräutigam hatte eine

Uniform mit Epauletten an. Das Paar war umgeben von ordensgeschmückten Herren und von Damen, die Hüte mit Straußenfedern trugen. »Wo findet so etwas statt?« fragte sich Max. »In Deutschland? In Rußland? In England?« Plötzlich verschwamm ihm alles vor den Augen. Er kochte vor Wut, und in ihm regte sich, obwohl er selbst der Fleischeslust gefrönt hatte, so etwas wie ein altmodischer jüdischer Zorn auf die Welt und ihre Torheit. Wie hatten es die Leute in Roszkow genannt? »Eitelkeit der Eitelkeiten.« Alles ist nichtig und leer. Heute lebst du, morgen stirbst du. Jagen wir unserem eigenen Schatten nach?

Er betrachtete die Männer und Frauen an den anderen Tischen. Alle, ob jung oder alt, hatten einen gierigen, gequälten Gesichtsausdruck. So, als hätte jeder von ihnen einen Fehler begangen und wüßte nicht, wie er ihn wiedergutmachen sollte. »Egal, wieviel sie besitzen«, dachte Max, »sie sind immer unzufrieden. Wenn sie hunderttausend Rubel haben, wollen sie eine Million. Wenn sie *eine* Frau haben, wollen sie drei. Bin ich denn anders? Jetzt, wo ich niemanden habe, bin ich darauf aus, die Tochter des Rebbe vom rechten Weg abzubringen. Nie im Leben!« Fast hätte er diese Worte geschrien. »Lieber sterben!«

Er zahlte und machte sich auf den Weg in sein Hotel. Er glaubte, sich nicht mehr an die Warschauer Straßen erinnern zu können, fand sich aber schnell wieder zurecht: aus der Neuen Senatorska bog er in die Trebackastraße ein, und von da aus war es nicht mehr weit zu seinem Hotel. Er fuhr mit dem Lift hinauf und legte sich angezogen aufs Bett. Er hatte sich vorgenommen, nicht zu Schmuel Smetena zu gehen, aber er wußte, daß er trotzdem hingehen würde.

Als er aufwachte, war es zwanzig vor vier. »Diese Reizl Kork kocht wahrscheinlich ein richtiges Festmahl«, sagte er sich. Dann zog er ein teures Hemd an, das er in Paris gekauft hatte, und einen hellen Anzug. Er mußte diesem Frauenzimmer etwas mitbringen, aber was? Er verließ das Hotel und ging in eine Weinhandlung. Als er sich eine Magnumflasche Champagner ansah, lobte der Weinhändler diese Marke über den grünen Klee: »Der beste Champagner, den man bekommen kann.« Er verlangte eine Menge Geld dafür. »Na ja«, sagte sich Max, »ich will doch nicht wie ein Bettler zu einer Einladung gehen.«

Jetzt war er wieder gut gelaunt. So war es ihm in letzter Zeit oft ergangen: eben noch niedergeschlagen, und im nächsten Moment wieder obenauf. Plötzlich fiel ihm die Bemerkung des Rabbis ein, daß Nerven das gleiche seien wie die Verlockung zum Bösen. »So ein Blödsinn! Was weiß ein Mann wie er denn schon von der Medizin? Der kennt doch nichts anderes, als sich mit wiegendem Oberkörper in seine heiligen Bücher zu vertiefen. Ich lasse mich nicht mehr bei ihm blicken. Die Rebbezin mag mich sowieso nicht. Das, woran ich leide, ist eine reine Nervensache.« Ein Arzt hatte ihm die Abbildung eines nackten, von Nervensträngen durchzogenen Körpers gezeigt. »Ich hätte mich gar nicht in eine derart fromme Familie einschleichen dürfen«, warf er sich vor. »Ein Mädchen wie Zirele sollte einen Gleichgesinnten heiraten.«

Kurz vor fünf stieg er in eine Droschke. Passanten blieben stehen und bestaunten den elegant gekleideten Mann mit der großen, in rosafarbenes Papier gewickelten Weinflasche. Max befahl dem Kutscher, durch die Cieplastraße zu fahren.

Schon auf der Treppe konnte er Reizl Korks Fleischklöße riechen. Die Wohnungstür wurde von einer schwarzhaarigen, hellhäutigen Frau geöffnet, die große dunkle Augen und eine Hakennase hatte. Als sie Max vor der Tür stehen sah, lächelte sie ihm zu. Dann redete sie ihn in heimeligem polnischem Jiddisch an.

»Was haben Sie denn da mitgebracht? Du meine Güte, so eine riesige Flasche! Champagner! Mich trifft der Schlag! Kommen Sie doch herein!«

Sie führte ihn in ein Zimmer, in dem schon der Tisch gedeckt war. In dem Zimmer standen ein Käfig mit einem Papagei und ein riesiges, mit kastanienbraunem Satin bezogenes Sofa. An der Wand hingen Bilder von halbnackten Frauen und farbenfrohe Landschaften. Max kam die Wohnung wie ein elegantes Bordell und Reizl Kork wie eine Puffmutter vor.

»Schmuel wird bald hiersein«, sagte sie. »Geben Sie mir Ihren Hut! Was machen wir mit dem Champagner?«

»Legen Sie ihn auf Eis.«

»Gut! Ich habe schon seit hundert Jahren keinen Champagner mehr getrunken.«

»Wie alt sind Sie denn? Zweihundert Jahre?« Mit dieser Frage hatte er genau den richtigen Ton getroffen.

»Manchmal fühle ich mich wie tausend«, erwiderte Reizl.

Max gefiel der Klang ihrer Stimme, ein rauher Klang, kennzeichnend für jene, die es nie müde werden, dem Vergnügen nachzujagen. »Hier fühle ich mich wie zu Hause«, dachte er.

»Schmuel hat mir erzählt, wie er Sie kennengelernt hat. Schade, daß ich nicht auch in dieser Kneipe war.

Übrigens – ich habe eine Schwester, die in Buenos Aires lebt.«

»Wo denn? In welcher Straße?«

»Calle Junin oder Chunin – ich weiß nicht, wie es ausgesprochen wird.«

»Ich kenne diese Straße«, sagte Max. »Aha«, dachte er, »jetzt weiß ich, welchem Gewerbe deine Schwester nachgeht.«

Reizl war mollig, aber nicht zu dick. Ihre Haut war auffallend hell und glatt, und ihre großen, funkelnden Augen musterten den Gast begehrlich, mit Kennerblick und ohne jede Scham. »Mit einem solchen Frauenzimmer kann man sofort zur Sache kommen«, dachte Max. Sie trug ihre schwarzen Haare hochgekämmt. Ihr Hals und ihre Arme waren nackt und faltenlos. Ihr Mund war zum Küssen wie geschaffen. Wenn sie die aufgeworfenen Lippen öffnete, sah man ihre weißen Zähne. Sie trug ein durchsichtiges schwarzes Kleid.

»Es ist heiß, finden Sie nicht?«

»Ja, endlich! Wir haben einen harten Winter hinter uns. Möchten Sie etwas trinken? Wir haben hausgemachte Limonade, die wir mit etwas Rum abschmekken.«

»Ich warte damit, bis Schmuel hier ist.«

»Er müßte eigentlich schon hiersein. Aber bei ihm weiß man das nie so genau. Er geht die Straße entlang und wird von einem Polizeiwachtmeister oder sogar vom Kommissar höchstpersönlich angesprochen. Die Leute laufen ihm nach, und jeder bittet ihn um irgendeinen Gefallen. Das hält man nur durch, wenn man eine eiserne Konstitution hat. Aber jetzt raten ihm die Ärzte zu einer Kur in Marienbad.«

»Was fehlt ihm denn?«

»Er hat ein schwaches Herz. Er kann drei Zentner heben, aber wenn er ein paar Stufen hinaufsteigt, beginnt er zu keuchen.«

»Er ist nicht mehr der Jüngste.«

»Ein Mann bleibt immer jung. Es kommt nur darauf an, mit wem er zusammen ist.«

Max hätte fast gesagt: »Du bist ein tolles Frauenzimmer!« Plötzlich verlangte es ihn danach, sie in die Arme zu nehmen.

»Was macht Ihre Schwester? Geht's ihr gut?«

Reizl saß auf der Kante ihres Stuhls, dem Sofa gegenüber, auf dem Max Platz genommen hatte.

»Es geht ihr nicht schlecht. Mein Dienstmädchen quirlt gerade ein paar Eier in den Borschtsch, und ich muß nachsehen, ob sie nicht geronnen sind. Wie ich gehört habe, verkaufen Sie Häuser.«

»Häuser und Grundstücke. Buenos Aires wird ständig größer. Wo vor fünf Jahren noch ein Feld oder eine Wiese war, ist heute eine Straße. Ich habe eine persönliche Tragödie erlebt. Mein Sohn ...«

»Ich weiß, ich weiß.«

»Woher denn?«

»Ich habe gestern einen Brief von meiner Schwester bekommen.«

»Ihre Schwester kennt mich?«

»Ja. Haben Sie jemals von einer Madame Schajewski gehört? Dort nennt man sie Señora.«

»Nein, die Dame kenne ich nicht.«

»Aber die Dame kennt Sie. Sie hat mir geschrieben, daß Sie vielleicht nach Warschau kommen und daß ich Sie unbedingt kennenlernen sollte. Die Welt ist klein, finden Sie nicht?«

»Es ist wirklich erstaunlich.«

»Schmuel erzählt mir, daß er Sie kennengelernt hat, und nur einen Tag später bekomme ich einen Brief, in dem ebenfalls von Ihnen die Rede ist. Ich dachte mir, wenn das *so* ist, dann muß ich mir diesen Mann einmal anschauen.«

»Was weiß man denn schon von einem Menschen, wenn man ihn bloß anschaut?«

»Ich entdecke alles.«

»Und was haben Sie entdeckt?«

»Das erzähle ich Ihnen ein andermal«, sagte Reizl lächelnd. »Wir beide werden noch oft Gelegenheit zum Reden haben. Wer mir in die Hände fällt, kann sich nicht so schnell losreißen.« Sie blinzelte ihm zu und stand auf. »Jetzt muß ich aber nachsehen, was sie mit meinem Borschtsch macht.«

»Ein Prachtexemplar, dieses Weibsbild!« dachte Max. Er wußte nicht, worauf er mehr Appetit hatte – auf die Fleischklöße und den Borschtsch oder auf die Dame des Hauses. Er habe keinen Durst, hatte er vorhin gesagt, doch jetzt war seine Kehle wie ausgedörrt.

Er ging zum Fenster und sah in den Hof hinunter. Kinder spielten Fangen, Palant (eine Art Tennis mit Holzschlägern) und Klipa (eine Art Diabolo). Ein Mädchen warf mit zwei zusammengebundenen Stöcken einen Gummiball in die Luft und fing ihn damit wieder auf.

Dann hörte Max, wie Reizl die Wohnungstür öffnete. Aus dem Flur waren Geräusche und Stimmen zu hören. Schmuel Smetena war gekommen.

Nach dem Essen sagte Schmuel, er müsse sich jetzt hinlegen. Er sei müde und habe zuviel gegessen und getrunken. Reizl begleitete ihn ins Schlafzimmer, wo er sich angezogen aufs Bett legte und sofort zu schnarchen begann.

Das Dienstmädchen räumte den Eßtisch ab. Reizl goß sich ein Gläschen Likör ein. Max machte es sich auf dem Sofa bequem. Die untergehende Sonne warf purpurne Schatten auf die Wand und auf Reizls Haar.

Reizl sprach von ihrer Schwester und kam allmählich zur Sache. Ihre Schwester, Señora Schajewski (ihr Vorname sei Feigele beziehungsweise Fanja), habe einen Salon, den Männer besuchten, um sich zu amüsieren. Die Mädchen dort blieben natürlich nicht ewig jung. Manche verblühten rasch, manche heirateten, manche verfielen dem Alkohol. Männer seien wie Kinder – sie wollten immer wieder neues Spielzeug, neue Puppen haben. In Warschau kenne sie, Reizl, viele junge Mädchen, die wahre Schönheiten seien. Aber hier könnten diese Mädchen nicht mit Männern verkehren, weil sie zu Hause bei ihren Familien wohnten. Doch wenn sich ihnen die Gelegenheit böte, ins Ausland zu gehen, schöne Kleider zu tragen und so weiter, dann könnte man sie leicht dazu überreden. Hauptsache sei, dabei sehr geschickt vorzugehen. Diese Art Geschäft könne nur von einem Mann betrieben werden. Schmuel Smetena eigne sich leider nicht dafür; er verstehe sich zwar auf den Umgang mit Kommissaren, wisse aber nicht, wie man Gespräche mit jungen, hübschen Mädchen führt.

»Es heißt immer wieder, Mädchen würden gewaltsam entführt. Blödsinn! Von Entführung kann gar keine Rede mehr sein. Hier laufen Mädchen herum, die die Welt sehen wollen, aber nicht das nötige Geld dafür haben. Nicht einmal eine anständige Stellung als Dienstmädchen können sie bekommen. Und was das Heiraten betrifft – aussichtslos!«

»Warum?«

»Weil selbst der mickrigste Schneider eine Mitgift verlangt. Ein Ladenschwengel in der Gesiastraße, der pro Woche ganze zwölf Rubel verdient, will die Mitgift in Gold ausgezahlt bekommen.«

Draußen wurde es immer dunkler. Reizls Gesicht war von Schatten verhüllt, nur die Augen glänzten – große, dunkle, funkelnde Augen.

»Wenn ich ein Mann wäre, würde ich die Welt auf den Kopf stellen.«

»Was würden Sie denn tun?«

»Was denn *nicht*? Ein Mann kann überall hingehen, alles sagen, was er will, jedem, der seine Aufmerksamkeit erregt, ein Angebot machen. Wir beide könnten ein Vermögen verdienen.«

»Gibt Schmuel Ihnen denn nicht genug?«

»Die Leute sind Dreckschweine.«

Dann redete sie teils frei heraus, teils in Andeutungen. Sie könnte Mädchen beschaffen, falls Max bereit sei, diese zu überreden. Ihre Schwester, Señora Schajewski, wisse, welche Türen offenständen. Geld spiele keine Rolle, und die Nachfrage sei enorm. Schöne Mädchen seien überall begehrt, in Argentinien, Brasilien – überall dort, wohin Männer ohne ihre Familie reisen. Man dürfe es natürlich nicht bei jedem anständigen Mädchen auf die gleiche Tour versuchen. Bei manchen könne man die Karten aufdecken, bei manchen müsse man Süßholz raspeln, vielleicht sogar so tun, als sei man selber in sie verliebt. Ein echter Mann wisse genau, welche Frau er küssen und welche er schlagen müsse. Sobald ein Mädchen in der Fremde gelandet sei, ohne Paß, ohne einen roten Heller, ohne sich verständigen zu können, werde sie alles tun, was man von ihr verlange. Die Polizei könne bestochen werden. Hauptsache sei, das Mädchen über die Grenze zu schmuggeln und auf ein Schiff zu verfrachten, alles Weitere sei ganz einfach.

»Meine Schwester hat recht. Sie sind der richtige Mann dafür.«

»Warum ist sie in Buenos Aires nicht zu mir gekommen?«

»Ihre Frau läßt doch niemanden an Sie heran.«

»Hm. Das stimmt.«

Max zündete sich eine Zigarette an. Als das Streichholz aufflammte, konnte er einen Moment lang Reizls Gesicht sehen. Es wirkte ernst, sogar ein bißchen ängstlich. Ihm war klar, wie seine Antwort lauten mußte: daß er für so etwas zu alt sei, daß er das Geld nicht nötig und daß er andere Probleme habe. Aber er genoß das Zusammensein mit dieser Frau, deren Stimme ihn streichelte. Sie sprach über Männer mit einer fast mädchenhaften Begeisterung, die eigentlich gar nicht zu einer so erfahrenen Frau paßte. »Aber wer weiß schon, was im Kopf eines anderen vor sich geht«, dachte Max.

»Eine Frau kann hundert Männer haben und trotzdem ein törichtes kleines Mädchen bleiben.«

»Was wissen Sie über Zirele, die Tochter des Rebbe?« fragte er.

»Meiden Sie dieses Mädchen wie das Feuer!«

»Warum?«

»Sie ist nicht von unserem Schlag. Sie war in einen der streikenden Arbeiter verliebt, Wowa hieß er. Bei der Demonstration ist er umgelegt worden. Als sie es erfuhr, ist sie in Ohnmacht gefallen. Sie glaubt an die ... wie heißt das doch gleich ... die konstitutionelle Demokratie.«

»Ich würde sie mit nach Argentinien nehmen.«

»Das wäre hinausgeschmissenes Geld.«

Für dieses zwielichtige Geschäft, so erklärte sie ihm, brauche man Mädchen aus einfachen Verhältnissen, die nicht einmal ihren Namen schreiben können. »Keine aus radikalen Kreisen oder aus der ›Schmintelligenzija‹. Die reißen das Maul zu weit auf, und das kann sie an den Galgen bringen. Während des Streiks haben sie in Dachkammern Bomben gebastelt. Einem dieser Mädchen wurden, als die Bombe, an der sie gerade herumbastelte, explodierte, die Beine abgerissen. Warum bringen die sich in eine so hoffnungslose Situation?«

Sie habe, so erklärte sie ihm, bereits zwei, drei Mädchen in petto, mit denen er sofort einig werden könnte. In Armut aufgewachsene, hilflose junge Dinger. Wenn sie in der Fabrik arbeiten würden, bekämen sie die Schwindsucht. Außerdem stellten die Fabriken nur ungern jüdische Mädchen ein. Sogar jüdische Fabrikbesitzer beschäftigten lieber gojische Arbeiterinnen. Die *Rejferkess* – die Frauen, die Dienstmädchen vermittelten – hätten für jede freie Stelle zehn Bewerberinnen. Die häßlichen Mädchen hätten so gut wie keine Chance, die hübschen dagegen brauchten keine Not mehr zu leiden.

»Wann kann ich mir die Ware ansehen?« fragte Max.

»Wenn Sie wollen, gleich heute abend.«

»Und wie kommt die Katze übers Wasser?«

»Pst!« Im Halbdunkel sah Max, wie Reizl den Finger auf die Lippen legte. Dann ging sie zum Schlafzimmer, warf einen Blick hinein und machte die Tür wieder zu. »Er wird weiterschnarchen bis morgen früh.«

Max ging zu ihr hinüber und legte die Hände auf ihre Hüften. »Sie sind ein bildhübsches Frauenzimmer!«

»Das war ich einmal.«

»Das sind Sie immer noch.«

»Schmuel betrachtet mich als billige Ware.«

Max beugte sich zu ihr hinunter und küßte sie. Sie schlang die Arme um ihn, grub ihre Zähne in seine Lippen, küßte und biß ihn.

»Also gut«, sagte er.

»Ja, mein Lieber, wir zwei zusammen können es sehr weit bringen.«

Seine Knie an ihre gedrückt, drängte er sie auf das Sofa zu.

Reizl riß sich los. »Nein, so nicht!«

»Wie denn?«

»Er schnarcht zwar, aber er könnte uns trotzdem belauschen. Er ist der geborene Spitzel«, flüsterte sie und kicherte. Sie sei, so sagte sie, Schmuel zwölf Jahre lang treu geblieben. Viele Männer seien hinter ihr hergewesen, aber für keinen habe sie etwas übrig gehabt. Einmal habe sich ein Schauspieler vom Jiddischen Theater an sie herangemacht, doch der sei bloß daran interessiert gewesen, von sich selber zu reden und sich aufzuspielen. Schmuel Smetena sei früher ein gestandenes Mannsbild gewesen, aber mittlerweile habe er die Sechzig überschritten und vom vielen Biertrinken einen Schmerbauch bekommen.

»In meinem Alter sind Moneten wichtiger als Liebesabenteuer«, sagte sie.

Die gleichen Worte hatte Max von seinem Vater gehört, allerdings im Zusammenhang damit, daß man ein guter Mensch bleiben und nicht sündigen sollte. Er hatte seinen Sohn aufgefordert, Buße zu tun, zumal im Monat Elul, wenn die Fische im Wasser erzittern und die Juden in Erwartung der Hohen Feiertage ihre Bußgebete sprechen. Reizl dagegen war nur darauf aus, sich Geld zu verschaffen. Was für ihn, Max, nur Phantastereien waren, wollte sie in die Tat umsetzen. Sie wollte, daß er Mädchen nach Argentinien schmuggelte. Sie wollte seine Geschäftspartnerin werden. Und seine Geliebte. Sie würde ihm bestimmt helfen können: schon ihr erster Kuß hatte ihn sexuell erregt.

Max vergaß seine Schwächen, seine Zwangsvorstellungen und Ängste. Reizl stand neben ihm vor dem Sofa und hielt seine Handgelenke fest, so energisch, wie er es bei einer Frau kaum je erlebt hatte. Sie strahlte weibliche Kraft und eine berauschende Verheißung aus.

»Ich werde zu Ihnen kommen«, sagte sie und biß ihn ins Ohrläppchen.

»Wann?«

»Eines dieser Mädchen ist hier im Hof in Stellung. Wenn Sie wollen, lasse ich sie kommen.«

»Aber die Leute, bei denen sie arbeitet...«

»Die sind nicht zu Hause.«

»*Bueno.*«

Max setzte sich aufs Sofa. Er hörte, wie Reizl im Flur den Telephonhörer abnahm. Im Zimmer war es jetzt ganz dunkel, nur das Licht aus den Fenstern des gegenüberliegenden Hauses fiel herein. Er hatte das Gefühl, das alles schon einmal erlebt zu haben. Ihm war klar, daß er von Reizl in den Sumpf gezogen wurde. Er brauchte das Geld nicht. Er hatte ein achtbares Leben führen wollen, aber diese Reizl war ein Vulkan. Vielleicht konnte sie den Bann brechen, unter dem er litt. Dann würde sie ihm bestimmt auch andere Frauen beschaffen. Hier würde endlich etwas geschehen. Warschau war nicht London oder Berlin, wo er allein herumlatschen mußte. Zum Glück liefen die Leute hier *ihm* nach, nicht er ihnen. Morgen sollte er vom Rebbe eine Antwort bekommen. Zirele wartete auf ihn. Er hatte die Bäckersfrau geküßt, aber nicht mit ihr geschlafen. Und jetzt konnte er Reizl Kork haben. Morgen würde er zu Bernard Schkolnikow gehen, dessen Schwester die Geister der Toten heraufbeschwören würde.

Er saß im Dunkeln und argumentierte mit sich selber. »Was habe ich denn zu verlieren? Schlimmer als jetzt kann es für mich doch gar nicht werden. Sogar im Knast zu sitzen ist besser, als sich in der Welt herumzutreiben und an nichts mehr Freude zu haben. Sogar der Tod ist besser...« Die Nachbarskinder hatten offenbar mit dem Ballspielen im Hof aufgehört. Durch die Fenster drang kein Laut mehr. Max sah ein Stückchen Himmel und ein paar Sterne. Dann hörte er Schritte: Reizl kam wieder herein.

»Sie wird gleich hiersein. Wir reden in der Küche mit ihr.«

Das Ganze sah nach einer Verschwörung aus. Max stand auf und ging auf Reizl zu. Er mußte aufpassen, daß er sich nicht an der Tischkante oder an einem Stuhl stieß. An der Tür legte er Reizl die Hände auf die Schultern. »Wann besuchen Sie mich?«

»Pst! Er muß bald nach Lodz fahren. Er hat dort etwas zu erledigen.«

So reizvoll Max diese Heimlichtuerei auch fand, im Grund seines Herzens beunruhigte sie ihn. So korrupt er auch war – irgendwo in seinem Innersten verbarg sich ein redlicher Mensch, ein Moralist, der ihn mit Gedanken an den Tod und die Höllenqualen in Schrecken versetzte. Das hatte gleich nach Arturos Tod begonnen und nicht mehr aufgehört. Wurde das tatsächlich von Rochelles Magnetismus bewirkt, wie Bernard Schkolnikow behauptet hatte? Max kam es eher so vor, als spräche sein Vater mittels einer geheimnisvollen Kraft aus dem Grab zu ihm.

Als Reizl nach ihm rief, ging er in die Küche. Es war ein großer Raum mit einem gefliesten Boden. An der Wand hingen Kupferpfannen. Auf einer Küchenbank saß ein junges, sommersprossiges Mädchen, das eine Stupsnase und wulstige Lippen hatte. Max fand sie keineswegs so hübsch, wie Reizl behauptet hatte. »Aber ausgesprochen häßlich ist sie auch nicht«, dachte er. »Wenn sie sich bloß die vielen Sommersprossen vom Gesicht kratzen könnte!« Sie trug ein Kattunkleid und ein Umhängetuch und hatte etwas anheimelnd Provinzielles an sich. »Ob sie vielleicht aus Roszkow stammt?« fragte er sich. Er warf einen Blick auf ihre Schuhe. Löchrige Stiefel mit Knopfverschlüssen.

»Panie Barabander, das ist das Mädchen«, sagte Reizl.

»Wie heißt du?«

»Basche.«

»Woher stammst du?«

»Aus Opole.«

»Ach, aus Opole? Ich hab schon von diesem Schtetl gehört. Was ist dein Vater?«

»Ein guter Geschäftsmann«, antwortete sie mit verstohlenem Lächeln.

»Hast du Geschwister?«

»Drei Brüder und zwei Schwestern. Ich bin die Älteste.«

»Wie alt bist du denn?«

»Neunzehn.«

»Du siehst eher wie sechzehn aus. Sind alle in deiner Familie rothaarig oder nur du?«

»Ich und einer von meinen kleinen Brüdern.«

»Würdest du gern aus Rußland fortgehen?« Max wußte nicht, ob es richtig war, so schnell zur Sache zu kommen, aber das Mädchen antwortete sofort.

»Was hab ich denn hier? Ich arbeite die ganze Saison und bekomme dafür acht Rubel. Wenn ich im Urlaub daheim bin und ein Kleid oder ein Geschenk kaufe, ist das Geld fort. Meine Herrschaft sagt, in Amerika werden gute Löhne gezahlt, und ein Dienstmädchen kann sich dort eine Mitgift zusammensparen. Ich will nicht ewig Dienstmädchen sein. Meine Herrschaft kommandiert mich den ganzen Tag herum, ich kann mich nicht einmal schlafen legen, wenn ich müde bin. Sie stehen spät auf, aber ich muß schon vor Tagesanbruch aus dem Bett und um sechs Uhr auf den Füßen sein.«

»Setzen Sie sich doch, Max«, sagte Reizl.

»Hier ist es noch so wie vor dreißig Jahren«, legte er los. »Alles noch ganz altmodisch. Im Ausland hat sich das Leben verändert. Warum, zum Beispiel, mußt du an einem so heißen Tag ein Umhängetuch tragen? Und Stiefel sind kein modisches Schuhwerk für die warme Jahreszeit. Drüben fragt man nicht danach, was du bist und wer du bist. Ein Mädchen wird mit ›Señorita‹ angeredet, und wenn sie heiratet, ist sie eine Señora. Die Leute, die nach Argentinien ausgewandert sind, kamen nicht aus der feinen Gesellschaft. Der Vater kann ein Dieb gewesen sein, aber seine Tochter lebt drüben auf großem Fuß und gibt in ihren Kreisen den Ton an. Niemand trägt eine Perücke oder eine Haube, wie es hierzulande der Brauch ist. Das ist alles nur Fanatismus aus der Zeit des Königs Sobieski. Warum sich den Kopf scheren und die Haare einer anderen Frau tragen, die vielleicht schon tot ist? So verhält es sich hier mit allem. In den heiligen Büchern stehen Dinge, die reine Erfindung sind. Dort, wo ich lebe, ißt niemand mehr koscher. Mag sein, daß es dort irgendwo noch einen Schächter gibt, aber nach dem muß man lange suchen. Was macht es einem Ochsen aus, *wie* er geschlachtet wird? Drüben ist alles sehr fortschrittlich, dort fürchten sich die Mädchen nicht vor den Männern. In meinem Land gibt es mehr Männer als Frauen, und man geht sehr respektvoll mit den Frauen um. Das Wichtigste ist, nicht rückständig zu sein und Großmutters Gebetbuch zu vergessen.«

Max redete, als hätte er alles auswendig gelernt. Er war hingerissen von seinen eigenen Worten. Reizl schmunzelte, ihre Augen funkelten. Er schien ihre Gedanken gelesen zu haben. Er hatte genau das Richtige gesagt.

Mit schüchternem Lächeln legte Basche ihr Umhängetuch ab.

»Ja, das stimmt. Sie sollten einmal sehen, wie es in Opole zugeht. Noch genau wie vor hundert Jahren. Ich komme auf Urlaub nach Hause, und schon gibt's Streit. Meine Mutter will mich in die Frauenschul schicken, aber ich hab's satt, den ganzen Tag herumstehen zu müssen. Die reichen Frauen sitzen auf der Bank, und unsereins muß stehen.«

»Ich merke, daß du ein vernünftiges Mädchen bist. Falls du mit mir fortgehen willst, sag niemandem etwas davon. Es gibt viele neidische Weiber. Sie haben Mann und Kind, können ihr Los nicht mehr ändern und wollen, daß auch alle anderen im Dreck steckenbleiben. Wenn man ins Ausland will, braucht man einen Reisepaß, der kostet fünfundzwanzig Rubel. Das können sich aber nur die Reichen leisten, die zur Badekur fahren. Wir schaffen dich über die Grenze, dann brauchst du keinen Paß. Du wirst auf ein Schiff gebracht, und drüben holen wir dich ab und kümmern uns um dich. Ich habe ein eigenes Geschäft. Falls du nicht dafür taugst, bringen wir dich woanders unter. Wir lassen dich nicht in Lumpen herumlaufen sondern statten dich wie eine Prinzessin aus – mit Hut, Handtasche und einer hübschen Pelerine. Wir geben dir Gesichtssalben, die deine Sommersprossen verschwinden lassen. Du hast sicher eine milchweiße Haut. Schieb den Ärmel hoch! Laß mich mal sehen!«

Nach einigem Zögern schob Basche ihren Ärmel hoch. Mit Kennerblick betrachtete Max ihren Arm.

»Hab ich's nicht gesagt? Weiß wie Schnee! Bist du nicht gegen Pocken geimpft worden? Du hast keine Male.«

»Pocken? Ich weiß nicht. Nein.«

»Das ist typisch für Rußland! Drüben bei uns werden die Kinder gleich nach der Geburt geimpft. Man darf nicht aufs Schiff, wenn man nicht geimpft ist. Aber laß das nur meine Sorge sein. Und denk daran: Mund halten! Wenn du auch nur ein Wort darüber verlierst, hast du dir alles verdorben.«

»Mit wem sollte ich denn darüber sprechen? Die Hausfrau hier ist die einzige, vor der ich keine Geheimnisse habe.«

»Warst du schon einmal verlobt oder sonstwas?«

»Noch nie. Die jungen Burschen belästigen mich, aber die bekommen von mir was zu hören! Die meinen, sie können alles mit mir machen, weil ich ein armes Mädchen bin. Am Schabbes gehen sie mit ihrem Dienstherrn in die Schul, aber unter der Woche führen sie sich wie die größten Stutzer auf.«

»So ist's recht – immer anständig bleiben! Wer neh-

112

men will, muß auch geben. Wir haben ein Sprichwort: ›Man bekommt nichts umsonst, außer dem Bad in der *mikwe*.‹ Und in Warschau bekommt man nicht einmal das umsonst. Weißt du, was ich meine?«

»Ja.«

»Wer sich nicht wie ein Dummkopf anstellt, kann im Tempel essen.«

Nach einigem Nachdenken fragte Basche: »Wann reisen Sie ab?«

»Das kann noch eine Weile dauern. Einige Wochen vielleicht, oder ein paar Monate, aber dann bestimmt. Bis dahin hältst du den Mund. Reizl wird dich auf dem laufenden halten. Wenn ich dich brauche, komm ich her. Wie ich gehört habe, hat dein Dienstherr ein Telephon. Gib mir die Nummer. Was machst du am Schabbes?«

»Da muß ich den Tscholent beim Bäcker abholen. Das Geschirr brauche ich nicht zu spülen, weil es am Schabbes kein heißes Wasser gibt, aber den Tisch muß ich abräumen. Später bekommen sie wieder Hunger, und ich muß ihnen Sauermilch für das letzte Schabbesmahl bringen.«

»Kannst du dich für ein paar Stunden davonstehlen?«

»Vielleicht. Ja.«

»Dann treffen wir uns irgendwo und gehen ins Theater oder in eine Konditorei. Ich kaufe dir ein Kleid und was du sonst noch brauchst. Du bekommst es als Darlehen und zahlst es mir zurück, wenn du Geld verdienst.«

»Sie sind ein guter Mensch.«

»Ich bin nicht gut, ich tue das aus persönlichen Gründen. Ich habe mehrere Geschäfte, und wir brauchen Personal. An männlichen Arbeitskräften mangelt es nicht, aber es gibt bestimmte Tätigkeiten, für die nur Mädchen geeignet sind. Hauptsache, du tust, was man dir sagt. Wenn du mitkommst, bin ich dein Vater, deine Mutter, deine Schwester, dein Verlobter. Du brauchst nur zu gehorchen, dann wird alles gutgehen.«

»Ja, ich versteh schon.«

»Was sagst du dazu?«

»Hoffentlich kommt etwas dabei heraus.«

»Bestimmt kommt etwas dabei heraus. Hauptsache, du hältst den Mund. Du darfst niemandem, nicht einmal deiner besten Freundin, etwas davon verraten, weil es sonst Gerede gibt, und dann hat sich die Sache zerschlagen. Und jetzt bekommst du einen Rubel.« Er zog seine Brieftasche heraus.

Basche senkte den Kopf. »Weshalb denn?«

»Wegen deiner schönen Augen. Für dich ist ein Rubel ein Vermögen. Für mich ist das kein Verlust. Du zahlst mir ja alles zurück. Deinetwegen werde ich kein Geld verlieren. Ich trage es in mein Notizbuch ein. Kauf dir ein Paar Strümpfe oder sonstwas. Könntest du dich am Schabbes um ein Uhr mit mir treffen?«

»Das ist zu früh. Bis die Sabbathymnen gesungen und die Segenssprüche gesagt sind, ist es oft schon zwei Uhr.«

»Ist dir drei Uhr recht?«

»Ja.«

»*Bueno*. Um drei in der Cieplastraße. Gegenüber der Kaserne. Ich bin Punkt drei Uhr dort, dann können wir alles besprechen. Da, nimm den Rubel!«

»Oh, vielen Dank!«

»Gib ihn bei guter Gesundheit aus. Wir sind Menschen, keine Tiere.«

»Soll ich jetzt gehen?«

»Ja«, sagte Reizl, »du kannst jetzt gehen. Und vergiß nicht: am Schabbes um drei Uhr gegenüber der Kaserne. Laß den Herrn nicht warten. Und denk daran, daß die Sache unter uns bleiben muß. Von uns beiden hast du nichts zu befürchten, Gott soll schützen!«

»Gute Nacht. Gehaben Sie sich wohl.«

»Gute Nacht.«

Sobald Basche die Tür zugemacht hatte, rannte Reizl zu Max und drückte ihn an sich.

»Beim Leben meiner Mutter, Sie sind ein Teufelskerl! Jedes Wort, das Sie gesagt haben, ist einen Kuß wert. Wo haben Sie gelernt, so glattzüngig zu reden? Wenn dieses Mädchen nicht vor Glück zerschmilzt, ist sie härter als Stahl. Mit Ihrem Mundwerk könnten Sie sogar die Zarin verführen!«

»Die ist bereits verführt worden. Das steht alles in den Zeitungen. Wie heißt der Kerl doch gleich? Rasputin.«

»Wie finden Sie das Mädchen?«

»Nicht gerade eine Schönheit.«

»Eine reine Jungfrau. Wenn man sie herausstaffiert, würde ihre eigene Mutter sie nicht wiedererkennen. Ganz frische Ware! Ich kann auch hübschere Dinger beschaffen. Was wird den Männern denn hier bei uns angeboten? Alte Huren.«

»Wenn sie bloß nichts ausplaudert!«

»Sie wird stumm sein wie ein Fisch. Übrigens habe ich sie schon vorher in die Mangel genommen. Aber wozu ich Wochen brauche, das schaffen Sie in zehn Minuten. Sie treffen ins Schwarze, Sie bringen Herzen zum Schmelzen. Was wollen Sie denn am Schabbes mit ihr anstellen? Sie verführen?«

»So schnell?«

»Einer wie Sie bringt alles fertig. Darf ich du zu Ihnen sagen? Ich bin eifersüchtig geworden, als du mit ihr geredet hast. Ich brauche dich hier in Warschau.«

»Komm doch mit nach Argentinien.«

»Und was soll dort aus Schmuel werden? Hier kennt er alle Leute, hier hat er die besten Beziehungen. Wenn er Warschau verlassen müßte, wäre er ein Niemand.«

»Dann laß ihn doch hier.«

»Was? Ja, vielleicht. Er ist verheiratet. Du und ich, da wird was draus. Du bist mein Typ. Was würde ich denn in Buenos Aires tun?«

»Wir würden ein halbes Jahr dort und ein halbes Jahr hier sein.«

»Hoffentlich wird's wahr! Wenn wir zusammenarbeiten, werden wir Geld scheffeln. Moment bitte, ich seh mal nach, ob Schmuel schläft.«

Als sie hinausgegangen war, zündete er sich eine Zigarette an. »Ach was, das Ganze ist doch bloß ein Spiel. Ich werde doch nicht auf meine alten Tage ein Zuhälter.« Er inhalierte tief. Auf das Mädchen hatte er nur eingeredet, um Reizl zu imponieren und um ihr zu beweisen, welche Macht er über Frauen hatte. Sollte Basche doch den Rubel ausgeben! Sie war ein armes Ding. Er runzelte die Brauen. Gedanken schwirrten ihm durch den Kopf. Falls diese Reizl den Bann brechen konnte, würde er sie mit nach Argentinien nehmen. War sie denn schlimmer als Rochelle? Nein, viel besser! Schmuel würde eine andere finden. In der Krochmalnastraße war er ja König.

In Max erwachte etwas, das im modernen Sprachgebrauch Gewissen genannt wird. Er befürchtete, jemandem weh zu tun. Und er versuchte ständig, sich zu rechtfertigen. Was war eigentlich mit ihm los? Von jeher war er der Meinung gewesen, daß man mit einer Frau tun könne, was man wolle. Stets hatte er nach dem Motto gehandelt: Im Krieg und in der Liebe ist alles erlaubt. Aber plötzlich war etwas in ihm weich geworden. Er hatte versucht, jede Sünde wiedergutzumachen – mit Geld, mit Worten, mit Geschenken. Und er hatte eine Abneigung gegen all jene gefaßt, für die nur ihre eigenen Wünsche zählten. Wie zum Beispiel für Reizl Kork. Die würde bestimmt ihre eigene Mutter für ein paar Rubel verkaufen. »Kann es sein, daß Arturos Tod das alles bewirkt hat? Oder leide ich an einer latenten Krankheit?«

Reizl kam wieder herein. »Er schläft wie ein Toter. Aber bei ihm kann man nie ganz sicher sein. Er kann plötzlich aufwachen und hereinkommen.«

»Wann fährt er nach Lodz?«
»Nächste Woche.«
»Wie lange bleibt er dort?«
»Ein paar Tage.«
»Kommst du dann zu mir?«
»Ja. Du zu mir oder ich zu dir.«

Max Barabander schlief fest und gut, bis jemand vom Personal an seine Zimmertür klopfte. »Ein Anruf für Sie!« Hastig zog er seinen Schlafrock und seine Pantoffeln an. Es war kurz vor zehn. »Wer kann das sein? Reizl Kork?«

Er wollte schon sagen: »Reizele, wie geht's?«, als er eine andere Frauenstimme hörte, die zögernd, fast stammelnd klang. Zirele, die Tochter des Rabbis, war am Telephon.

»Hab ich dich aufgeweckt?«
»Nein, Zirele, es ist doch schon fast zehn.«
»Mein Vater will dich sprechen.«
»Gut. Wann soll ich kommen? Hat er eingewilligt?«
»Ach, ich habe die ganze Nacht kein Auge zugetan.«
»Wie haben sie sich denn entschieden?«
»Komm her, dann erfährst du alles.«
»Wann soll ich denn kommen?«
»Wann du willst. Mein Vater ist jetzt im Bethaus. Nach dem Beten kommt er nach Hause.«
»Zirele, warum bist du so heiser?«
»Ach, es ist ein Wunder!«
»Hm. Gut. Ich komme bald hinüber.«
»Wann?«
»Ich bin gegen Mittag bei euch.«
»Mein Vater hat sofort eingewilligt, aber meine Mutter ist nervös und macht sich Sorgen – wie immer. Ich hab mir das Herz aus dem Leib geredet und kurz und

bündig erklärt: ›Ich heirate keinen Jeschiwaburschen.‹ Ich war drauf und dran, meine Sachen zu packen und durchzubrennen.«

»Wohin denn?«

»Zu dir.«

»Also, ich komme.«

Max hängte ein und blieb wie vom Donner gerührt stehen. War das denn möglich? Ja, alles ist möglich. Aber er empfand keine Freude. Im Gegenteil: ihn packte die Angst. »Was soll ich jetzt tun?« fragte er sich, als er wieder in sein Zimmer ging. »Ich darf mich weder mit Reizl Kork einlassen noch kann ich Zirele mit nach Argentinien nehmen, denn ich bin verheiratet. Wenn ich mich gegen den guten Mann versündige, wird Gott mich bestrafen. Was hält mich noch in Warschau? Daß ich zu Schkolnikow gehen und Verbindung mit dem Toten aufnehmen will? Oder daß ich bei Reizl Kork wieder Fleischklöße mit Graupen essen möchte?«

Er betrachtete seine Koffer. Es würde nicht viel länger als fünf Minuten dauern, zu packen, die Rechnung zu bezahlen, per Droschke zum Wiener Bahnhof zu fahren und in einen Erste-Klasse-Zug zu steigen. Niemand würde versuchen, ihm zu folgen. Aber er könnte mit der Abreise ja auch bis morgen warten. Andererseits: wohin sollte er reisen? Zurück nach Buenos Aires, wo jetzt Winter war? Ihm kam jetzt tatsächlich die ganze Welt wie ein Jammertal vor. »Soll ich nach Roszkow fahren? Was tu ich denn dort?« Seine Verwandten hatten vermutlich längst seinen Namen vergessen. Die meisten von ihnen waren bestimmt schon tot.

»Na ja, davonlaufen kann ich jederzeit«, sagte er sich. »Erst noch ein bißchen weitermachen mit diesem Spiel!«

Er wusch und rasierte sich. Der Vormittag war mild und sonnig. Max blieb eine Weile am Fenster stehen und betrachtete die Fußgänger. Jeder hatte sein eigenes Schicksal. Ihm war das Los beschieden, als Siebenundvierzigjähriger ziellos umherzuwandern. Er zog sich an und verließ das Hotel. Immer noch besser, sich auf gewagte Unternehmen einzulassen, als in Whitechapel auf einer Bank zu sitzen und – wie er es während seines Aufenthalts in England getan hatte – mit einem Missionar ins Gespräch zu kommen. Diesmal frühstückte er in einem Café in der Krakauer Vorstadt. Dann machte er sich auf den Weg in die Krochmalnastraße. Er fand sich jetzt wieder gut in der Stadt zurecht und erkannte sogar die verschiedenen Gerüche wieder. Als er in der Krochmalnastraße anlangte, war es Punkt zwölf.

Er stieg zur Wohnung des Rabbis hinauf. Zirele, die so blaß wie nach einer Krankheit war und sich mit einer weißen Bluse und einem hellgrünen Rock herausgeputzt hatte, saß auf der Bettstatt und stopfte einen Strumpf, den sie über ein Glas gezogen hatte. Die Rebbezin saß am Tisch und enthülste Erbsen. Als Max die Treppe hinaufgestiegen war, hatte ihn plötzlich die Scheu eines Bräutigams befallen – so, als wäre er gerade aus Roszkow gekommen, um seine Braut in Augenschein zu nehmen. Aber dann hatte er sich zusammengerissen und diese Schüchternheit abgeschüttelt. Er hatte Geld, einen mit Visa gespickten Reisepaß, eine goldene Taschenuhr und – in seinem Gepäck – einen Revolver.

»Guten Tag, Rebbezin. Guten Tag, Zirele. Ist der Rebbe da?«

Zirele warf ihm einen ängstlichen Seitenblick zu. Die Rebbezin wandte ihm ihr spitzes Gesicht zu, ihre grauen

Augen sahen ihn scharf an, ihr Blick verriet teils Bedauern, teils Neugier, um ihre Nase zogen sich Falten. »Im Zimmer nebenan.«

Max war klar, daß er jetzt etwas zu den beiden sagen mußte. Aber was? Ihm, dem Zungenfertigen, fehlten die Worte. Er ging in die Betstube, wo der Rabbi, genau wie tags zuvor, im ripsseidenen Kaftan, die Jarmulke auf dem Kopf, am Lesepult stand und schrieb. Diesmal rief der gute Mann: »Willkommen!«

»Heiliger Rebbe!«

»Nehmen Sie Platz! Hier!« Der Rabbi setzte sich ans Kopfende des Tisches.

Max warf einen Blick auf die Bücherregale und den Toraschrein mit dem Vorhang, den Löwen, den Zehn Geboten, und ihn ergriff die gleiche Demut wie tags zuvor. »Kann es eine größere Ehre geben, als der Schwiegersohn dieses Mannes zu werden?« fragte er sich. »Ich werde den Boden unter Zireles Füßen küssen – und sie werde ich küssen wie eine Mesuse.«

In diesem Raum herrschte eine Atmosphäre der Ruhe, wie er sie nirgendwo sonst erlebt hatte, nicht einmal in den Museen von Paris, London und Berlin. Die ganze Welt war geprägt von Hast, Konkurrenzkampf und Entfremdung. Hier dagegen herrschten Gelassenheit, Gemütlichkeit und Liebenswürdigkeit. Aus den blauen Augen dieses Mannes sprach eine Herzensgüte, die nicht von dieser Welt war. Die goldfarbene Tapete, der Tisch, die Bücherregale waren mit Sonnenlicht gesprenkelt. Der Raum duftete nach Tee, Zitrone und den Gewürzen in der Bessamim-Büchse.

»Reb Mordche«, sagte der Rabbi, »ich habe alles mit meiner Frau und den anderen Familienmitgliedern besprochen. Ich will offen mit Ihnen reden. Meine Frau und ich würden Zirele gern mit einem jungen Mann, einem Schriftgelehrten, verheiraten, aber für uns ist das schwierig. Ich kann ihr keine Mitgift geben. Nu, meine Tochter hat ziemlich moderne Ansichten. Aber was soll man machen? Eine andere Generation, andere Sitten und Gebräuche. Im Himmel weiß man schon, was geschieht. Kurz und gut, wir willigen ein – unter einer Bedingung: Sie müssen sich einen Bart stehenlassen, weil der Bart ein Symbol der Jüdischkeit ist. Sie müssen uns versprechen, den Sabbat nicht zu entheiligen, die Reinheitsgebote und alle jüdischen Gesetze einzuhalten. Falls Ihnen dieses und jenes Gesetz nicht bekannt ist – ich habe ein Büchlein, in dem alles in Jiddisch niedergeschrieben ist, so daß Sie es lesen können. Der Verfasser, Reb Isaia Rachower, ein angeheirateter Verwandter meines Schwiegervaters, wollte etwas für die Leute tun. Nicht jeder kann Hebräisch lesen, aber das Wichtigste ist, so zu leben, wie es sich für einen Juden geziemt. Wir möchten natürlich, daß Sie hierbleiben, denn Zirele ist unsere einzige Tochter, und wir wollen sie nicht in ferne Lande ziehen lassen. Ich amtiere auch als rabbinischer Richter, aber solange Sie keinen Bart haben, kann ich den Ehevertrag nicht aufsetzen. Würde ich einen Schwiegersohn akzeptieren, der sich in Mißachtung des jüdischen Gesetzes den Bart abrasiert hat, dann würde das bedeuten, daß ich dies billige. Die Gemara sagt: ›Schweigen bedeutet Zustimmung.‹ Es wäre daher ratsam, es bei einer mündlichen Vereinbarung zu belassen, bis Ihnen der Bart gewachsen ist – dann werden wir, so Gott will, den Ehevertrag verfassen und den Tag der Hochzeit festsetzen. Übrigens behagen mir auch die kurzen Kleidungsstücke nicht, die Sie tragen, denn damit äfft man die Gojim nach. Da die Deutschen und die anderen Gojim sich so kleiden, geziemt es den Juden, lange Gehröcke zu tragen. Aber das können Sie halten, wie Sie wollen. Auch in einem Jackett kann man Jude sein. Wesentlich ist, daß man als Jude die Gesetze einzuhalten hat. Andernfalls verstößt man gegen die Tora. Und was ist ein Jude ohne die Tora? Warum sind wir zweitausend Jahre lang imstande gewesen, alle Heimsuchungen zu überstehen? Nur weil die Tora uns Lehren erteilt und uns gestärkt hat. Ein Jude ohne die Tora ist schlimmer als ein Goi ... Verstehen Sie?«

»Ja, heiliger Rebbe.«

»Stimmen Sie mir zu?«

»Jedes Wort, das der heilige Mann sagt, ist wahr. Es ist, als spräche Gott zu mir.«

»Gott soll schützen! Der Mensch ist nichts als Fleisch und Blut. Aber was ich Ihnen sage, stammt aus der Tora. Wenn Sie wollen, nehme ich eine Passage aus dem Talmud mit Ihnen durch. Sie sollten mit dem Studium des Pentateuch beginnen. Es gibt kein grandioseres Sittlichkeitstraktat als den Pentateuch. Vom ersten Vers an ist er eine Morallehre. Denn sobald der Allmächtige Himmel und Erde erschaffen hatte, mußte der Mensch Ihm dienen und Seinen Geboten gehorchen. Raschi schreibt gleich in seinem ersten Kommentar, der Allmächtige habe Himmel und Erde um der Juden und der Tora willen erschaffen. Es heißt, daß der Allmächtige die Welt aus den Lettern der Tora erschaffen habe.«

»Heiliger Rebbe, ich bin nicht wert, Ihnen die Schuhe zu putzen.«

»Was reden Sie denn da? Wir alle sind Kinder Abrahams, Isaaks und Jakobs. Ein ganz gewöhnlicher Jude kann ein heiligmäßiger Mensch sein. Es ist erwiesen, daß die Sechsunddreißig verborgenen Heiligen einfache Leute sind – Schuhmacher, Schneider, Wasserträger. Meine Tochter ist ein bißchen impulsiv, aber sie hat ein gutes Herz. Da sie viel Mitgefühl hat, sagt sie oft Dinge, die sie nicht sagen sollte, und wirft dem Herrscher der Welt vor, daß es arme Leute gibt. Wer weiß denn um das Walten des Allmächtigen? Alles ist von oben vorherbestimmt. Entschuldigen Sie mich einen Augenblick. Ich hole jetzt die Familienmitglieder.«

Der Rabbi ging in die Küche. Max stand auf, ging hinüber zu den Bücherregalen und nahm ein heiliges Buch heraus. Es war durchweg in Raschi-Lettern gedruckt. Er versuchte zu lesen, verstand aber kein Wort. Nur die Druckerlaubnis des Zensors, die in russischer Sprache auf dem Titelblatt abgedruckt war, konnte er entziffern. Dann nahm er ein zweites und ein drittes Buch aus dem Regal. »Nein, aus mir wird nie ein Schriftgelehrter.«

Er wäre gern auf den Balkon gegangen, wollte aber dem Gesindel in der Nachbarschaft keinen Grund zum Tratschen geben. Er wußte, daß er sich weder mit Reizl Kork noch mit Zirele einlassen durfte. Ein Bart? Der bloße Gedanke brachte ihn zum Lachen. »Vielleicht sagen mir Schkolnikows Tote, was ich tun soll.« Aus der Küche hörte er Gemurmel, unterdrückte, hastig redende Stimmen. Plötzlich fiel ihm ein, daß Reizls Schwester, Señora Schajewski, wußte, daß er nicht verwitwet war. Selbst hier in Warschau konnte ein verheirateter Mann verhaftet werden, wenn er sich eine zweite Ehefrau zulegen wollte. »Ich stelle mir selber eine Falle, aus der ich nie mehr herauskommen werde.«

Die Tür ging auf. Der Rabbi kam herein, nach ihm die Rebbezin, gefolgt von Zirele.

Als Max das Haus des Rabbi verließ, blieb er eine Weile auf den Stufen stehen. Der Rabbi hatte ihn mit du angeredet. Die Rebbezin hatte ihm *masel tow* gewünscht. Der Abschluß des Ehevertrages war aufgeschoben worden, aber Max hatte versprochen, bald nach Roszkow zu fahren und dort zu warten, bis ihm ein Bart gewachsen war. Er hielt nicht nur Zirele zum Narren, sondern auch den guten Mann und seine Frau, die ebenfalls die Tochter eines Rabbis war. »*Ein* Tod ist nicht genug für mich«, dachte er. »Man sollte mich zerstückeln.« Er begann, die Straße entlangzugehen. Dann drehte er sich um und sah Zirele auf dem Balkon stehen. Sie blickte ihn an, wiegte den Kopf und machte eine Handbewegung, als wollte sie ihm eine Kußhand zuwerfen. »Im Vergleich zu mir war der böse Haman ein Heiliger«, dachte er. »Solche Missetaten bestraft Gott bereits im Diesseits.«

Er hatte keinen Alkohol getrunken, schwankte aber wie ein Betrunkener. Seine Beine wurden weich, die Pflastersteine des Gehsteigs schaukelten unter seinen Füßen. Der Sommertag war noch längst nicht zu Ende, und Max wußte nicht, was er mit sich anfangen sollte. Mit Schkolnikow war er erst am Abend verabredet. Sollte er vielleicht in eine Kneipe gehen und sich wirklich betrinken? Oder zurück ins Hotel? Er hatte keine Lust auf Schnaps, und allein im Hotelzimmer herumhocken wollte er auch nicht.

Voller Neid betrachtete er die Passanten. Ihr Leben war offen und ehrlich, kein Gewirr aus Lug und Trug wie seines. Wenn er doch mit alledem Schluß machen könnte! In seinem Koffer hatte er einen Revolver. Er brauchte ihn nur an seine Schläfe zu halten und abzudrücken. Wie von selbst schlugen seine Füße den Weg zum Hotel ein.

»Was für ein Tag ist heute? Donnerstag.« Am Sabbat hatte er eine Verabredung mit der rothaarigen Basche. Reizl Kork wollte ihn anrufen, sobald Schmuel Smetena nach Lodz abgereist war. Er legte sich aufs Bett und sah hinauf zur Decke. Um den Haken, an dem er sich tags zuvor beinahe aufgehängt hätte, schwirrten und summten Fliegen. »Warum sind die plötzlich so froh und munter?« fragte er sich. »Ist das eine Art Fliegentanz oder eine Fliegenhochzeit?«

Durch das offene Fenster trug ein Sommerlüftchen den Geruch von Bäumen, Gras, Pferdemist und Feldern herein. Ob er zur Weichsel gehen und ein bißchen schwimmen sollte? Er erinnerte sich an eine tiefe, unbewegte Stelle des Flusses, wo man damals schwimmen konnte. Aber ihm war jetzt nicht nach Schwimmen zumute. Außerdem wollte er nicht riskieren, seine Kleidungsstücke samt Reisepaß und Brieftasche am Ufer liegenzulassen. Vor Dieben war man nirgends sicher.

Er war drauf und dran, den Revolver aus dem Koffer zu holen, sagte sich dann aber, daß man mit einer so gefährlichen Waffe lieber nicht herumspielen sollte. Revolver gingen manchmal von selbst los. In Rußland war es verboten, eine Waffe bei sich zu tragen. Je länger er grübelte, um so klarer wurde ihm, daß dieser Nachmittag – ganz zu schweigen davon, daß die ganze Situation schlimm genug war – ein verlorener Nachmittag sein würde. Er wußte nicht, wohin er gehen und was er tun sollte. Wenn es hier wenigstens ein Spielkasino gäbe, wo er ein paar Rubel verlieren könnte!

Er döste ein. Im Traum sah er sich in Monte Carlo Tausende, Hunderttausende von Francs gewinnen. Er sah die Roulettetische, die Croupiers, die anderen Spieler, insbesondere eine weißhaarige Frau, die eine Hand mit verkrüppelten Fingern voller Brillanten ausstreckte und rief: »Ich setze alles – das ganze Vermögen, das mir mein Mann hinterlassen hat!« Dann häufte sie Goldmünzen auf das Spielfeld. »Wie kann denn so eine alte Hexe so viel Geld mit sich herumtragen?« fragte sich Max. »Und wie hat ihr Mann es geschafft, so viel Geld zu horten? Bestimmt nicht mit dem Aufsagen von Psalmen...« Er fuhr aus dem Schlaf hoch. »Was hab ich da bloß geträumt?«

Er dachte an die verwegenen Worte, die er dem Rabbi gesagt hatte; an die Warnungen und leisen Vorwürfe der Rebbezin, die darauf angespielt hatte, daß er ein ungebildeter Mensch sei und der Tochter eines Rabbis nicht würdig; und an Zireles flehende Blicke. Nun hatte er einen bitteren Geschmack im Mund. »Wozu habe ich das nötig? In was für ein teuflisches Spiel bin ich hineingeraten?« Ihm fielen die Worte seiner Mutter ein: *Der schlimmste Feind des Menschen ist er selbst ... Zehn Feinde können ihm nicht so viel antun, wie er sich selber antut.*

»Dann also ade, Warschau!« sagte er laut. »Ich verlasse dich sofort!« Er betrachtete seine Koffer. »Ich reise, wohin mich der Zufall führt. Ich nehme den erstbesten Zug!«

Jemand klopfte an die Tür. Als Max öffnete, sah er sich einem Hotelpagen und einem Mann gegenüber, der einen karierten Anzug trug und eine Melone aufhatte. »Wann reisen Sie ab?« fragte er Max. »Wir müssen das Zimmer fertigmachen.«

»Was reden Sie da von Abreisen?«

»Ihr Zimmer sollte doch heute mittag geräumt sein.«
»Wieso?«

»Ich fürchte, das ist ein Versehen«, sagte der Hotelpage und sah auf einem Zettel nach, den er mitgebracht hatte. Der Mann mit der Melone lächelte beflissen und schien dem Gast sogar zuzublinzeln. Der Page sagte: »Ich gehe hinunter und kläre die Sache auf.« Dann machte er, ohne ein Wort der Entschuldigung, die Tür zu.

»Was soll das?« fragte sich Max. »Wollen sie mich hinauswerfen?« Schon seit Tagen hatte er den Verdacht, daß das Hotelpersonal ihn schief ansah. Pagen und Zimmermädchen klopften immer wieder an seine Tür und schlossen sie, sogar wenn er im Zimmer war, mit ihrem Schlüssel auf. Dann entschuldigten sie sich in spöttischem Flüsterton. Vielleicht hatte ihn jemand bei den Behörden angezeigt. Aber wessen hätte man ihn denn beschuldigen können? Er war doch nicht mit Schmuggelware nach Warschau gekommen.

Er begann, im Zimmer herumzulaufen. Er hatte seine Verbindungen zur Unterwelt gelöst, sich aber nie so recht an die Welt der Reichen, der Industriellen und der eleganten Damen gewöhnen können. Überall glaubte er auf Argwohn zu stoßen – in London, Paris, Berlin. In Buenos Aires hatte ihn sein Spanisch, das er mit polnischem Akzent sprach, verraten. Die Rebbezin hatte ihn mit herben Worten traktiert: Er müsse ein besserer Mensch werden – es sei nie zu spät, etwas dazuzulernen, kultivierter zu werden. Sie hatte durchblicken lassen, daß er ein ungebildeter Kerl sei und daß sie ihm ihre Tochter nur deshalb gebe, weil diese nach ihrem Selbstmordversuch kein unbescholtenes Mädchen mehr sei.

Wieder wurde an die Tür geklopft. »Jetzt wollen sie mich wohl hinauswerfen?« Er öffnete. Draußen stand Zirele. Verdutzt starrte er sie an. Sie trug ein helles Kostüm und den Strohhut, den er ihr gekauft hatte. Noch nie hatte er sie so elegant gekleidet gesehen. Niemand hätte sie für die Tochter eines Rabbis gehalten; sie hätte ebensogut eine Gräfin sein können. Max war überwältigt vor Freude und Scham. »Leide ich ihretwegen solche Höllenqualen?« fragte er sich. »Ich gäbe meinen letzten Groschen her, um mit ihr zusammenzusein.«

»Komm herein! Komm herein!« Er zog sie an sich und küßte sie. Zirele wehrte sich. »Nicht hier!«

Er führte sie ins Zimmer. Als er sie wieder zu küssen begann, spürte er das Piken einer Hutnadel. Er warf sich auf die Knie und umklammerte Zireles Füße. Sie lachte und schalt ihn aus. »Steh auf! Was ist denn in dich gefahren?«

»Zirele, du bist mein Gott!«

»Was redest du denn da? So etwas darfst du nicht sagen!«

»Mein Leben gehört dir!«

Er stand auf, nahm sie in die Arme, wiegte sie hin und her, küßte ihren Hals, ihre Schultern, ihre Ärmel, ihre Handschuhe. Von nun an wollte er auf immer und ewig nur noch für Zirele leben. Er würde sich von Rochelle scheiden lassen, auch wenn es ihn Dreiviertel seines Vermögens kosten würde.

Nur mühsam konnte sich Zirele seinen Armen entwinden. »Ach, du bist so ungestüm!«

»Dich hat mir der Herrgott geschickt!«

»Ich wollte alles mit dir besprechen. Ich habe im Hotel angerufen, aber man sagte mir, du wärst schon ausgezogen.«

»So ein Blödsinn! Ich gehe sofort zum Empfangschef hinunter und knöpfe ihn mir vor. Diese Dummköpfe!«

»Reg dich nicht auf. Wenn meine Mutter wüßte, daß ich dich hier besucht habe, würde sie mir die Haut bei lebendigem Leibe abziehen. Ich habe ihr gesagt, ich ginge zum Arzt. Wir haben hier einen Doktor Frankel, der meinen Vater kennt. Er schreibt hebräische Artikel für ›Ha-Zefirah‹ und redet mit ihm über die Gemara. Er verlangt kein Geld von uns.«

»Weshalb brauchst du einen Arzt?«

»Meine Mutter sagt, ich sähe so blaß aus. Ich habe die Angewohnheit, mitten in der Nacht aufzuwachen und dann kein Auge mehr zuzutun.«

»Bei mir wirst du gut schlafen.«

»Ach, wie du redest! Du solltest dich schämen!« Sie errötete vom Hals bis zur Stirn.

»Warum ist dir das peinlich? Mann und Frau schlafen zusammen.«

»Bitte red nicht so! Du weißt ...« Sie brach mitten im Satz ab und sah ihn flehend an.

»Das läßt sich doch nicht verleugnen! Wie sind wir denn alle zur Welt gekommen?«

»Max, tue mir den Gefallen!«

»Also gut, von jetzt an halte ich meine Zunge im Zaum. Du bist eine reine Jungfrau, und ich bin ...«

»Red nicht weiter! Laß uns hinuntergehen. Es gibt so vieles, was ich mit dir besprechen möchte.«

»Das können wir doch auch hier tun.«

»Nein, Max, es schickt sich nicht für ein Mädchen, mit einem Mann in einem Hotel zu sein.«

»Wir sind doch verlobt.«

»Für Verlobte schickt es sich erst recht nicht.«

»An diese religiösen Formalitäten bin ich nicht gewöhnt. In Paris lebt man freizügig. Da küssen sich Männer und Frauen mitten auf der Straße.«

»Bitte komm mit hinunter!«

»Also gut.«

Max setzte seinen Hut auf. Er sah ein, daß es völlig unmöglich war, Zirele zum Bleiben zu bewegen. Seltsam, daß diese Tatsache die gehässige, teuflische Seite seines Ich, seinen inneren Feind, reizte und seine Wollust weckte. Er drückte Zirele noch einmal an sich. Sie stieß ihn weg, das Blut stieg ihr ins Gesicht, ihre Haare waren zerzaust. Ihre Augen wurden noch blauer und leuchtender. Ein kleiner Rabbi in Frauenkleidern, eine kleine Mesuse. Er küßte sie noch einmal, dann ging er mit ihr hinaus.

Dieses rabbinische Mädchen hatte seine männliche Begierde wiedererweckt. Er wollte Zireles Hand nehmen, doch nicht einmal das erlaubte sie ihm. Er hatte nicht geahnt, daß es in Polen noch so viel Tugendhaftigkeit gab.

»Wieviel Zeit hast du?« fragte er.

»Bloß ein, zwei Stunden. Wir können zusammen zu Abend essen.«

Alles lief bestens. Um acht Uhr mußte er bei Schkolnikow sein. Zirele hätte er ohnehin nicht zu diesem Hexenmeister mitnehmen können. Er winkte eine Droschke herbei, setzte sich neben Zirele und wies den Kutscher an, zum Lazienkipark zu fahren, an den er sich noch erinnern konnte. Passanten gafften und schienen sich zu wundern. »Was ist los? Wissen diese Leute, daß sie die Tochter eines Rabbis ist?« fragte sich Max, als er merkte, daß sie nicht ihn, sondern Zirele anglotzten.

Er saß schweigend neben ihr und dachte: »Da der

Rebbe darauf besteht, daß ich mir einen Bart wachsen lasse, habe ich noch gut zwei Wochen Zeit. Bis dahin werde ich eine Entscheidung getroffen haben.« Aber was konnte er denn in diesen paar Wochen bewerkstelligen? Rochelle einen Scheidebrief schicken und ihr sein ganzes Vermögen überlassen? Zirele mit nach Argentinien nehmen und dort eine vernünftige Lösung finden? Wie hieß es im Volksmund? Abwarten und Tee trinken. Jetzt wollte er erst einmal diesen strahlenden Sommertag genießen.

Er griff nach Zireles Hand, und diesmal zog sie sie nicht zurück. Dann sagte er: »Dich muß mir der Himmel geschickt haben.«

Als er Zirele nach Hause gebracht hatte, schwor er sich, von jetzt an nur noch ein einziges Ziel zu haben: sich von Rochelle zu trennen und Zirele zu heiraten. Er nahm sich vor, nicht mehr zu Reizl Kork zu gehen und sich am Sabbat nicht mit der rothaarigen Basche zu treffen.

Er hatte Zirele in der Nische, in der sie im Restaurant gesessen hatten, geküßt und ihr ein paar harmlose Dinge über sich erzählt. Zirele hatte von ihren Idealen gesprochen und ihm gestanden, daß sie, obwohl von der jüdischen Glaubenstradition geprägt, nicht fromm sei. Sie habe sogar eine Abhandlung von Darwin gelesen und einen Redner davon sprechen gehört, daß Moses auf dem Berg Sinai keine Wunder vollbracht habe. Und sie wisse, wer Karl Marx und Kropotkin und Kautsky seien. Aber sie würde niemals Schweinefleisch essen oder am Sabbat Feuer machen – nicht, weil sie glaube, daß Gott es verboten habe, sondern aus reiner Gewohnheit und aus Respekt vor ihren Eltern.

Zirele hatte ihre eigenen Pläne. Nach der Hochzeit wollte sie nicht mehr bei ihren Eltern wohnen, nicht einmal in der Nachbarschaft. Sie hatte nicht vor, sich die Haare zu scheren, eine Perücke zu tragen und in die *mikwe* zu gehen. Sie glaubte an den Sozialismus. Die Revolution, so erklärte sie, werde Schluß machen mit Ausbeutung, Fanatismus und Krieg. Wenn sie Kinder bekäme, würde sie diese modern erziehen, sie zur Schule schicken und nützliche Menschen aus ihnen machen, keine Stubenhocker und Schmarotzer. In Rußland wolle sie nicht bleiben, es sei denn, daß eine neue Gesellschaftsordnung eingeführt und dem Volk echte Freiheit zugestanden werde. Sie hatte Max gefragt, was er davon hielte, mit ihr nach Berlin oder Paris oder sogar nach London umzuziehen.

»Wir werden wohnen, wo du willst, Liebste«, hatte er geantwortet. »Und wenn's auf dem Mond ist.« Dann hatte er sie auf die Stirn, den Mund und den Hals geküßt. Etwas allerdings hatte er ihr nicht einreden können: wieder mit ihm ins Hotel zu fahren.

»Dann würdest du den *derech erez* vor mir verlieren«, hatte sie gesagt.

Dieses jiddische Wort für Respekt hatte Max schon lange nicht mehr gehört. In all den Jahren im Ausland hatte er vergessen, was es bedeutete. Es erinnerte ihn an Roszkow, an seine *zejde-bobe* und seinen Lehrer Fischele. Obwohl Zirele aufgeklärt war, hatte ihre Redeweise etwas von der ihres Vaters an sich. In ihre Bemerkungen über die Revolution, die Massen und das Proletariat waren Verse aus dem Pentateuch eingestreut. Sie sang ihm sogar ein Lied aus dem Jiddischen Theater vor, das so endet: »Wirf deinen adligen Stammbaum weg und sei ein Mensch!«

Im Lazienkipark war Max mit ihr in ein Restaurant gegangen, wo er Kartoffeln mit Sauermilch bestellt hatte. Weil die Kartoffeln nicht in einem koscheren Topf gekocht worden waren, hatte Zirele keine gegessen. Aber sie hatte Kaffee getrunken und ein Plätzchen geknabbert. Die zwei Stunden waren wie im Flug vergangen. Auf der Rückfahrt hatte Max die *gumka* – eine Droschke mit Gummirädern – vor einem Süßwarenladen halten lassen und eine Schachtel Konfekt für Zirele gekauft. Als er ihr einen Zehnrubelschein geben wollte, hatte sie sich geweigert, das Geld anzunehmen.

»Erst nach der Hochzeit, so Gott will«, hatte sie gesagt. Max war es kalt über den Rücken gelaufen. Dieses junge Mädchen liebte ihn und wollte seine Frau werden. Aber es war eine gestohlene Liebe, erschlichen durch Schwindelei und Schurkerei.

Als Max sich von Zirele verabschiedet hatte, kämpfte er mit sich, ob er zu der Séance gehen sollte oder nicht. Im Gespräch mit Zirele hatte er Schkolnikow erwähnt. Sie hatte von diesem Adepten der Schwarzen Magie gehört. Man ginge zu ihm, sagte sie, um einen Dieb zu entlarven, verlorenen oder gestohlenen Schmuck wiederzubekommen, oder in einem schwarzen Spiegel Männer zu identifizieren, die ihre Ehefrauen verlassen hatten. Allerdings habe Schkolnikow ihres Wissens nach noch nichts dergleichen vollbracht. Das alles sei Aberglaube, Fanatismus, Täuschung. »Und was die Toten betrifft – die verwesen in ihren Gräbern und führen mit niemandem Gespräche.«

Max teilte ihre Vermutung, daß Schkolnikow sich von naiven Leuten ein paar Rubel erschwindle; aber er wußte nicht, wo er den Abend verbringen sollte. »Egal, wie viele Liebschaften ein Mann hat«, dachte er,

»egal, auf was für Abenteuer er sich einläßt – abends fühlt er sich trotzdem oft einsam, falls er nicht Weib und Kind und ein Zuhause hat. Sind Schkolnikows Tricks denn schlimmer als die im Theater oder Kabarett? Und vielleicht tragen die telepathischen Botschaften, die er Rochelle sendet, wirklich dazu bei, ihren Magnetismus – oder wie immer das genannt wird – zu schwächen.«

Schließlich winkte Max eine Droschke herbei, um sich in die Dlugastraße fahren zu lassen. Lieber irgend etwas tun, sagte er sich, als Trübsal blasen. Wieder fuhr er am Eisernen Tor vorbei, durch die Przechodniastraße, über den Bankowyplatz (vor der Bank, die jetzt geschlossen war, patrouillierte ein Wachmann), durch die Rymarska und die Tlomackiestraße, in der die deutsche Synagoge mit dem Kuppeldach und der Menora stand. Vor vielen Jahren hatte er einmal versucht, in dieses schon ziemlich christianisierte jüdische Gotteshaus zu gehen, doch der Schammes, der einen seidenen Hut trug, hatte ihn nicht hineingelassen. Und obendrein hatte er Max, der sich an ihm vorbeidrängen wollte, mit einem Gürtelriemen eins übergezogen. Jetzt fand hier bestimmt eine Hochzeit statt. In der Menora brannten die elektrischen Lampen. Auf dem Platz vor der Synagoge warteten Kutschen. Aus dem Gotteshaus war Orgelmusik zu hören. »Da glaubt jemand immer noch an die weibliche Tugendhaftigkeit«, sagte sich Max sarkastisch. »Aber wir haben ja keine andere Wahl. Ohne die Weiber ginge die Welt unter.«

Am Ende der Nalewki- und Dlugastraße sah er das schwarze Tor und die vergitterten Fenster des Gefängnisses, das »Arsenal« genannt wurde. Ein schwacher Lichtschein drang heraus. Jahrelang hatte Max immer wieder geträumt, er sei in diesem Gefängnis eingesperrt. Jemand hatte ihn hereingelegt. Es hatte etwas mit Falschgeld, einer Frau und einem Mord zu tun. In Argentinien hatte er sich nach diesem Traum jedesmal mit dem Gedanken getröstet, daß er – egal, was das Schicksal für ihn in petto hatte – nie mehr nach Warschau zurückgeschickt werden könnte. Jetzt war er aus freien Stücken zurückgekommen. Falls er hier strauchelte, konnte jener Traum wahr werden. Ihm fiel ein polnisches Sprichwort ein: »Wem es bestimmt ist, gehenkt zu werden, der wird nicht ertrinken.«

Vor Bernard Schkolnikows Haus stieg er aus der Droschke. Abends wirkte die Straße schäbiger und trister als vormittags. Im Stiegenhaus war es dunkel. Beim Hinaufsteigen zündete Max Streichhölzer an. Ein penetranter Geruch nach Schweinefett und irgend etwas Öligem, Ranzigem stieg ihm in die Nase. Durch die Wohnungstüren drangen dumpfe Geräusche, Gepolter und Hundegebell.

Er hatte sich, obwohl er ein Unterweltler war, nie an die Gojim und ihr Benehmen gewöhnen können. Er aß mit Gusto – Esaus Enkel sind immer Freßsäcke –, aber Schweinefleisch hatte er noch nie angerührt. Er hatte es mit Schicksen getrieben, aber geliebt hatte er keine von ihnen. Nicht einmal vernünftige Gespräche konnte er mit Gojim führen. Er verabscheute Gewalttätigkeit, verteilte, so seltsam es klingen mag, Almosen an die Armen und war auf seine Weise um Gerechtigkeit bemüht. Er brauchte eine Rechtfertigung für seine Sünden. Immer wenn ihm Gefahr drohte, begann er zu beten.

Er klopfte an Schkolnikows Tür, aber niemand antwortete. Er klopfte lauter. Nach einer Weile hörte er Schritte, dann wurde geöffnet. Im halbdunklen Flur stand ein Mädchen, das ihn an eine Zauberkünstlerin erinnerte, eine von denen, die Feuer schlucken, mit ihren Fußsohlen Fässer rollen, sich mit nacktem Rücken auf ein Brett mit spitzen Nägeln legen, stehend auf einem Pferd galoppieren oder mit einem Bären tanzen. Sie war ganz in Schwarz: Mantel, Pantalons, Strümpfe, Schuhe – eine Kombination, die ihr ausgezeichnet stand. Sie hatte einen Bubikopf. Ihre Gesichtszüge waren im Halbdunkel nicht zu erkennen, aber Max konnte ihre schwarzen Augen sehen, die wie Katzenaugen funkelten.

Er war sprachlos. Dann begann er zu stammeln: »Ist der Mann, der ... wie soll ich es nennen ... der die Toten zurückholt ...«

»Pan Schkolnikow.«

»Ja, Schkolnikow.«

»Wie ist Ihr Name?« fragte das Mädchen auf polnisch.

»Max ... Max Barabander.«

»Folgen Sie mir!«

Sie bewegte sich geräuschlos. Es war, als glitte sie durch den langen Flur. Dann führte sie Max in dasselbe Zimmer, in dem er kürzlich mit Schkolnikow gesprochen hatte. Der Raum war fast dunkel. Max konnte sitzende und stehende Gestalten erkennen – Männer und Frauen. Angst und Neugier packten ihn. »Ich hätte meinen Revolver mitnehmen sollen«, dachte er. Schkolnikow, in ein langes schwarzes Gewand gehüllt, kam auf ihn zu und reichte ihm die Hand.

»Wir haben auf Sie gewartet.«

»Es ist noch nicht ganz acht Uhr«, entschuldigte sich Max. Dann hielt er Ausschau nach dem Mädchen, das ihm geöffnet hatte, aber es war verschwunden. »Dieser ganze Hokuspokus dient nur dazu, den Leuten drei Rubel abzuluchsen«, sagte er sich. Er hatte den Geldschein griffbereit in seiner Westentasche. Jemand zeigte auf einen Stuhl, der neben einem kleinen Tisch stand. Hier ging alles heimlich, still und leise vor sich. Man bewegte sich lautlos wie auf Gummisohlen und gab einander Zeichen. Es duftete ein wenig nach Weihrauch, der verwendet wurde, um schlechte Gerüche zu vertreiben. Was die Leute sich zuflüsterten, konnte Max zwar nicht verstehen, aber er schnappte ein paar Brocken Polnisch auf. »Die beschwören wohl gojische Geister?« witzelte er insgeheim. »Selbst wenn es ihnen möglich wäre, würden meine Eltern bestimmt nicht hier erscheinen.«

Eine Frau begann in polnischer Sprache zu singen, mit rauher, krächzender Stimme. Der Gesang erinnerte Max an das unverständliche Geblöke eines betenden Priesters. »Die bekehren mich noch zum Christentum«, dachte er. In die Litanei stimmten jetzt auch andere ein; der gedehnte Singsang klang wie eine Totenklage. Max wurde von einer längst vergessenen Melodie überwältigt, ähnlich jener, die ihn manchmal in seinen Alpträumen heimsuchte. Der beklemmende Gesang beklagte etwas, wofür es keinen Trost gibt. »Diese Singerei kann vielleicht wirklich die Toten aus ihren Gräbern herbeirufen«, dachte er. War das nur Einbildung, oder hatte er tatsächlich Arturos Namen gehört? Jetzt sangen sie ein christliches *al mole rachmim* – »Erbarme dich, Gott« – für seinen toten Sohn. »Woher wissen sie von Arturo?« fragte er sich. Ihm war entfallen, daß er Schkolnikow von seinem Sohn erzählt hatte. Alles in ihm war angespannt. Wieder fiel ihm ein Wort ein, an das er lange nicht mehr gedacht hatte: *klepsydra*. Was bedeutete es? Stammte es aus dem Spanischen? Er war hierhergekommen, um sich über das alles lustig zu machen, jetzt aber war ihm nach Weinen zumute. Plötzlich erschien das Mädchen, das ihm geöffnet hatte. Sie war noch genauso gekleidet wie vorhin, nur daß sie jetzt einen schwarzen Schal umgelegt hatte. Sie setzte sich an einen Tisch, auf dessen Rand jetzt alle die Finger legten. Eine Frau nahm Max' Hände und legte sie ebenfalls darauf. »*Lekko*«, flüsterte sie ihm zu. »Leicht!«

Er hatte schon von Leuten gehört, die einem Tisch Fragen stellen. In Roszkow hatte man sogar eine Bezeichnung dafür: *teschele*. Sein Vater hatte von den Wundern gesprochen, die ein Tisch vollbringen konnte, wenn er mit Holzzapfen statt mit Nägeln zusammengefügt war. Der Roszkower Rabbi hatte erklärt, es sei verboten, bei so etwas mitzumachen, weil das Hexerei sei. Und jetzt ließ er, Max, sich auf so etwas ein. Das Singen hörte auf, eine bleierne Stille herrschte im Raum.

Max traute seinen Augen nicht: Der Tisch begann zu vibrieren und zu schaukeln, als wäre er kein lebloser Gegenstand mehr. Ob ihn jemand hochhob? Nein, alle Hände lagen auf der Tischplatte. Wieso vibrierte und wippte sie unter seinen Fingern? Hin und wieder hob sich der Tisch, als wollte er davonfliegen. Was für eine Schwarze Magie betrieben dieses Leute? Sie stellten dem Tisch Fragen, und er antwortete darauf: einmal klopfen bedeutete ja, zweimal klopfen bedeutete nein. Wie konnte dieses Tischchen wissen, ob der Ehemann der dicken Frau aus Amerika zurückkehren würde? »Alles Täuschung und Illusion«, sagte sich Max. Dann fragte ihn Schkolnikow, ob er dem Tisch eine Frage stellen wolle.

»Wird sich Rochelle von mir scheiden lassen?«
Der Tisch antwortete: »Ja.«
»Wird Zirele meine Frau werden?«
Der Tisch schien einen Moment zu zögern. Dann ein zweimaliges Klopfen: »Nein.«
»Lebt mein Vater noch?«
»Nein.«
»Und meine Mutter?«
Keine Antwort.

Max wußte nicht, was er jetzt noch fragen sollte. Seine Eltern waren kurz nacheinander gestorben. Warum hatte der Tisch die Frage, die den Vater betraf, beantwortet, nicht aber die Frage betreffs der Mutter? Die anderen Anwesenden hatten es eilig, ihre Fragen zu stellen. Max war es leid, seine Hände auf die Tischplatte zu halten, und rückte seinen Stuhl zurück.

Als das Tischchen entfernt worden war, begann das Mädchen zu sprechen, mit einer Stimme, die überhaupt nicht zu ihrer schlanken Erscheinung paßte. Der seltsame Klang war weder der einer weiblichen noch der einer männlichen Stimme, sondern eine Mischung aus beidem. Das Mädchen sprach ein sehr gepflegtes Polnisch, das Max kaum verstehen konnte. Sie sprach über jemanden, rief einen Namen, der sonderbar klang, und übermittelte Botschaften von den Toten. Die Geister, die sie herbeirief, gaben Zeichen, erinnerten an Orte und Daten, berichteten, was ihnen alles widerfahren war, seit sie diese Welt verlassen hatten. Plötzlich war Geflüster zu hören. In der Dunkelheit tauchte etwas auf, das wie ein Handschuh oder wie eine Hand aus Gips aussah. Jemand stellte ein Gefäß auf den Fußboden. Die Hand schwebte durch den Raum, pendelte über dem Topf und versank darin. Dann erhob sie sich wieder in die Luft und schwebte in die andere Richtung. Max war fasziniert. Wie konnte sich diese Hand in der Luft halten? Er starrte angestrengt hin, konnte aber nichts anderes als die Hand entdecken. Er hörte Geflüster und unterdrücktes Seufzen. Etwas Wundersames hatte sich direkt vor seinen Augen ereignet. War das vielleicht nur ein Traum? Er wollte eine der sitzenden Gestalten fragen, was hier vor sich ginge, doch ehe er ein Wort sagen konnte, stupste ihn jemand am Arm, zum Zeichen dafür, daß er den Mund halten sollte. Dann ereigneten sich weitere Wunder. Aus dem Nichts tauchte eine kleine Trompete auf und erschallte – so monoton und wehklagend wie ein Widderhorn. In der Dunkelheit glänzte die Trompete wie von selbst. Mandolinengeklimper erklang.

Plötzlich rief eine Stimme: »Arturo ist da! Er will mit Ihnen reden...«

Später konnte Max sich nicht mehr genau entsinnen, wie sich das alles abgespielt hatte. Im Nu war sein Gesicht so naß, als hätte ihn jemand mit lauwarmem Wasser übergossen. Eine Gestalt schwebte im Raum. Er hörte eine Stimme. Arturo sprach polnisch mit ihm, und vor lauter Erregung dachte Max nicht daran, daß die Muttersprache seines Sohnes Spanisch gewesen war. Er hörte Arturo flehentlich sagen:

»Papa, du fehlst mir... Papa, ich bin nicht tot. Ich lebe noch. Ich bin bei dir... Papa, ich weiß, was du alles durchgemacht hast... Ich habe Großmutter hier getroffen, und wir haben für dich gebetet... Ich bin noch dein treuer Sohn... und du fehlst mir. Wir sprechen immerzu von dir... Du brauchst dich nicht um mich zu grämen. Da, wo ich bin, bin ich glücklich. Mutter wird bald hier bei uns sein, du aber hast noch wichtige Dinge auf dem Planeten Erde zu tun. Denk daran, Papa, ich bin bei dir. Tue alles, was Pan Schkolnikow dir sagt. Er wird von uns geliebt. Er bringt uns in Verbindung mit unseren Lieben. Verzeih mir, Papa, ich muß jetzt fort. Aber ich komme wieder. Ich soll dich von unserer ganzen Familie grüßen.«

Die Gestalt verschwand. »Es ist Arturo! Arturo!« rief etwas in Max. »Gott im Himmel, ich habe mit meinem Sohn gesprochen. Wenn doch Rochelle das wüßte!« Bei Arturos Beerdigung hatte er nicht geweint, jetzt aber war sein Gesicht tränenüberströmt. Seine Augen brannten und weinten wie von selbst. Er merkte nicht mehr, was um ihn herum geschah. Eine Art Trunkenheit ergriff Besitz von ihm. Seine Beine wurden schlaff, er schlief im Stehen. Als er einen Stuhl zu fassen bekam, war es, als fiele er auf den Sitz. Seine Kräfte schwanden. Er fühlte sich einer Ohnmacht nahe. Vor seinen Augen sprühten Funken. Er hatte das Gefühl, taub zu sein. Er vernahm Worte, konnte sich aber keinen Reim darauf machen. Ihm war, als fiele sein Stuhl und er mit ihm in einen Sumpf oder Abgrund. »Ist das mein Ende?«

Ein Lichtschein glomm auf, als ob irgendeine Macht seine Gedanken vernommen hätte und ihn ermuntern wollte. Es war ein rotes Licht, wie es ähnlich verwendet wurde, um zu verhindern, daß an Masern erkrankte Kinder erblindeten. Max konnte einige Gesichter erkennen, auch das der jungen Zauberkünstlerin, die zurückgelehnt auf einem Stuhl saß und von zwei Männern an den Handgelenken festgehalten wurde. Wieder waren Gemurmel und Seufzer zu hören. Der Geist – oder was immer im Dunkeln umhergeschwebt war – hatte seine Hände in Paraffin getaucht und einen Abdruck hinterlassen. Eine Frau trug das Gefäß im Zimmer herum, damit alle ihn sehen konnten. War es möglich, daß er von Arturos Hand stammte? Max zog sein Taschentuch heraus und wischte sich den Schweiß von der Stirn. Sein Hemd war durchnäßt. Die beiden Männer ließen die Handgelenke des Mädchens los. Mit zurückgeworfenem Kopf und geschlossenen Augen saß sie da, offenbar in Tiefschlaf verfallen. Man versuchte, sie aufzuwecken, und sie schrie im Schlaf, stöhnte und bebte.

Max lief es kalt über den Rücken. Schweißgebadet, kraftlos, ausgepumpt und tief bestürzt über seinen Zustand saß er da. »Wenn doch Rochelle hier wäre!« rief eine Stimme in ihm. Er wollte sich zwar von ihr scheiden lassen, hätte aber gern das Gefühl der Befriedigung mit ihr geteilt, das er an diesem Abend empfunden hatte. »Drei Rubel sind nicht genug«, dachte er. »Ich gebe ihm zehn.« Er griff in seine Westentasche und berührte einen feuchten Geldschein. Nicht nur seine Hand, auch das Futter seiner Weste war durchgeschwitzt. Er hörte, wie Schkolnikow versuchte, das Medium aus der Trance zu wecken.

»Wach auf, Theresa! Wach auf, Theresa!«

Sie erschauerte noch einmal, dann wachte sie auf. Ihre schwarzen Augen hatten einen verängstigten Ausdruck. Eine Frau umarmte und küßte das Medium. Jemand brachte eine Petroleumlampe und eine Tasse Tee oder Kaffee. Im Lichtschein konnte Max das Tischchen, den Topf mit Paraffin und alle Anwesenden sehen. In der Dunkelheit hatte er den Eindruck gehabt, daß zahlreiche Personen zugegen waren, jetzt aber zählte er nur fünf Frauen und drei Männer. Waren die anderen Gestalten etwa Gespenster oder Geister von Toten gewesen? Er war als Skeptiker hierhergekommen, doch nun waren ihm alle Zweifel vergangen. Er hatte ein Wunder miterlebt. Die Toten offenbarten sich den Lebenden und sprachen zu ihnen. Er hatte Arturos Gestalt gesehen, Arturos Stimme gehört.

Er nahm Schkolnikow beiseite und gab ihm zehn Rubel. Ohne einen Blick darauf zu werfen, steckte Schkolnikow den Geldschein in die Tasche. Dann wollte Max mit Theresa sprechen, doch sie war verschwunden.

»Ist das Ihre Schwester?« fragte er, worauf Schkolnikow brummelte: »Ja, meine Schwester.«

»Kann ich mit ihr sprechen?«

»Nicht heute. Die Séance ist sehr anstrengend für Theresa. Danach ist sie mehr tot als lebendig.«

Ein Teilnehmer nach dem anderen ging hinaus. Sie verließen die Wohnung wie einen heiligen Ort, ohne sich zu verabschieden, genau so, wie die Leute in Roszkow an Jom Kippur nach dem Kol-Nidre-Gebet aus der Schul nach Hause gingen. Schließlich war Max mit Schkolnikow allein. In einen langen Mantel gehüllt, klein, dunkel, die schwarzen Augen halb unter den zerzausten Brauen verborgen, stand Schkolnikow vor der Fensterportiere und sah ihn mit starrem Blick an – wie ein Hexenmeister. Das versetzte Max in Angst und Schrecken. Er dachte daran, daß er drei Stockwerke hinuntersteigen mußte, auf einer langen, dunklen Treppe mit schiefen Stufen.

»War das mein Sohn?« fragte er.

Schkolnikow nickte.

»Arturo hat aber Spanisch gesprochen, nicht Polnisch.«

»Die Geister der Toten sprechen die Sprache des Mediums. Sie bedienen sich seiner Zunge und seiner Organe.«

»Wird mir das helfen?«

»Ja, mit der Zeit.«

»Wann soll ich wieder zu Ihnen kommen?«

»Am Montag. Nein, am Dienstag.«

»Wo geht's denn hier hinaus?«

»Kommen Sie mit, ich begleite Sie.«

»Ich würde Ihrer Schwester gern ein paar Worte sagen.«

»Nicht heute.«

Schkolnikow führte ihn durch den langen Flur. Er blieb an der offenen Wohnungstür stehen, während Max langsam die Treppe hinunterstieg, so unbeholfen wie jemand, der nach langer Krankheit das Laufen fast verlernt hat. Seine Knie knickten ein. Die Stufen kamen ihm zu hoch vor, zu weit voneinander entfernt. Wie ein alter Mann klammerte er sich ans Geländer. Als er draußen war, spürte er ein kühles Lüftchen. Vor ihm erstreckte sich die Dlugastraße, halbdunkel und mitternächtlich leer. Keine Trambahn, keine Droschke fuhr vorbei. Er tappte den leeren Gehsteig entlang, verändert und erschüttert wie jemand, der gerade aus dem Krankenhaus oder dem Gefängnis entlassen worden ist, wo er jahrelang eingesperrt war.

Eine Weile wußte er nicht mehr, wo er war und was er tat. Er blieb stehen. Ja, jetzt fiel es ihm wieder ein. Er war in Warschau und wohnte im Hotel Bristol. Er hatte sich mit Zirele, der Tochter des Rabbis, und mit Reizl Kork, der Geliebten von Schmuel Smetena, eingelassen. Aber wie sollte er von der Dlugastraße aus zu seinem Hotel finden? Er wartete, bis ein Mann vorbeikam, und fragte nach dem Weg. Wo die Koziastraße in die Podwalestraße mündete, lauerten dunkle Winkel. »Man wird mich hier noch umbringen!« dachte er. Die dünngesäten Gaslaternen warfen nur einen schwachen Lichtschein auf die Straße. Aus den alten Häusern drangen summende und raschelnde Geräusche. Von der Weichsel her blies ein kühler Wind. Wieder blieb Max stehen. Weshalb sollte ihm Arturo, der in Buenos Aires begraben lag, hier in Warschau als Geist erscheinen? Wann hatte er Polnisch gelernt? Alles Schwindel, alles Schwindel!

Eine Straßendirne sprach ihn an.

»Kommst du mit?«

»Nein, Schätzchen«, sagte Max und gab ihr zehn Groschen.

Weil ihn der Rabbi zum Sabbatmahl eingeladen hatte, kaufte Max allerlei Leckerbissen für die Familie: koscheren Wein, rabbinisch beglaubigten koscheren Räucherlachs, eine Flasche Likör, wie er von Frauen gern nach dem Essen getrunken wird, und eine Schachtel Konfekt (ebenfalls rabbinisch beglaubigt) für Zirele. Außerdem kaufte er einen Blumenstrauß. Zwei Stunden vor dem Anzünden der Kerzen traf er in der Krochmalnastraße ein. Die Leute gafften ihn verwundert an, als er mit seinen Päckchen und den Blumen aus der Droschke stieg. Im Treppenhaus roch es aus jeder Wohnung nach Fisch, Zwiebeln, Petersilie und frischgebackenem Hefekuchen. Als er die Wohnung des Rabbis betrat, guckte ihn die Rebbezin, deren Gesicht gerötet und deren Perücke zerzaust war, erstaunt an. Sie schlug die Hände zusammen und rief: »Zirele, schau dir das an!«

Zirele war gerade dabei, den Tscholent mit einem Stoffstreifen zuzubinden, der von einem alten Hemd abgerissen worden war. Auf das Papier, mit dem der Tscholenttopf abgedeckt war, hatte sie ihre Hausnummer und die Nummer der Wohnung geschrieben. »Mame«, rief sie, »schau, was er alles mitgebracht hat!«

»Das braucht's doch nicht«, sagte die Rebbezin. »Geschenke können Sie uns, so Gott will, an Purim schikken.«

»Da ist noch lange hin«, erwiderte Max.

»Was ist das? Koscherer Räucherlachs?« fragte sie. »Wer ißt denn Räucherlachs? Und wozu brauchen wir Likör? Hier frönt niemand dem Alkohol. Und Blumen ... wozu denn?«

»Ich stelle sie ins Waser, damit sie frisch bleiben«, sagte Zirele.

»Das ist ein gojischer Brauch. Juden bewahren keine Blumen auf.«

»Sind Blumen denn nicht koscher?«

»Doch, aber es ist hinausgeworfenes Geld.«

»Was ist denn das?« rief Zirele. »Oh, eine Schachtel Konfekt! Schaut euch diese Packung an! Die muß mindestens zwei Rubel gekostet haben.«

»Sie ist für dich, Zirele.«

»Vielen Dank – aber was für ein Verschwender du bist!«

Sie kümmerte sich wieder um den Tscholent, der jetzt gleich in die Bäckerei gebracht werden mußte. Max fragte nach dem Rabbi, der aber noch nicht aus der *mikwe* zurückgekommen war. In der Küche roch es nach vielerlei: nach Fisch, Hühnersuppe, Möhrenzimmes und dem Wein, den die Rebbezin aus Rosinen destilliert hatte. Max ging in die Betstube, wo die Gemeinde am Sabbatmorgen betete. Hier war ein Tisch gedeckt: sechs Kerzenleuchter – zwei aus Silber und vier aus Messing –, zwei Chaless, bedeckt mit einem gestickten Tuch, ein Chalemesser mit Perlmuttgriff, eine Karaffe und ein alter, zerbeulter Kidduschbecher. Alles war für den Sabbat vorbereitet.

Max ging auf und ab, nahm ein heiliges Buch aus dem Regal, stellte es aber bald wieder hinein. Dann ging er zum Toraschrein, zog den Vorhang auf und öffnete die Tür einen Spaltbreit. Drinnen stand eine Torarolle, umhüllt von einem kastanienbraunen Toramantel. Darüber hingen ein Toraschild und ein Zeigestock. Im Inneren roch es nach Zitrone, Wachs und etwas Undefinierbarem.

Max wußte sehr wohl, daß es ihm nicht erlaubt war, den Toraschrein zu öffnen und einen geweihten Toraschild zu berühren. Erst gestern hatte er seine Hände unrein gemacht, als er sie während der Séance auf den Tisch gelegt hatte, der Zauberei betrieb. Jetzt tat es ihm gut, umgeben von heiligen Büchern in diesem Raum zu stehen, der Atem der Heiligkeit erfrischte seine Seele. »Der Rebbe ist gut dran«, dachte er. »Er geht einen geraden Weg. Er ist glücklich in dieser Welt, und in der nächsten wird er ins Paradies aufgenommen.«

Er ging auf den Balkon, weil er sich hierhergehörig fühlte. In jedem Winkel der Krochmalnastraße wurden Vorbereitungen für den Sabbat getroffen. Die Bäcker trugen jetzt keine Semmeln aus, sondern Chaless, Sabbatstriezel und Kuchen. Mit gerötetem Gesicht, feuchten Bärten und Schläfenlocken kamen Männer aus der *mikwe*. Die Halbtüren einiger Läden wurden bereits geschlossen. Durch offene Fenster konnte man sehen, wie Männer oder Frauen Kerzen in geschmolzenem Wachs aufstellten und wie Mädchen sich mit dem Tscholent auf den Weg zur Bäckerei machten.

Max spähte zur Hausnummer 15 hinüber und sah Esther, die Bäckersfrau, deren Begegnung mit ihm so unglückselig geendet hatte. Sie saß auf einer Bank am Hoftor und wog eine riesige geflochtene Chale ab. Über dem ganzen Platz, auf dem es sonst von Dieben und liederlichen Frauenzimmern wimmelte, lag vorabendliche Sabbatstille.

In Argentinien hatte Max die Sabbatgebote fast vergessen. Rochelle und das Dienstmädchen hatten jeden Samstag im Patio die Wäsche gebügelt, während er und Arturo Billard spielten. In Warschau dagegen wurde der heilige Ruhetag streng eingehalten.

Als Max die Stimme des Hausherrn hörte, ging er in die Stube, um ihn zu begrüßen. Der Bart des Rabbis war feucht. Seinen Satinkaftan und den pelzverbrämten Hut hatte der Rabbi bereits aus dem Schrank geholt. Er nickte Max zu, schien aber zu sehr in Gedanken vertieft, um mit ihm zu reden.

Die Rebbezin stürmte herein, ihre Perücke war ganz zerzaust. »Daß ich heute bloß nicht – Gott soll schützen! – den Schabbes entheilige!«

»Es ist doch noch eine halbe Stunde bis Sonnenuntergang«, beruhigte sie der Rabbi.

»Gewalt geschrien! Höchste Zeit zum Kerzenanzünden!« Und flugs rannte sie wieder hinaus.

Max ging mit dem Rabbi und mit Itschele und Moischele ins Neustadter Bethaus. Unter dem Rand von Itscheles Samtkäppchen baumelten seine feuerroten Schläfenlocken. Moischele, der erst sechs Jahre alt war, hatte blonde Schläfenlocken und große blaue Augen. Jeder der beiden hielt ein kleines Gebetbuch in der Hand. Max hatte ihnen Bonbons und Nüsse mitgebracht. Sie wußten bereits, daß »der feine Pinkel« Zireles Bräutigam werden sollte. Nicht gerade liebevoll, sondern eher neugierig und mißtrauisch beguckten sie ihn.

Im Neustadter Bethaus waren die Kerzen und Gaslampen bereits angezündet. Die Chassidim, ausstaffiert mit Satinkaftanen und pelzverbrämten Hüten, liefen herum und psalmodierten das Hohelied Salomos. Als sie sahen, daß der Rabbi einen modernen Juden mitgebracht hatte, gingen sie auf diesen zu, um ihn willkommen zu heißen.

Der erste, der ihn begrüßte, war Reb Gezl, ein Mann mit schmalem Gesicht, dünnem weißem Bart und spärlichen weißen Schläfenlocken, der einen langen Satinkaftan und die Schuhe und Strümpfe der Strenggläubigen trug. »Woher kommen Sie?« fragte er.

Max würgte es plötzlich in der Kehle. »Aus Buenos Aires in Argentinien.«

»Was für ein Land ist das denn?«

»Es liegt in Amerika.«

»New York?«

»Nein, von New York ist Buenos Aires so weit entfernt wie von Warschau.«

Die Chassidim zuckten die Achseln.

Reb Gezl fragte: »Was tun Sie hier?«

»Verwandte besuchen.«

»Den Rebbe?«

»Meine Verwandten wohnen in Roszkow.«

»Nu ...«

Dann psalmodierte die Gemeinde wieder das Hohelied. Und dann stieg ein Chassid auf die Estrade und skandierte das Gebet »Wir danken dir ...«.

Das alles kam Max höchst sonderbar, zugleich aber sehr vertraut vor. Er erkannte die Melodie und den Text wieder, wußte aber nicht, was die einzelnen Wörter bedeuteten: *Jordē hajam booniot osē melacha bemaim rabim* (Die das Meer befuhren mit Schiffen, trieben Handel auf großen Wassern) ... *Wajizaku äl adonai bazar lahäm umimzukotēhäm joziëm* (Und sie schrien zum Herrn in ihrer Not, und aus ihren Ängsten führte er sie heraus).

Danach rezitierte die Gemeinde *Lekuh neraneno* (Laßt uns preisen den Herrn), und der Vorbeter sang *Lekah dodi* (Geh, mein Geliebter, der Braut entgegen). Beim Rezitieren der Strophe *Boi bescholem* (Komme in Frieden) wandten sich alle der Westwand zu.

Nach dem Beten gingen die Männer zu Max hinüber und wünschten ihm guten Schabbes. »Schau, schau«, dachte er, »*hier* bin ich kein Fremdling.« In all den Jahren hatte er sich überall wie ein Fremder gefühlt, in Hotels ebenso wie in Sommerhäusern, im Theater ebenso wie im Spielkasino. In Buenos Aires hatte er sich an Rosch Haschana und an Jom Kippur immer eine Eintrittskarte für die Synagoge gekauft, aber niemand hatte ihn dort gekannt. Es war eine kalte, nichtchassidische Synagoge, wo die Kinder bereits spanisch sprachen, wenn sie einander etwas zuriefen. Eines Tages hatte er in Buenos Aires eine sefardische Synagoge entdeckt, wo die Leute ladinisch sprachen, und plötzlich war ihm zumute gewesen, als wäre er wieder in einem Bethaus wie damals in Roszkow.

Hier in Warschau kamen Juden auf ihn zu, begrüßten ihn und wollten wissen, woher er komme und was er tue. Der Schammes fragte ihn nach seinem Rufnamen.

»Max. Eigentlich heiße ich Mordche.«
»Wie hat Ihr Vater geheißen?«
»Abraham Nathan.«
»Sind Sie ein Kohen, ein Levit oder ein Israelit?«

Max war verdattert. Er konnte sich zwar an diese Bezeichnungen erinnern, wußte aber nicht mehr, was sie bedeuteten.

»Hat Ihr Vater den Priestersegen gesprochen?« fragte der Schammes.
»Den Segen? Nein.«
»Hat er den Kohanim die Hände gewaschen?«
»Die Hände gewaschen? Nein.«

»Dann sind Sie ein Israelit. Wir rufen Sie morgen zur Toralesung auf.«

»Ich ... ich weiß den Text der Benediktion nicht mehr«, stammelte Max.

»Nein? Der Rebbe zeigt Ihnen, wo sie im Gebetbuch steht.« Achselzuckend ging der Schammes weiter.

»Du brauchst dich nicht zu schämen, Mordche«, sagte Zireles Vater. »Ein Jude kann immer bereuen. Wie der Prophet gesagt hat: ›Er bereute und ward geheilt.‹ Deshalb wurde uns die Willensfreiheit gegeben. Damit wir bereuen können. Selbst in der Unterwelt herrscht Reumütigkeit.«

»Argentinien ist ein christliches Land.«

»Gott ist überall.«

Wie anders die Wohnung aussah, als Max mit dem Rabbi und dessen Söhnen zurückkam! Kerzen brannten, die Zimmer waren schmuck und blitzsauber. Zirele und ihre Mutter hatten sich für den Sabbat herausstaffiert: Die Rebbezin trug ihre Sabbatperücke und ein langes, mit Pflanzenornamenten gemustertes Kleid, Zirele eine weiße Bluse und einen engen schwarzen Rock.

Der Rabbi sang *scholem aleichem* und das Gebet *ejschess chajel* (Eine wackere Frau). Er sprach den Sabbatkiddusch und reichte Max den Becher mit Rosinenwein. Wie alle anderen sagte auch Max den Segensspruch über das mit Mohn bestreute Sabbatbrot. Alle Speisen – der *gefilte fisch*, die Hühnersuppe mit Reis, das Fleisch, das Möhrenzimmes – waren gute Hausmannskost. Zwischen den verschiedenen Gängen sang der Rabbi Sabbatlieder, in die seine Söhne einstimmten.

Mutter und Tochter saßen am Ende des Tisches. Zirele sah immer wieder zu Max hinüber. Manchmal lächelte sie, manchmal machte sie ein ernstes Gesicht. Hin und wieder blinzelte und nickte sie ihm zu.

Die Rebbezin musterte ihn streng, kritisch und ärgerlich. Im Gegensatz zu ihrem Mann, der Max bereits duzte, konnte sie sich nicht zu dieser vertraulichen Anrede überwinden. Nach dem Segensspruch wollte der Rabbi von Max allerlei über ferne Länder wissen. Ob es in Buenos Aires einen Rabbi gebe. Ob er einen Bart und Schläfenlocken habe. »Nu, und in London und Paris? Gibt es dort Lernstuben, chassidische Bethäuser, Jeschiwess?« Max wußte nicht so recht, was er antworten sollte, aber dann fiel ihm ein, daß es in New York eine Jeschiwa gab.

Der Rabbi strich sich über den Bart. »Der Kozker Rabbi hat gesagt: ›Die Tora wandert...‹«

»Gibt es in Buenos Aires eine *mikwe*?« fragte die Rebbezin.

»Nicht daß ich wüßte.«

»Wenn es keine gibt, sind alle Kinder Bankerte.«

Der Rabbi überlegte. »Auch wenn eine Frau nicht rituell rein ist, ist der Sohn, den sie gebiert, kein Bankert. Aber vermutlich gibt es in Buenos Aires eine *mikwe*. Überall dort, wo Juden sind, gibt es eine.«

»Ja, bestimmt, Rebbe.«

»Nicht für alle Reichtümer der Welt würde ich meine Tochter dorthin gehen lassen«, sagte die Rebbezin.

»Wir werden zurückkommen und hierbleiben.«

»Eine jüdische Tochter muß alle Reinheitsgebote des Familienlebens einhalten.«

»Zirele kann tun und lassen, was sie will. Ihre Tochter ist mir heilig.«

Der Rabbi schlug Max vor, über Nacht bei ihnen zu bleiben. »Es ist weit bis zum Hotel Bristol. Wer weiß, ob du etwas bis dorthin tragen darfst. Die Verbindungsdrähte des Erub, der die Grenzen markiert, innerhalb deren am Schabbes Gegenstände getragen werden dürfen, sind oft durchschnitten.«

»Was sollte ich denn dorthin tragen?«

»Du mußt doch deinen Tallit mitnehmen.«

Max hatte plötzlich einen bitteren Geschmack im Mund. Die Rebbezin lächelte spöttisch. »Er hat bestimmt keinen Tallit.«

Der Rabbi war bestürzt. »Du hast keinen Tallit? Und keine T'fillin?«

»Man leiht sie mir, wenn ich in die Schul gehe.« Es wunderte ihn selber, wie leicht es ihm gefallen war, mit dieser Notlüge seinen Hals aus der Schlinge zu ziehen.

Der Rabbi schob den Kidduschbecher beiseite.

»Soweit kommt's, wenn man sich von der Jüdischkeit entfernt«, sagte er halb zu sich selber, halb zu Max. »Es steht geschrieben: ›Wer die Tora einen Tag lang im Stich läßt, den läßt sie zwei Tage lang im Stich.‹ Was haben wir denn außer der Tora? Ohne die Tora sind wir alle – Gott soll schützen! – verloren. Wenn du, so Gott will, mein Schwiegersohn wirst, mußt du ein Jude sein ...«

»Rebbe, ich tue alles, was Sie wollen, auch wenn Sie mir befehlen, ins Feuer zu springen!«

»Gott soll schützen! Ein Jude darf sein Leben nur dann opfern, wenn er zum Götzendienst, zu Mord oder zu unzüchtigen Handlungen gezwungen werden soll. Die Tora ist eine Tora des Lebens. Die Gemara sagt: ›Du sollst nach den Worten der Tora leben, nicht sterben.‹ Dieses Gebot muß man einhalten. Die Tora ist die Quelle des Lebens.«

»Ja, heiliger Rebbe.«

»Vater, erteil ihm nicht ständig Lektionen!« sagte Zirele. »Er ist ein Jude, kein Goi.«

Der Rabbi warf seiner Tochter einen Blick zu. »Es gibt Dinge, die man nicht vergessen darf.«

Am Sabbat, nach der Tscholent-Mahlzeit, verabschiedete sich Max vom Rabbi und schlug den Weg zur Cieplastraße ein. Zirele hatte ihm zu verstehen gegeben, daß sie sich für ein, zwei Stunden davonstehlen könnte, doch er hatte ihr erklärt, er müsse sich mit einem Verwandten treffen. Um drei Uhr war er mit Basche, dem Mädchen, das ihm Reizl vorgestellt hatte, verabredet.

Es war Viertel nach zwei, als er das Haus des Rabbis verließ. Auf der Straße roch es nach Tscholent, Kartoffelpudding und geschmorten Zwiebeln. Alle frommen Männer und Frauen machten jetzt ihr Mittagsschläfchen, die jungen Leute indes – Burschen in kurzen Jacketts, Arm in Arm mit »modernen« Mädchen – gingen spazieren. Das erinnerte Max an den Vorabend von Rosch Haschana, an dem die Roszkower jedes Jahr zum Teich gingen, um ihre Sünden ins Wasser zu werfen.

Feine Pinkel, die Stehkrägen, Hemdbrüste, nagelneu aussehende Anzüge, blankpolierte Schuhe und bunte Krawatten trugen, schwenkten am Sabbat Spazierstöcke. Bei den Frauen waren Kleider in Mode gekommen, die so eng waren, daß man darin nur Trippelschritte machen konnte. Obwohl Sommer war, hatten sich einige der eleganten Damen aus der Krochmalnastraße einen Pelz um die Schultern gelegt. Die Damenhüte waren mit hölzernen Kirschen, Pflaumen und Weintrauben, ja sogar mit Straußenfedern geschmückt. Max sah ein Mädchen, das sich die Sitzfläche aufgepolstert und sich zwei kleine Kissen in den Ausschnitt gesteckt hatte, damit der Busen praller wirkte.

Alle Läden waren verrammelt, aber Max erinnerte sich daran, daß es *tschainess* gab, Teestuben, die am Sabbat geöffnet hatten. Man konnte sich auch Naschwerk in einem Süßwarenladen und Bier in einer Kneipe besorgen und – statt bar zu bezahlen – alles anschreiben lassen. Sobald man die Krochmalna, die Gnojna und andere Straßen verließ, in denen die »Kosaken Gottes« (die Bruderschaft, die darüber wachte, daß der Sabbat eingehalten wurde) ihre Spitzel hatten, konnte man alles tun, wozu man Lust hatte. Manche Paare gingen ins Jiddische Theater, manche in die Schaubude »Illusion«, wo bewegliche Bilder gezeigt wurden, manche in den Sächsischen Garten.

Da Max bis drei Uhr noch genug Zeit blieb, ging er gemächlich und beobachtete die Leute. Einige junge Männer hatten Melonen auf, andere trugen Strohhüte. Hie und da waren Langhaarige zu sehen, die breitkrempige Hüte und Pelerinen trugen und sich statt einer Krawatte ein Halstuch umgebunden hatten. Das war Mode bei den Sozialisten und der Intelligenzija, den Leuten, die Bücher lasen, in Konzerte und zu Versammlungen gingen und darüber diskutierten, wie man die Menschheit verbessern könnte. Max sah auch Zuhälter herumlaufen und Huren, die auffallender gekleidet waren und leuchtendere Farben trugen als die anderen Frauen. Sie lachten lauthals, knackten Kürbiskerne, waren mit unechtem Schmuck überladen und verbreiteten den Geruch billigen Parfüms. Auf den Türschwellen saßen Frauen, die ihre Säuglinge stillten und miteinander tratschten.

Zwischen der Ciepla- und der Krochmalnastraße

stand eine Kaserne, in der das Wolhynische Regiment stationiert war. Auf der linken Seite der Cieplastraße, wo Max sich mit Basche verabredet hatte, befand sich eine Polizeikaserne, vor der eine Schildwache stand. In dem großen Kasernenhof wurden Soldaten von einem Unteroffizier gedrillt. Kinder, die stehenblieben, um ihnen zuzuschauen, wurden von den Soldaten verscheucht. Die Rekruten mußten mit gezückten Bajonetten auf eine Strohpuppe zurennen und sie durchbohren.

Es war schon zehn nach drei, aber Basche ließ auf sich warten. Ob sie die Verabredung vergessen oder es sich vielleicht anders überlegt hatte? Max hielt ringsum Ausschau nach ihr. Die Dinge hatten sich derart zugespitzt, daß er es nicht mehr ertragen konnte, auch nur für kurze Zeit allein zu sein. Nicht einmal eine jiddische Zeitung konnte er sich am Sabbat kaufen.

Die Freitagszeitung hatte er von der ersten bis zur letzten Seite gelesen, sogar die Witze und den Fortsetzungsroman, obwohl er dessen Anfang gar nicht kannte. Der Roman spielte in Petersburg und handelte von einer verschleierten Dame, einem mordlustigen Baron und einem Waisenmädchen, das aus der Provinz in die große Stadt gekommen war. Max hatte sich schon oft gefragt, wie diese Schriftsteller auf ihre Themen kamen. Schrieben sie über eigene Erlebnisse oder hatten sie ganz einfach eine Begabung fürs Fabulieren? Jedenfalls war er schon gespannt auf die nächste Fortsetzung und darauf, wer diese Olga war und warum sie ihr Gesicht hinter einem dichten Schleier verbarg.

»Dieses Küchenmädchen hat mich also versetzt«, sagte er sich. »Was soll ich jetzt tun? In ein Lichtspielhaus gehen? Ganz allein in den Park fahren?« Es war schon fünf Minuten vor halb vier. »Ich warte noch fünf Minuten. Länger als eine halbe Stunde wartet man nicht einmal auf eine Gräfin Potocki, geschweige denn auf ein Küchenmädchen aus der Krochmalnastraße!«

Während er Basche insgeheim verfluchte, stellte er sich vor, der Generalgouverneur von Polen zu sein und sie in der Frauenabteilung des Powiak-Gefängnisses einsperren zu lassen. »Aufhängen sollte man sie! Damit sie begreift, daß jemand wie Max Barabander sich nicht zum Narren halten läßt... Ich gehe jetzt wieder zu Zirele. Falls sie auf dem Balkon sitzt, winke ich ihr, herunterzukommen.«

Er schüttelte den Kopf über sich selber. Jeder andere hatte irgendwo ein Zuhause, das er mit jemandem teilte. Nur er, Max Barabander, der notorische Weiberheld, war immer noch allein. Weshalb bloß? Es mußte entweder ein Fluch oder – wie hatte es Schkolnikow genannt? – Hypnotismus sein. Rochelle hatte ihn mittels ihrer telepathischen Botschaften verhext. Und vielleicht hatte sie auf diese Weise auch Basche dazu gebracht, sich nicht mit ihm zu treffen.

In diesem Moment blickte er auf und sah Basche aus der Krochmalnastraße kommen. Sie trug ein gelbes Kleid. Auf ihren roten Haaren thronte ein mit Blumen dekorierter Hut. Sie wirkte schäbig, provinziell und ein bißchen ängstlich. Max lief ihr entgegen. »Baschele!«

»Sie sind noch da?« sagte sie atemlos. »Ich dachte, Sie wären schon gegangen.«

»Warum kommst du so spät?«

Sie gab ihm durch eine Handbewegung zu verstehen, daß sie erst einmal Luft holen müsse.

»Ich bin am Schabbes noch nie zum Teeholen geschickt worden. Der Alte sagte immer, er will keinen Tee trinken, weil der am Schabbes in wer weiß was für Töpfen gebraut wird. Heute ist ihm plötzlich eingefallen, daß er Tee trinken möchte. Mir ist nichts anderes übriggeblieben, als zu Schmuel Malach zu gehen, der streng koscheren Tee verkauft. Als ich dort war, standen die Kunden Schlange. Bis das Wasser gekocht und bis ich dann alles auf den Tisch gestellt und mich umgezogen hatte, war es schon Viertel nach drei. Ich bin so schnell gerannt, daß ich mir fast ein Bein gebrochen hätte. Ich bin nicht an Schuhe mit hohen Absätzen gewöhnt. Was wird dieser Mann von mir denken, hab ich mich gefragt. Mich hat fast der Schlag getroffen. Gott sei Dank, daß Sie noch da sind! Ich bitte tausendmal um Entschuldigung. Als Dienstmädchen muß man tun, was die Herrschaft befiehlt. Sonst wird man hinausgeworfen und bekommt den Lohn für die Saison nicht ausbezahlt.«

»Schon gut, schon gut. Nimm's dir nicht zu Herzen. Wenn du tust, was ich sage, wirst du eine Dame sein, nicht mehr das Dienstmädchen bei irgendeinem Nichtsnutz.«

»Die Alte wollte wissen, wohin ich gehe und warum ich mich feingemacht habe. Sie schmückt sich mit allerlei Plunder, und mir gönnt sie nicht einmal, daß ich mir das Gesicht wasche.«

»Sie beneidet dich, weil du hübsch bist und weil sie häßlich ist.«

»Woher wissen Sie das? Sie ist rund wie ein Faß. Jeden Sommer fährt sie nach Falenitz, und wenn sie zurückkommt, hat sie zwanzig Pfund zugenommen. Diesen Sommer fahren sie nach Ciechocinek, aber erst in drei Wochen.«

»Und du bleibst hier?«

»Was denn sonst? Glauben Sie vielleicht, die nehmen mich mit?«

»Ich werde dich besuchen.«

Basche überlegte ein Weilchen. »Gehen wir lieber in die Grzybowstraße. Die Krochmalna ist fast so etwas wie ein Schtetl. Die Leute hier werden bald über uns tratschen.«

»Wir nehmen eine Droschke.«

»Am Schabbes? Nein!«

»Wenn du nach Argentinien willst, darfst du nicht so fromm sein.«

»Das ist etwas anderes.«

Max fand es absurd, auf so eine angewiesen zu sein, aber ihm war klar, daß er sich hoffnungslos einsam gefühlt hätte, wenn sie nicht gekommen wäre. Er ging mit ihr in die Grzybowstraße und weiter in die Krolewska.

»Wo gehen wir hin?« fragte Basche.

»Hast du denn keinen Hunger?«

»Hunger? Nach dem Tscholent?«

»Möchtest du vielleicht einen Kaffee trinken?«

»Kaffee am Schabbes? Ich hab doch gerade erst Fleisch gegessen.«

»Was ist das bloß für ein Rindvieh!« dachte Max. »Will nach Argentinien, um eine Hure zu werden, und hat Angst davor, Milchiges nach Fleischigem zu verzehren. Die begreift bestimmt nicht, was Reizl Kork von ihr will. Sie ist eine koschere kleine Närrin.«

»Komm mit zu mir!« sagte er. »Dort besprechen wir alles.«

»Wo wohnen Sie?«

»Im Hotel Bristol.«

Basche schwieg eine ganze Weile. Dann fragte sie: »Ob die mich überhaupt hineinlassen?«

»Wenn ich dich mitbringe, bist du mein Gast.«
»Was tun wir denn dort?«
»Wie zwei Freunde miteinander reden.«
»Also gut«, sagte Basche nach einigem Zögern.

Max wußte selber nicht, warum er sie aufgefordert hatte, mit ins Hotel zu gehen. Eigentlich hatte er nichts für rothaarige Frauen übrig, schon gar nicht, wenn sie Sommersprossen hatten. Aber er hatte keine Lust, in einen Park oder ins Theater zu gehen. Er hakte sie unter, und sie schmiegte sich an ihn.

Am Eingang des Hotels Bristol bekam sie Angst und klammerte sich an seinen Arm. Er nahm sie mit hinauf.

Sie sah sich in seinem Zimmer um und schüttelte den Kopf. »Ich bin noch nie in einem Hotel gewesen.«

»Was ist ein Hotel denn schon? Zimmer wie andere auch. Bloß daß sie mehr kosten. Nimm deinen Hut ab und fühl dich wie zu Hause.«

»Wo soll sich ein Hund denn zu Hause fühlen?«
»Nicht doch, Basche!«

Sie nahm den Hut ab. Ihre roten Haare fielen ihr wie ein Wasserfall über die Schultern. Max sammelte die hinuntergefallenen Haarnadeln auf. Basche setzte sich hin und sagte: »Manche Leute haben's gut in dieser Welt. Mein Vetter ist nach Amerika ausgewandert. Er war Schuhmacherlehrling, und sein Lohn hat bloß für eine Wassersuppe gereicht. Drüben ist er ... wie heißt das doch gleich ... Fabrikant geworden. Er hat eine Photographie geschickt, auf der ihn seine eigene Mutter nicht wiedererkannt hat. Er trug einen Hut so hoch wie ein Schlot. Seine Frau spricht nur ›Engalisch‹. Ein richtig vornehmer Herr! Hier hat er Schmerl geheißen, drüben nennt er sich Sam. Als mein Vater den Brief vorlas, hat die ganze Familie geweint wie an Jom Kippur.«

»Warum haben sie denn geweint?«
»Vor Freude.«
»Ja, es stimmt schon, hier ist das Leben eine Qual. In Amerika kann man sich hinaufarbeiten. Hauptsache, man ist nicht fanatisch. Weshalb sollte man nach Fleischigem denn nichts Milchiges essen?«
»Das hat mich meine Mame gelehrt.«
»Im Magen vermischt sich alles – Milch mit Fleisch, sogar mit Schweinefleisch.«
»Essen Sie Schweinefleisch?«
»Nein. Aber nicht, weil es verboten ist, sondern weil es mir nicht schmeckt. Später gehen wir zum Kaffeetrinken hinunter. Hier gibt's ein Café. Bis halb acht bleiben wir hier oben.«
»Was reden Sie denn da? Ich muß doch das letzte Schabbesmahl auftragen.«
»Können die sich nicht selber bedienen?«
»Dann würde mich die Alte sofort hinauswerfen.«
»Wenn sie das tut, kommst du zu mir. Dann gehst du mit mir auf Reisen, und ich sorge für dich. Komm her!«
Er ging zu ihr hinüber und faßte sie bei den Handgelenken. Sie zuckte zusammen, wehrte sich aber nicht. Er zog sie vom Stuhl hoch und küßte sie auf den Mund. Sie war verwirrt, ihre grünen Augen starrten ihn an. Er küßte sie noch einmal, und sie erwiderte seinen Kuß. Er schlang die Arme um sie und preßte ihren Busen an seine Brust.
»Was tun Sie denn da?« murmelte sie. »Jemand könnte hereinkommen.«
»Niemand wird hereinkommen.«
Seine Begierde war geweckt. Er wollte Basche entkleiden, doch sie hielt seine Hände fest.
»Nicht jetzt!«

»Wann denn?«

»Erst wenn wir gut Freund sind.«

»Sag mir die Wahrheit – hast du schon jemanden gehabt?«

»Keinen. Gott soll mich strafen!«

Max wußte, daß er bald alles mit ihr tun konnte, was er wollte. Aber in letzter Zeit hatte er mit Frauen so viele Reinfälle erlebt, daß er es jetzt nicht wagte, sein Glück zu erzwingen. Hatte ihn eben noch die Wollust übermannt, so spürte er im nächsten Moment, wie sie verebbte. Es war, als ob etwas in ihm, ein innerer Feind, seinen Schabernack mit ihm trieb und ihn in Verlegenheit bringen wollte.

Er gab Basche einen langen Kuß, und sie biß ihn, während sie den Kuß erwiderte, in die Lippen. Da klopfte jemand an die Tür. Basche riß sich los und nestelte an ihren Haaren herum.

Max öffnete. Draußen stand ein Zimmermädchen mit weißer Schürze und weißem Häubchen. »Sie werden am Telephon verlangt.«

Er erkannte sofort die Stimme von Reizl Kork. »Max, bist du da? Eigentlich habe ich nicht damit gerechnet, daß du jetzt im Hotel bist, aber ich hab's trotzdem versucht. Hast du dich mit Basche getroffen?«

»Ja, sie ist bei mir im Hotel.«

»Soso. *Masel tow!*«

»Es ist nicht so, wie du glaubst.«

»Was treibst du denn mit ihr? Sagt ihr Psalmen auf?«

»Wir reden miteinander.«

»Sie muß verdorben werden, aber nicht allzu schnell. Max, Schmuel ist heute früh nach Lodz gefahren.«

»Er fährt am Schabbes?«

»Da reist man besser als an Werktagen. Am Schabbes ist der Zug leer.«

»Ach so.«

»Du darfst Basche nicht zu lange aufhalten. Ich kenne ihre Herrschaft. Wenn denen zum letzten Sabbatmahl nicht ihr Fisch und ihre Sauermilch aufgetischt werden, glauben sie, das Ende der Welt sei gekommen. Was tust du denn am Sabbatabend?«

»Ich werde die *hawdole* aufsagen und *hamawdil* singen.«

»Komm herüber, dann singen wir gemeinsam.«

»Einverstanden!«

»Wann kommst du?«

»Um sieben.«

»Komm nicht mit vollem Magen. Wenn du schon kommst, mußt du auch hier essen.«

»Ich verschlinge dich mit Haut und Haaren.«

»Das darfst du, wenn du kannst.«

Max hängte ein und ging wieder zu Basche. Er hatte befürchtet, den Abend allein verbringen zu müssen, doch irgendein Dämon behütete ihn. Allerdings teilte ihm dieser Dämon alles nur stückchenweise zu und hielt ihn dadurch ständig in Spannung.

Basche hatte einen Kamm in der Hand und brachte ihre roten Haare in Ordnung.

»Meine Herrschaft hat ein Telephon«, sagte sie. »Mitten in der Nacht fängt es zu klingeln an und weckt uns alle auf. Der Alte meldet sich, und jemand sagt: ›Die Kordel deiner Unterhose schleift am Boden.‹«

»Ein Witzbold, was?«

»Die Kerle, die solchen Unfug treiben, bringen die Leute wirklich in Schwierigkeiten. Sie rufen bei einer Jungverheirateten an und behaupten, daß ihr Mann sich mit allen möglichen Schicksen herumtreibt – und schon gibt es Krach zwischen den Eheleuten. Oder sie rufen den Ehemann an und sagen, seine Frau hätte einen Liebhaber. Sie rufen bei jedem an, der ihnen gerade einfällt, sogar bei einem Rebbe oder einem General. Meine Herrschaft geht nachts nicht mehr ans Telephon. Sie lassen es klingeln, bis es aufhört.«

»Kann ich dich anrufen?«

»Nur wenn die beiden Alten nicht daheim sind. Einmal hat jemand aus meinem Schtetl angerufen. Der Alte hat ihn gefragt, wie er heißt und was er von mir will, und hat ihn so lange ins Kreuzverhör genommen, bis der Anrufer eingehängt hat.«

»Der Alte ist wahrscheinlich eifersüchtig. Faßt er dich manchmal an?«

»Er kneift mich bloß manchmal in den Hintern. Mehr darf er sich bei mir nicht herausnehmen.«

»Er ist ein Chassid, hm?«

»Geht jeden Morgen in die Synagoge. Wenn er am Schabbes die Hymnen singt, wird man fast taub.«

Dieser Kerl ist ein Schwein, dachte Max. Er hatte noch den Geschmack von Basches Küssen auf den Lippen. Obwohl er sich in all den Jahren immer wieder mit Frauenzimmern eingelassen hatte, mußte er sich wieder einmal sagen, daß man nie genau wissen konnte, was in ihrem Kopf vorging. Sie waren alle gleich, und dennoch war jede anders. Anscheinend handelten sie immer vernunftgemäß, aber ihre Gedankengänge waren rätselhaft. Warum zum Beispiel hatte Basche ihn geküßt? Weil er ihr versprochen hatte, sie ins Ausland mitzunehmen, oder weil er ihr gefiel? Reizl Korks Bemerkung, daß Basche verdorben werden müsse, aber nicht allzu schnell, erregte und beunruhigte ihn. »Was für ein Verderber bin ich denn? Ich bin selber verderbt.«

Er hatte Bammel vor dem Wiedersehen mit Reizl. Sie hatte ganz unverblümt zu ihm gesagt: »Schmuel ist heute früh nach Lodz gefahren.« Es hatte ein bißchen boshaft-ironisch geklungen.

»Basche«, sagte er, »wenn du nicht mit mir schlafen willst, sollten wir jetzt lieber in ein Restaurant gehen.«

»Ich kann nicht laufen. Diese Absätze bringen mich um.«

»Dann essen wir hier etwas.«

»Gott bewahre, ich bin nicht hungrig.«

»Was würdest du denn jetzt gerne tun?«

»Ich wollte, ich könnte hundert Jahre lang hier sitzen.«

Max lachte. »Und nachts nicht mit mir schlafen?«

»Vielleicht doch.«

»Erzähl mir etwas von dir. Seit wann arbeitest du schon als Dienstmädchen?«

»Seit meinem neunten Lebensjahr. Zuerst war ich in Wyszkow bei einem reichen Mann in Stellung – Reb Nosele Jawrower. Er hatte noch ein anderes Dienstmädchen, und ich mußte ihr bei der Arbeit helfen. Sie hat mich nicht in die Küche gelassen, aber wenn sie die Milch überkochen ließ, war ich daran schuld. Sie hat mich Rotfuchs genannt, weil ich rote Haare habe. Es heißt immer, daß Männer schlecht sind, aber ein böses Weib ist schlimmer als tausend Männer. Sie hatte ein Techtelmechtel mit einem Metzgersburschen, und wenn der am Schabbes nach dem Tscholent zu ihr kam, war sie zuckersüß. Er hieß Schloime, aber sie nannte ihn Liame. ›Ach komm, Liame – ach geh, Liame.‹ Er hat mich oft angeguckt und an den Zöpfen gezogen. Sie hat dann jedesmal Zustände bekommen. Einmal hat mein Dienstherr zehn Rubel verloren, da hat sie gesagt, ich hätte das Geld genommen. Diebin hat sie mich genannt. Meine Großmutter hat immer gesagt: ›Gott wartet lang und bestraft hart.‹ Gott hat diese Rojze-Lea – so hat sie geheißen – bestraft, denn Liame wurde eingezogen. Die Reichen verstümmeln sich eigenhändig oder bestechen den Arzt, aber ein Metzgersbursche hat kein Geld. Er war stark wie ein Ochse. Bei seiner Vereidigung ist Rojze-Lea hinter ihm hergelaufen und hat geflennt wie bei einer Beerdigung. Er hat ihr über die Schulter zugerufen: ›Warum jammerst du? Ich bin doch noch nicht tot!‹ Monatelang bekam sie keinen Brief von ihm. Tag für Tag hat sie im Postamt nachgefragt, und die Gojim haben über sie gelacht. Nach einem halben Jahr bekam sie einen Brief, aber nicht von ihm, sondern von ihrem Vetter. Liame war desertiert und nach Amerika ausgewandert. Als Rojze-Lea das hörte – ihr Dienstherr las ihr den Brief vor –, brach sie in Tränen aus und weinte unaufhörlich. Sie lief hin und her, schlug die Hände zusammen und schrie: ›Liame, was hast du mir angetan! Liame, warum bringst du Schande über mich?‹ Anfangs ließ man sie weinen, aber als ein Tag und noch einer vergangen war und sie im Haushalt keinen Finger rührte, da hat ihr die Herrschaft gekündigt.«

»Und du hast ihre Stelle bekommen, stimmt's?«

»Die Hausfrau hat mir nicht zugetraut, daß ich kochen kann. Sie hat mir auch gekündigt.«

»Und was ist aus Rojze-Lea geworden?«

»Vorher war sie fett wie ein Schwein. Aber nachdem dieser Brief gekommen war, ist sie vom Fleisch gefallen wie jemand, der Schwindsucht hat. Ich bin nach Warschau gegangen, und als ich zu Pessach nach Hause kam, war sie bereits nach Amerika abgereist.«

»Um Liame seiner amerikanischen Ehefrau abspenstig zu machen, stimmt's?«

»Sie sind wirklich ein Schlaukopf! Wie haben Sie das erraten? Genau darauf war sie aus, aber sie hat Pech gehabt. In Amerika hat der Mann nach der Hochzeit nichts mehr zu melden. Dort sind die Frauen obenauf.«

»Was ist danach aus Rojze geworden?«

»Das weiß ich nicht. Die Leute wandern aus und lassen nichts mehr von sich hören. Meine Mutter hat immer gesagt: ›Wer jenseits des großen Wassers ist, könnte ebensogut schon in der nächsten Welt sein.‹«

»Glaubst du wirklich, daß Gott diese Rojze-Lea bestraft hat?«

Basche schwieg eine ganze Weile. »Wer denn, wenn nicht Gott?«

»Es könnte doch sein, daß Gott im siebten Himmel sitzt und sich um diese Welt so wenig schert wie um den Schnee von gestern.«

»Nein, das kann nicht sein.«

»Warum nicht?«

»Weil es nicht sein *kann*. In unserem Schtetl gab es einen frommen Mann, Reb Todros, der hat gesagt: ›Gott ist unser Vater, und wir sind seine Kinder. Er blickt vom Himmel herab und sieht jede Kleinigkeit. Er sieht den winzigsten Splitter unter einem Fingernagel.‹«

»Und warum läßt er einen Splitter unter den Fingernagel dringen?«

»Wegen einer Sünde.«

»Warum ist Stolypin ein Minister und dein Vater ein armer Schullehrer?«

»Wer ist denn dieser Stolypin? Solche Leute können in dieser Welt den Hals nicht voll genug kriegen, aber wenn sie in die nächste Welt kommen, werden sie in die Hölle geschleift. Dort müssen sie auf einem Bett aus Nägeln liegen.«

»Dann wirst du wohl auch bestraft, weil du mich geküßt hast?«

»Was? Ja, schon möglich.«

»Und trotzdem willst du fort von hier?«

»Ich kann nicht länger hierbleiben. Die Jahre vergehen, und man wird alt. Ohne Mitgift bekommt ein Mädchen keinen Mann. Die Alte peinigt mich bis aufs Blut. Wozu wache ich morgens überhaupt noch auf? Wieder Geschirr spülen, wieder Feuer machen, wieder Kartoffeln schälen. Donnerstags und freitags schufte ich wie ein Pferd. Dann ist Schabbes, und ich sitze am Fenster und schaue hinaus auf die Abfallkästen.«

»Du wärst wohl lieber in der Hölle, als so ein Leben zu führen?«

»Der Weg zur Hölle ist weit.«

»In den Büchern steht, daß es gar keine Hölle gibt.«

»Ach wirklich? Das wäre ja um so besser.«

»Komm jetzt, wir gehen.«

Max stand auf, Basche ebenfalls. Er faßte sie an den Schultern, beugte sich zu ihr hinunter und küßte sie. Seine Ängste waren verflogen. Er küßte sie immer stürmischer und zog sie zum Bett. Sie riß sich von ihm los. »Nein! Nicht! Ich bin ein anständiges Mädchen!«

»Du bist lange genug anständig gewesen!« Er warf sie aufs Bett. Ihr Gesicht glühte. Ihre Augen wurden tiefgrün. Ihr Gesichtsausdruck schwankte zwischen Zorn und Liebe. Sie wehrte sich und hielt mit schier unglaublicher Kraft seine Hände fest. Gleichwohl schaffte sie es, während dieses Ringkampfs zu lächeln.

»Bitte! Haben Sie doch Mitleid! Nicht heute!«

»Wann?«

»Ein andermal«, japste sie.

Er zerriß ihr Kleid und versuchte, sie mit Gewalt zu nehmen.

»Sie zerfetzen mein Kleid!« zischte sie ihn an.

Plötzlich spürte er ihre Fingernägel auf seinem Gesicht. Sie kratzte ihn wie eine Katze, ohne Wut oder Haß. Er spürte warmes Blut. Er ließ sie los und sprang auf, so schnell und behend, daß er selber staunte.

»Ach, Mame, Blut!« rief Basche entsetzt. Sie begann ihn zu küssen, zu umarmen und abzulecken. Dann rannte sie zum Waschbecken, tränkte ein Taschentuch mit Wasser und preßte es Max aufs Gesicht. Er wischte sich ab.

»Du Biest!« schrie er sie an. »Wann?«

»Ein andermal. Nicht am hellichten Tag.« Dann brach sie in Tränen aus. Im Nu veränderte sich ihr Gesichtsausdruck: jetzt verriet er Angst, Zärtlichkeit und Bedauern. Sie war besorgt um Max, wie eine Mutter, die ihr Kind ausgezankt hat. Noch einmal hielt sie das Taschentuch unter den Wasserhahn.

»Haben Sie Jod?« fragte sie. Dann heulte sie so ohrenbetäubend wie ein kleines Mädchen, das etwas Schlimmes getan hat. Sie klammerte sich an ihn, weinte an seiner Brust, küßte sein Hemd, wollte ihn versöhnen. Er ging zum Spiegel hinüber, sie hinter ihm her. Er entdeckte zwei Kratzer auf seinem Gesicht, einen auf der Stirn, einen auf der rechten Wange. »Kann ich mich so bei Reizl Kork blicken lassen?« fragte er sich. »Und später bei Zirele? Es dauert bestimmt eine Woche, bis das verheilt ist.«

Er war wütend auf diese Provinzlerin, die ihm widerstanden hatte. Aber sie hatte seine Fleischeslust geweckt, und er begehrte sie immer noch. Er packte sie bei den Haaren.

»Jetzt oder nie!«

»Tatele, nicht am hellichten Tag ... ich kann nicht, ich kann nicht!« Sie fiel auf die Knie wie die Heldinnen im Jiddischen Theater, umschlang seine Waden, küßte seine Hosenbeine und Hosenaufschläge.

Max zerrte sie an den Haaren und an den Schultern hoch. »Ich ziehe die Jalousien herunter.«

»Nein!« keuchte Basche. »Haben Sie doch Mitleid!«

»So was von Widerspenstigkeit!«

Er schubste sie aufs Bett zu. Sie strauchelte, konnte sich aber auf den Beinen halten. Ihre Haare hingen jetzt wieder wirr herunter. Ihr Gesicht war ganz verschwollen. Sie bekam einen Hustenanfall, schluchzte, zitterte, stieß immer wieder dasselbe Wort hervor, das er nicht verstehen konnte. Es klang wie das trotzige Gebabbel eines Kindes.

»Na ja, es hat nicht sollen sein«, sagte sich Max, ging zum Wasserhahn und drückte sich die behelfsmäßige Kompresse aufs Gesicht. Es begann zu schmerzen. »So ein Trampel!« murmelte er. »Diese Landpomeranze! Dieses Wyszkower Miststück ...« Ausdrücke, die er längst vergessen hatte, kamen ihm über die Lippen. Er hatte noch genug Kraft, noch genug Lust darauf, diese Eroberung zu machen, aber die kleine Stelle in seinem Kopf, die das letzte Wort hatte, sagte nein. Basche würde so laut schreien, daß das Hotelpersonal angelaufen käme. Er war doch nicht nach

Warschau zurückgekehrt, um im Gefängnis zu vermodern.

Er nahm die Kompresse mit den Blutspuren vom Gesicht, hielt sie unter den Wasserhahn, wrang sie aus und legte sie wieder auf. Das eine Auge blieb unbedeckt. Er warf einen Blick über die Schulter.

Basche starrte ihn flehentlich und fragend an. Sie bewegte die Lippen, brachte aber kein Wort heraus. Erst jetzt ging ihm auf, was er getan hatte: Ihr Kleid war vom Hals bis zum Busen zerfetzt. Ein Stück ihres Hemds hing heraus.

»Soll ich sie so nach Hause gehen lassen?« fragte er sich. »Ob ich ihr ein anderes Kleid besorgen kann? Und was wird ihre Herrschaft sagen?« Plötzlich kam ihm ein Gedanke. »Vielleicht sollte ich sie sofort wegbringen – so, wie sie ist.«

»Willst du mit mir nach Amerika? Jetzt gleich?«

Basches Miene hellte sich auf. »Nach Amerika? Am Schabbes?«

»Man kann sogar an Jom Kippur nach Amerika gehen.«

»Sie machen sich lustig über mich. Lustig!«

»Ich habe dein Kleid zerrissen. Willst du vielleicht in einem zerfetzten Kleid nach Hause gehen?«

»Ich stecke den Riß zusammen.«

Sie ging zu dem Stuhl, auf dem ihre Handtasche lag, und holte sich ein paar Sicherheitsnadeln.

»Das darf man am Schabbes nicht tun«, murmelte sie, »aber...«

Er sah zu, wie sie ihr Kleid zusammensteckte. »Gleich nach Schabbes kaufe ich dir ein neues Kleid. Oder ich gebe dir Geld, dann kannst du dir selber ein Kleid kaufen oder dir eines nähen lassen.«

»Ich brauche mir keines zu kaufen. Ich kann dieses Kleid so reparieren, daß niemand etwas merkt.«

»Ich kaufe dir ein neues. Wann sehen wir uns wieder?«

»Ich habe nur alle zwei Wochen Ausgang.«

»Wann hast du das nächste Mal frei?«

»Am Mittwoch.«

Max verabredete sich mit ihr. Er half ihr, den Hut aufzusetzen. Dann küßte er sie von neuem, und sie erwiderte seine Küsse. Er hörte sie etwas ausrufen, konnte es aber nicht verstehen. Ihr Gesicht glühte, seines wurde feucht. Er drückte sie an sich, spürte wieder die Wollust aufflammen und fühlte sich im Vollbesitz seiner Kräfte. »Jetzt mußt du mir gehören«, sagte er.

Basche wollte am Sabbat nicht in einer Droschke fahren, tat sich aber mit dem Laufen schwer. Sie klammerte sich an Max' Arm, machte kurze Schritte und protestierte: »Ich kann mich bei denen nicht mehr blicken lassen! Nach allem, was mit mir passiert ist!«

»Wenn du willst, besorge ich dir ein Hotelzimmer. Dann brauchst du dich dort nicht mehr blicken zu lassen.«

»Ein Hotelzimmer? Was redest du denn da? Ich hab doch noch meine Sachen dort. Und sie schulden mir den Lohn für die Saison. Und was soll *ich* denn in einem Hotel? Ich bin ans Arbeiten gewöhnt.«

»Keine Bange, du wirst noch genug zu arbeiten haben. Alles wird gutgehen. Denk daran, von jetzt an tust du, was ich dir sage.«

»Wann fährst du zurück nach ... wie heißt die Stadt in Amerika?«

»Vielleicht in ein paar Wochen, vielleicht in ein paar Monaten.«

»Das war alles vorherbestimmt. Ich hab die ganze Nacht von dir geträumt und mich im Bett gekrümmt wie eine Schlange. Am Schabbes muß ich nicht so früh aufstehen, aber heute war ich schon um sechs Uhr auf den Beinen. Ich hatte Angst, daß dir mein Hut und alles andere nicht gefallen würden. Hast du mich verhext oder sonstwas?«

»Es war keine Hexerei.«

»Was soll bloß aus mir werden? Seit ich ein Kind war, hat meine Großmutter mich immer wieder gewarnt: ›Hüte dich vor den Männern! Ein Mann kann dein bester Freund sein und dennoch ist er dein Feind.‹ Das hat sie gesagt.«

»Glaub mir, einen besseren Freund kannst du gar nicht haben.«

»Besser als wer? Meine Mutter ist tot. Mein Vater – gut soll's ihm gehen! – ist ein Starrkopf. Aus dem kriegt man kein Wort heraus. Wenn ich für die Feiertage heimkomme, fragt er: ›Wie geht's dir?‹, und ehe ich antworten kann, studiert er schon wieder die Gemara. Ich bin nicht auf der Wassersuppe hergeschwommen. Mein Großvater, Reb Mordchele, hat in einer Gemara so groß wie ein Tisch gelesen.«

»Ist er auch Schullehrer gewesen?«

»Er hat Burschen im heiratsfähigen Alter unterrichtet.«

Max, der um sieben bei Reizl Kork sein sollte, warf einen Blick auf die Rathausuhr. Es war bereits zwanzig vor acht. Basche ging immer langsamer. Ihr Gesicht war blaß. Alle paar Schritte blieb sie stehen und lehnte sich zitternd an ihn. Max riet ihr immer wieder, eine

Droschke zu nehmen, doch sie bestand darauf, am Sabbat kein Fahrzeug zu besteigen. »Ich hab schon genug Sünden begangen.«

Den Rest des Weges bis zur Gnojnastraße legten sie schweigend zurück. Max schwirrten viele Gedanken durch den Kopf. War es denkbar, daß Schkolnikow ihm geholfen hatte? Daß die telepathischen Botschaften, die er Rochelle sandte, den Fluch abgewendet hatten? Zwei Jahre lang hatte er gelitten, ein Vermögen für Ärzte, Medikamente und Badekuren ausgegeben, und nichts hatte geholfen. Und plötzlich war ein rothaariges Dienstmädchen aufgetaucht und hatte ihn geheilt. War er jetzt glücklich?

So manches Mal hatte er sich gesagt, daß er der glücklichste Mensch sein würde, wenn er von diesem Leiden befreit wäre. Und dennoch latschte er jetzt in Gedanken versunken und innerlich einsam durch die Straßen Warschaus. Er betrachtete die am Sabbat geschlossenen Läden, die flanierenden Paare, die Juden, die Satinkaftane, Samtkäppchen und pelzverbrämte Hüte trugen und jetzt zweifellos zum Beten in die chassidischen Lernstuben gingen, gefolgt von Knaben mit geringelten Schläfenlocken und sechseckigen Hüten, *saklech* genannt. Die Sonne schien noch, ihr rötlicher Schimmer kündete das Nahen der Nacht an. Auf den Türschwellen hockten alte Weiber, die Ohrgehänge, Hauben und altmodische Kleider trugen.

Es war, als versuchte Max, sich selber zuzuhören. Er hatte Zirele und auch Basche seine Liebe beteuert, aber war er wirklich verliebt? Kann man gleichzeitig zwei Frauen lieben? Zirele schien ihm jetzt weit weg zu sein. Basches Schweigen und Gehumpel irritierten ihn. Sie klammerte sich bereits wie eine Ehefrau an ihn und fing schon an, vornehm zu tun. Er sah sie aus den Augenwinkeln an. »Sie ist genauso elend und durcheinander wie ich.« Mit gesenktem Blick humpelte sie in ihren Stöckelschuhen neben ihm her, er mußte sie beinahe weiterzerren.

Er wußte sehr wohl, daß er sich Reizl Korks wegen keine Gedanken zu machen brauchte. Was bedeutete denn schon eine Verspätung im Vergleich zu dem, was er gerade erlebt hatte? Und außerdem: Wozu brauchte er denn eine Reizl Kork? Er war nach Warschau gekommen, um sein Nervenleiden kurieren zu lassen, nicht, um Fleischhändler zu werden. Aber es war ihm von Natur aus unangenehm, jemanden warten zu lassen. Reizl hatte bestimmt schon das Abendessen zubereitet und saß jetzt herum und wartete auf ihn.

Am Ende der Gnojnastraße sagte Basche: »Von hier aus muß ich allein weitergehen. Das hätte mir gerade noch gefehlt, daß sie mich in deiner Begleitung sehen.«

»Also gut. Wie du willst. Wir treffen uns am Mittwoch gegenüber dem Arsenal. Du bringst deine Sachen mit und brauchst dann nie mehr zu diesen Leuten zu gehen.«

»Und wohin willst du mich am Mittwoch bringen? Nein, ich gebe meine Stellung erst auf, wenn wir nach Amerika fahren.«

»Soll sein.«

»Wohin gehst du jetzt?«

Max hätte beinahe gesagt: »Zu Reizl Kork«, aber er sah rechtzeitig ein, wie unklug das gewesen wäre. Ein Mädchen wie Basche war vielleicht schon jetzt eifersüchtig.

»Zurück ins Hotel«, sagte er.

»Ißt du denn nicht das letzte Schabbesmahl?«

»Irgend etwas werde ich schon essen.«

»Die Alte macht mir bestimmt die Hölle heiß. Wenn ich auch nur eine Minute zu spät dran bin, würde sie mich am liebsten bei lebendigem Leib verschlingen.«

»Zur Hölle mit ihr! Von jetzt an wirst du eine feinere Dame sein als sie.«

Basche runzelte die Stirn und verzog den Mund. »Meinst du, sie wird es erfahren?«

»Das kann man nie wissen.«

»Dann also guten Schabbes! Ich hatte keine Ahnung, daß es so ausgehen würde – Gott ist mein Zeuge!«

Max küßte sie auf die Wange. Sie sah ihn vorwurfsvoll an, dann bog sie in die Krochmalnastraße ein. Max machte einen Umweg, ging aber schnell genug, um noch vor Basche zur Hausnummer 23 zu gelangen. Er rannte fast. Als er die Grzybowstraße erreicht hatte, bog er in die Cieplastraße ein. Er wollte unbedingt vor Basche in der Krochmalnastraße 23 sein, denn falls er ihr im Hof begegnete, wäre der ganze Spaß verdorben. Als er in der Krochmalna angelangt war, sah er in die Richtung, aus der Basche kommen mußte, konnte sie aber nicht entdecken.

Es wurde schon dunkel. Er sah auf seine Uhr: es war kurz vor neun. Er stieg die Treppe zu Reizl Korks Wohnung hinauf. Er rang nach Atem, blieb stehen und wischte sich den Schweiß vom Gesicht. Ihm kam der Gedanke, daß er sein Leben lang betrogen und gestohlen hatte. Als Kind hatte er seine Eltern und manchmal auch fremde Leute bestohlen. Später war er ein gewerbsmäßiger Dieb geworden. Dann hatte er damit begonnen, sich Liebe – oder wie immer man es nennen wollte – zu stehlen. Immer hatte er Schleichwege gehen, Vorwände erfinden, sich Entschuldigungen ausdenken, Frauen betrügen müssen. Nur selten hatte er eine Straße entlanggehen können, ohne befürchten zu müssen, jemandem zu begegnen, dem er lieber nicht begegnen wollte, oder mit jemandem gesehen zu werden, mit dem er sich eigentlich nicht sehen lassen durfte.

Eine so gerissene Person wie Rochelle zu überlisten war kein Kinderspiel. Sie kannte ihn durch und durch und wußte von seinen krummen Touren. Solange sie jung und hübsch genug gewesen war, hatte er es nicht nötig gehabt, sich mit anderen Frauen einzulassen. Aber auf Lügen und Intrigen hatte er trotzdem nicht verzichten können. Es war ihm schwergefallen, die Erinnerung an alte Liebesaffären zu verdrängen. Rochelle war seine Geschäftspartnerin, aber immer wieder hatte er Geschäfte gemacht, von denen sie nichts wußte. Er hatte Bankkonten, die er vor ihr geheimhielt. Und jetzt, nach dieser einen Woche in Warschau, war er so tief in Lug und Trug verstrickt, daß er keinen Ausweg mehr sah. »So bin ich eben. Max Barabander, wie er leibt und lebt!«

Er klopfte an die Wohnungstür. Reizl öffnete. »Ich dachte schon, du kommst nicht mehr.« Sie führte ihn ins Zimmer, wo ein Tisch für zwei Personen gedeckt war. Offenbar kochte sie am Sabbat: es roch nach Koteletts, Spinatsuppe und neuen Kartoffeln. Die Lampen waren noch nicht angezündet, die untergehende Sonne warf purpurne Schatten auf die Wand. Reizl musterte ihn eine Weile, dann sagte sie: »Du hast sie also verführt.«

»Wie kommst du denn darauf?«

»Sie hat dir die Stirn zerkratzt, und du hast dich zwei Stunden verspätet.«

Max schwieg. Reizl sah nachdenklich aus. »Einer Frau Gewalt anzutun ist mies.«

»Ich hab sie nicht vergewaltigt.«

»Setz dich! Ich habe die Gaslampen noch nicht angedreht, denn wenn die Wichtigtuerin im Haus gegenüber mich am Schabbes dabei beobachten würde, käme sie sofort angerannt, um mir eine Strafpredigt zu halten. Aber es dauert ja nicht mehr lange, bis wir Licht machen können.«

»Von mir aus kann es hier dunkel bleiben.«

»Bist du hungrig? Wo ist Basche?«

»Sie ist nach Hause gegangen.«

»Du hättest es nicht zu überstürzen brauchen«, sagte Reizl freundschaftlich. »Sie wäre dir doch nicht weggelaufen.«

Max schwieg, und Reizl ging in die Küche. Er setzte sich aufs Sofa und fühlte sich ganz schlapp. Er legte sich hin und wartete auf Reizl. Minute um Minute verging, aber sie kam immer noch nicht zurück. Er schloß die Augen und schlief ein. Er träumte, er säße im Gefängnis. Ob in Buenos Aires oder in Warschau, das wußte er nicht. Er hoffte, daß er daraus, wie die anderen Häftlinge miteinander sprachen – polnisch oder spanisch – schließen könnte, wo er war. Aber alle verharrten in Schweigen, einem unheimlichen Schweigen. Plötzlich erschien ein altes Weib, das einen Strick mit einer Schlinge bei sich trug. Ist sie ein Henker? fragte er sich. Können denn auch Frauen Henker werden? Die Alte blinzelte ihm zu und fächelte sich mit dem Strick. Die anderen Häftlinge starrten ihn mit eisiger Miene an. Das ist das Ende, dachte er. Dann stimmt er das Gebet »Höre, Israel« an – und wachte auf.

Die Lampen brannten. Reizl kam mit zwei Tellern Spinatsuppe herein und sagte: »Die hat dich wohl völlig ausgepumpt?«

»Was hab' ich da bloß geträumt?« fragte sich Max. Er hatte Reizls Bemerkung nur mit halbem Ohr gehört und nicht ganz begriffen, was damit gemeint war. Reizl deutete auf den Stuhl am Kopfende des Tisches, wo kürzlich noch Schmuel Smetena gesessen hatte. Max stand auf und spürte, wie seine Knie nachgaben. »Bin ich denn schon altersschwach?« fragte er sich. Er setzte sich auf Schmuels Platz und begann die Suppe zu schlürfen. Er hatte seit ein Uhr nichts mehr gegessen und merkte plötzlich, wie hungrig er war. Er machte sich über die neuen, mit zerlassener Butter und gehackter Petersilie servierten Kartoffeln her und spürte bei jedem Bissen, wie er allmählich wieder zu Kräften kam. Reizl kaute, ihre schwarzen Augen sahen ihn durchdringend an.

»Ich wollte, daß du frisch und munter zu mir kommst, nicht völlig erschöpft.«

»Die Amerikaner sagen: ›Erst das Geschäft, dann das Vergnügen.‹«

»Ach ja? Ich wußte gar nicht, daß du so scharf aufs Geschäftemachen bist.«

»Du willst doch deinen Anteil an dem Geschäft, oder etwa nicht?«

Reizl war offenbar verdutzt. Max wußte, daß er der Stärkere und daß sie sich seiner nicht mehr ganz sicher war. Sie wußte das auch und hatte ein bißchen Angst vor ihm. Wieder einmal hatte er bei einer Frau die Oberhand gewonnen.

»Daß du aus diesem schmutzigen Geschäft Kapital schlagen wirst«, dachte er, »ist genau so unwahrscheinlich, wie daß ein Schwein seinen eigenen Schwanz sehen kann. Du wirst nichts anderes tun, als Schmuel Smetena Hörner aufsetzen.«

Er aß seine letzte Kartoffel auf und schlürfte noch einen Löffelvoll Suppe. Dann deckte Reizl den Tisch ab.

»Wo ist denn dein Dienstmädchen?« fragte Max.

»Ich habe ihr freigegeben, damit sie ihre Mutter in Pelcowizna besuchen kann. Sie kommt erst Montag früh zurück.«

»Gut geplant.«

»Alles muß geplant werden.« An der Tür zum Flur, der zur Küche führte, drehte sich Reizl noch einmal um. »Du hättest dich nicht an die Tochter des Rebbe heranmachen dürfen.«

Nach einigem Zögern erwiderte Max: »Das geht dich nichts an.«

»Da du in Buenos Aires bereits eine Ehefrau hast, steht es dir nicht zu, hier den Freier zu spielen.«

Sie ging in die Küche, ihre Absätze klapperten auf den Dielen. In diesem Moment ging Max auf, daß nicht er, sondern sie die Zügel in der Hand hatte. Sie konnte ihn sogar bei der Polizei verpfeifen. Sie konnte die Schläger, die sich auf dem Platz herumtrieben, auf ihn hetzen. Andererseits: Wenn Schmuel Smetena dahinterkäme, daß sie ihn betrogen hatte, würde er sie vielleicht umbringen.

»Ach was, es ist ein Spiel wie jedes andere«, beruhigte er sich. Er hatte keine Angst, aber ihm war klar, daß er sein Leben aufs Spiel setzte. Was würde passieren, wenn Schmuel Smetena herausfände, daß er hier übernachtet hatte? Er dachte an den Traum von den Häftlingen, dem alten Weib und dem Strick. »Ich muß meinen Revolver überallhin mitnehmen«, sagte er sich.

Nach ein paar Stunden war alles vorüber: das leckere Abendessen, die Küsse und Zärtlichkeiten vor dem Zubettgehen, die Diskussionen darüber, wie Max es anstellen sollte, Basche bei Reizls Schwester, Señora Schajewski, abzuliefern. So befriedigend es auch für ihn war, nach zweijähriger Impotenz wieder über seine Manneskraft zu verfügen – es hatte damit geendet, daß er das Gesicht zur Wand gedreht hatte. Danach hatte Reizl noch ein paar Worte gesagt und ein bißchen geprustet. »Man kann jahrelang Hunger haben«, dachte Max, »aber sobald man eine üppige Mahlzeit gegessen hat, ist man gesättigt.« Er schlief ein. Nach eineinhalb Stunden wachte er auf. Es dauerte eine Weile, bis er wieder wußte, wo er war. Er hatte eine Frau berührt und sich gefragt: »Wo bin ich? Ist das Rochelle? Nein, das ist nicht Rochelle. Bin ich in London? Oder in Berlin?« Und plötzlich fiel ihm alles wieder ein: Er war in Warschau, in Schmuel Smetenas Wohnung, und seine Krankheit gehörte, gottlob, der Vergangenheit an.

Wieder hatte er das Gefühl, in die tiefsten Tiefen seines eigenen Herzens zu blicken, und wieder fand er keine klare Antwort.

»Verrückt, verrückt«, murmelte er. Diese Reizl Kork war wirklich ein Vulkan, aber er hatte nicht die Absicht, eine wie sie nach Argentinien mitzunehmen. Je mehr er darüber nachdachte, um so klarer wurde ihm, daß er sich nur wegen seiner Impotenz auf all diese Abenteuer eingelassen hatte. Er konnte sich nicht von Rochelle scheiden lassen und würde sein Geschäft nicht aufgeben, um Weltreisender zu werden. Außerdem hatte er schon die Hälfte seines Reisegeldes ausgegeben. Ihm blieb nur ein einziger Ausweg: zurück nach Argentinien.

Da er jetzt befreit war von dem Zauberbann, mit dem er belegt worden war, würde er sich in Argentinien genug Weiber beschaffen können. Er hatte Zirele und Basche hintergangen, und es würde für beide besser sein, wenn er sich davonmachte, bevor er sie in den Schmutz zog. »Morgen früh verlasse ich Warschau«, nahm er sich vor. Nur eines machte ihm Sorgen: Vermutlich würde Reizl Kork ihrer Schwester alles berichten, und die würde dann in Argentinien über ihn lästern. Aber weshalb sollte er sich vor ihr fürchten? Was konnte sie ihm denn schon anhaben?

Wegen seiner Angstzustände war er ständig beschwipst gewesen. Jetzt war er nüchtern. Er hatte sein Gesicht zur Wand gedreht, und als er blinzelte, merkte er, daß es draußen zu dämmern begann. Dann und wann zirpte ein Vogel und verstummte wieder. Bevor Max wieder einschlummerte, fragte er sich: »Soll ich nach Roszkow fahren?« Und seine Antwort lautete: »Nein.« Er hatte dem Rebbe und Zirele von Roszkow erzählt, und sie würden ihn sicherlich dort ausfindig machen. Das beste wäre, mit dem Schnellzug nach Berlin zu fahren und dann weiter nach Paris. Er hatte seinen Reisepaß mit den Visa. Und man würde bestimmt keine Kuriere hinter ihm herschicken.

Er schlief noch zwei, drei Stunden. Als er aufwachte, schien die Sonne durch die nicht ganz heruntergezogenen Jalousien. Er sah Reizl auf der anderen Seite des Bettes liegen. Sie schlief ruhig und friedlich, ihr Atem war kaum zu hören. Er betrachtete ihr Gesicht: nicht mehr jung, aber nicht so verwelkt wie das von Rochelle, die sich alle möglichen Hautcremes ins Gesicht schmierte. Reizls Gesicht war nicht eingecremt.

Er dachte an Argentinien, wo jetzt Winter war – Kälte und Regen – und wo selbst die reichsten Familien fröstelten, weil die Öfen nur zum Kochen benützt wurden.

Die Rückfahrt von Warschau nach London und die vierwöchige Schiffsreise nach Argentinien kamen ihm unerträglich vor. »Ob ich Basche vielleicht doch mitnehmen soll? Warum zurückkehren in diese Leere?« Seine Nerven peinigten ihn. Eben noch ganz ruhig, waren sie im nächsten Moment aufgewühlt wie von einem Dämon, der in einen Menschen gefahren ist und ihm üble Streiche spielt. Kaum glaubt man, die Dämonen besiegt zu haben, da strecken sie einem die Zunge heraus.

Max faßte einen neuen Entschluß: Er wollte Basche auf die Reise mitnehmen. Das würde natürlich nicht so einfach sein. Falls er sie dazu bewegen konnte, ihre Stellung aufzugeben, würde Reizl Kork davon erfahren und ihm wahrscheinlich Hindernisse in den Weg legen. Ein Weibsstück wie sie würde sich nicht scheuen, ihn bei der Polizei zu verpfeifen oder Schläger und Erpresser zu dingen. Und wie sollte er sich jetzt mit Basche in Verbindung setzen? Sie hatte ihm die Telephonnummer gegeben, ihm aber erklärt, daß ihre Herrschaft sie nicht an den Apparat holen und sie vielleicht sogar mit Ausgangsverbot bestrafen würde. Nach einigem Nachdenken beschloß er, bis zum Mittwoch, dem Tag, an dem er sich mit ihr verabredet hatte, zu warten. Wie viele Tage waren das noch? Er würde Tacheles mit ihr reden: Entweder kommst du mit, oder du mußt dich weiterhin in Warschau abplacken. Sicher würde sie am Mittwoch bereits Sehnsucht nach ihm haben. Er würde sie zur Grenze bei Mlawa bringen. Dort hatte er vor zwanzig Jahren zusammen mit einem Schmuggler heimlich die polnisch-deutsche Grenze überschritten. Er kannte die Schleichwege. Sobald sie drüben waren, würde alles wie geschmiert gehen. Er würde für Basche eine Wohnung im spanischen Stil mieten, und sie würde seine Mätresse werden. Er würde zwei Domizile haben, eines zusammen mit Basche, eines zusammen mit Rochelle. Basche war nicht an Luxus gewöhnt und würde ihn nicht viel Geld kosten. Ein Mädchen wie sie würde ihm treu bleiben. Irgendwann könnten sie beide vielleicht ein Kind haben. Rochelle konnte nicht mehr Mutter werden, aber er war noch imstande, einen Erben zu zeugen, dem er sein Vermögen hinterlassen konnte.

Als er zu diesem Entschluß gelangt war, wunderte er sich darüber, daß er vorhin beschlossen hatte, sich allein aus dem Staub zu machen. So ein Blödsinn! Warum ein junges Ding zurücklassen und wieder allein übers große Wasser fahren? Warum in winterliche Kälte und zu alten Sorgen zurückkehren? Er mußte sich seinen Entschluß noch einmal erklären: »Es ist nicht gut, betrunken zu sein, aber allzu nüchtern zu sein, ist auch nicht gut.«

Was sollte er bis Mittwoch tun? Er hatte Zirele versprochen, sie am Montag nach dem Mittagessen zu besuchen. Der Rebbe und die Rebbezin betrachteten ihn als Zireles Verlobten. »Ich muß diese Rolle noch einmal spielen«, sagte er sich. »Etwas kann ich mir jetzt allerdings ersparen: noch einmal zu diesem Hexer Schkolnikow zu gehen.«

Er blieb noch lange im Bett liegen, ohne wieder einzuschlafen, aber auch nicht hellwach. Ihm kam der Gedanke, daß ihn der Rebbe wegen der Schmach, die er Zirele angetan hatte, mit einem Fluch belegen könnte. »Von einem Mann wie ihm verflucht zu werden, bedeutet, in dieser und der nächsten Welt verdammt zu sein. Außerdem ist es eine schlimme Sache, einen heiligmäßigen Mann zu kränken«, sagte er sich. »Ob ich Geld für ihn zurücklassen soll? Hundert Rubel? Oder einige hundert? Aber was wird Zirele tun? Sie ist empfindlich und nicht besonders stabil. Sie hat schon einmal versucht, sich vom Balkon zu stürzen. Sie könnte in Schwermut verfallen, und ich wäre schuld an ihrem Tod. Selbst Reizl Kork hat mich vor einem Techtelmechtel mit der Tochter des Rebbe gewarnt. Geld? Ein Mädchen wie Zirele kann man nicht mit Geld abspeisen.«

Er war müde, aber immer wenn ihm die Augen zufielen, öffnete er sie wieder. Er stellte sich vor, was passieren würde, wenn Zirele und ihre Eltern von seiner Flucht erfuhren. Zirele würde weinen, in Ohnmacht fallen, sich aus dem Fenster stürzen wollen und von ihren Eltern zurückgehalten werden. Reizl würde dem Rebbe berichten, daß Max Barabander in Argentinien eine Ehefrau habe. Der Rebbe würde ihn mit gräßlichen Flüchen verwünschen. Wie hatte man das in Roszkow genannt? Das Kapitel der Verwünschungen. Reizl Kork würde ihrer Schwester schreiben, daß er sich als Junggeselle ausgegeben und sich mit der Tochter des Rebbe verlobt habe. Rochelle würde erfahren, was er getan hatte. In den Cafés würde man über ihn herziehen. Man würde ihn aus der Beerdigungsbruderschaft hinauswerfen und ihm an Rosch Haschana und an Jom Kippur das Betreten der Synagoge verbieten. Auch seinem Geschäft würde es schaden. Niemand würde Häuser und Grundstücke von einem »Unreinen« erwerben wollen.

Er schloß die Augen und schlummerte ein. Reizl, in Unterrock und Pantoffeln, weckte ihn auf. Sie rüttelte ihn bei den Schultern. »Schlafmütze! Es ist schon neun!«

Er sah sie verächtlich an. Sie hatte geschworen, Schmuel Smetena treu geblieben zu sein. Aber nicht, wenn er, Max, zu Besuch kam. Er lag in ihrem Bett, wurde von ihr aufgeweckt und unter der Achsel gekitzelt. In ihren schwarzen Augen glomm ein Lächeln auf – vielsagend, durchtrieben und schamlos. Für die Frau eines anderen findet sich immer ein Abnehmer.

»Geh hinaus, damit ich mich anziehen kann.«

»Du genierst dich wohl? Ich kümmere mich jetzt um das Frühstück.«

Max stieg aus dem Bett. Er hatte Schmuel Smetenas Nachthemd an, das ihm viel zu groß war. Im Flur strich er sich auf dem Weg zum Klosett über die Bartstoppeln. Seit ein paar Tagen wuchs sein Bart erstaunlich schnell. Obwohl er sich morgens rasierte, war sein Kinn abends stoppelig und fühlte sich am nächsten Morgen wie ein Reibeisen an. Reizl sah ihm zu und begann zu lachen.

»Warum lachst du?«

»Du paßt zweimal in dieses Nachthemd. Er ist wirklich auseinandergegangen. Komm herein und wasch dich! Ich verspreche dir, nicht hinzugucken.«

»Ich wasche mir bloß die Hände und das Gesicht.«

»Wir haben kein Badezimmer. Du bist hier nicht im Hotel Bristol.«

Max wusch sich. Kaffeeduft und der Geruch von frischgekochter Milch stiegen ihm in die Nase. Früher hatte er immer, wenn er eine Frau besucht hatte, eine Zahnbürste, ein Nachthemd und einen Bademantel mitgenommen, aber in letzter Zeit war ihm seine männliche Siegesgewißheit vergangen. Jetzt wusch er sich das Gesicht am Spülbecken und spülte sich den Mund mit Wasser aus. Er befühlte seine Bartstoppeln und hatte die gleichen Gewissensbisse, die er als junger Bursche gehabt hatte, wenn er bei einer Prostituierten gewesen war. Schon von Jugend an hatte er einen tiefen

Groll gegen Frauen gehegt, die sich verkauften. Je mehr sie sich parfümierten, um so mehr stanken sie. Wenn er sie für ihre Dienste bezahlte, hätte er ihnen am liebsten ins Gesicht gespuckt. Und trotzdem hatte er eine von ihnen geheiratet. Zu der sinnlichen Begierde, die Rochelle in ihm erregt hatte, waren Zerknirschung über ihre anrüchige Vergangenheit und Abscheu davor gekommen. Gleichwohl hatte er danach gelechzt, alles mögliche darüber aus ihr herauszubekommen. Als sie dann aber nach Arturos Tod eine undurchdringliche Mauer um sich errichtet hatte, sagte sie jedesmal, wenn er einen Annäherungsversuch machte: »Laß mich in Ruhe! Ich bin eine alte, gebrochene Frau. Geh, zu wem du willst.« Dennoch wollte sie sich nicht von ihm scheiden lassen. Sie war geldgierig und listig geworden. Daß es ihm gelungen war, ohne ihr Wissen Geld beiseite zu schaffen, war ein Wunder.

Max konnte sich gerade noch anziehen, bevor Reizl hereinkam. »Was ist denn mit dir los?« fragte sie. »Tut dir etwas weh?«

»Nein, mir tut nichts weh.«

»Seit du aufgestanden bist, kommst du mir irgendwie verändert vor. Bin ich daran schuld?«

»Nein, Reizl, du nicht.«

»Wenn du Sehnsucht nach Basche hast, kann ich sie ja holen.«

»Ich habe nach niemandem Sehnsucht.«

»Komm jetzt und iß etwas! Bei Gott, ich habe das nicht gewollt. Wenn du nicht aufgetaucht wärst, hätte ich mich auch weiterhin mit ihm durchs Leben geschlagen.«

»Was willst du jetzt tun? Ihn verlassen?«

Sie musterte ihn kühl. »Ich bin nicht eifersüchtig veranlagt, aber du solltest mit Zirele Schluß machen. Es hat sich herumgesprochen.«

»Wer tratscht darüber?«

»Jedermann. Du bist ja sogar mit dem Rebbe zum Beten gegangen. So etwas solltest du nicht tun, Max. Du machst die ganze Familie kaputt. Wer so etwas tut, muß das Herz eines Mörders haben.«

* * *

Als Max jahrelang von einem Arzt zum anderen gelaufen war, hatte ihm jeder versichert, daß er nicht an einer organischen Krankheit leide. Aber er kannte genug Leute, die gesund und kräftig ausgesehen und bei denen die Ärzte plötzlich ein Nieren- oder Leberleiden festgestellt hatten. Viele waren an Diabetes oder Herzversagen, an Gallensteinen oder Krebs gestorben. Es verging keine Woche, in der er nicht mit Rochelle zu einer Beerdigung hätte gehen müssen. Mediziner behaupteten, daß die Argentinier zuviel Fleisch und zuviel Zucker äßen. Die meisten seiner Bekannten, Freunde und Mätressen – viele gleichaltrig mit ihm – waren schon gestorben. Was nützt dir dein Geld, wenn der Todesengel dich jeden Moment niederstrecken kann? Was sind die Freuden des Lebens wert, wenn du jeden Augenblick zum Friedhof getragen werden kannst? Kein Wunder, daß die Beerdigungsbruderschaft von Schlawinern als der »lebendigste Verein« in ganz Buenos Aires bezeichnet wurde! Seine ständigen Grübeleien hatten Max damals zutiefst deprimiert. In den letzten zwei Jahren hatten ihn andere Gedanken gequält, aber die Angst vor dem Tod saß ihm ständig im Nacken. Wenn er morgens aufwachte, war seine Zunge belegt. Manchmal hatte er Schmerzen in der Brust oder Magenkrämpfe. Sein Gehör war nicht mehr so gut wie früher, und wenn er ein paar Stufen hinaufstieg, mußte er nach Atem ringen.

Als er sich von Reizl Kork verabschiedet hatte, nahm er sich vor, besser auf seine Gesundheit zu achten. Was würde geschehen, wenn er hier im Ausland erkrankte? Er würde, umgeben von Gojim, im Hospital liegen und sich nicht einmal dem Arzt und der Krankenschwester verständlich machen können. Nach seinem Tod würde niemand wissen, wo man ihn begraben hatte. »Heute gehe ich weder zu Zirele noch zu Schkolnikow, sondern direkt ins Hotel.«

Er wollte in Richtung Cieplastraße gehen, aber seine Füße bewegten sich, wie von einer übernatürlichen Kraft gelenkt, in die andere Richtung. Er kam an Hausnummer 10 vorbei und schaute zum Balkon des Rebbe hinauf. Er sah nach, ob Esther, die Bäckersfrau, am Hoftor von Hausnummer 15 stand. Als er an Chaim Kaworniks Café vorbeikam, machte er eine Bewegung, als wollte er hineingehen, aber statt dessen ging er in die Kneipe in Hausnummer 6. Vielleicht saß hier Mayer der Blinde herum, dessen Namen er vor mehr als zwanzig Jahren gehört hatte. Tatsächlich aber hatte Max ganz einfach Lust auf ein Gespräch von Mann zu Mann.

In der Schankstube ging es laut zu. Junge Burschen, die Kniehosen und Schaftstiefel trugen und sich die Mützen bis zu den Augen heruntergezogen hatten, saßen und standen dichtgedrängt mit Mädchen zusammen, deren Gesichter durch Pockennarben entstellt waren. Max drängte sich zwischen ihnen durch und ging ins Nebenzimmer, das halbleer war. Dort entdeckte er einen breitschultrigen Kerl mit einem riesigen Kopf, einer roten Knollennase, einer schiefen Narbe auf der Stirn und einer leeren Augenhöhle unter buschigen Brauen. Er war kräftig gebaut, sein Gesicht war mit Narben übersät. Das also war Mayer der Blinde, der König der Krochmalnastraße, der Rabbi der Unterwelt! Max hüstelte, und Mayer der Blinde richtete sich so langsam auf wie ein Ochse. Mit dem Auge, das ihm noch geblieben war, sah er Max mißtrauisch an. Sein Blick verriet die Verbitterung eines Menschen, der vom Leben nichts mehr zu erwarten hat.

»Bist du der Mayer?«

»Und wer bist du?« fragte Mayer der Blinde. Seine krächzende Stimme schien tief aus seinen Eingeweiden zu kommen.

»Mein Name wird dir nichts sagen. Ich heiße Max Barabander und komme aus Buenos Aires. Ich soll dir Grüße von deinem alten Freund Hazkele Peltes ausrichten.«

Mayer der Blinde dachte lange nach. Seine von zwei tiefen Falten gesäumten Lippen zitterten.

»Ich weiß, ich weiß. Er ist in Buenos Aires, aber es heißt, er sei gestorben.«

»Der stirbt nie.«

»Was macht er?«

»Er ist ein reicher Mann geworden.«

Mayer der Blinde legte seine Faust auf den Tisch. »Wie lange ist es her, seit er Warschau verlassen hat? Das muß zehn Jahre her sein.«

»Schon an die zwanzig.«

»Ach wirklich? Die Zeit vergeht so schnell. Ich erinnere mich an ihn. Er ist mit einem blonden Mädchen gegangen.«

»Hanetche. Sie ist seine Frau geworden.«

»Er hat sie also geheiratet? Es wundert mich, daß er sich noch an mich erinnert. Die Welt hat Mayer den Blinden links liegengelassen und ihn vergessen, als ob er schon tot wäre.«

»Er spricht oft von dir.«

»Was sagt er denn? Setz dich doch! Wenn du Hunger hast, kannst du dir an der Theke etwas zu essen holen. Früher hat es hier einen Kellner gegeben, aber der ist entlassen worden. Jetzt muß man sich alles bei dem Mädchen an der Theke holen. Das Essen in dieser Spelunke ist ein Schlangenfraß.« Er schnitt eine verächtliche Grimasse.

»Ich bin nicht hungrig«, sagte Max. »Wenn du etwas essen willst, können wir ja in die Kneipe in Hausnummer 17 gehen.«

»Zu Lazar? Ich möchte schon, aber der Doktor hat's mir verboten. Nicht einmal ein Glas Bier darf ich trinken. Ich hab Magengeschwüre.« Er deutete auf seinen Bauch, der sich über die Tischkante wölbte.

»Wie wär's, wenn wir hinüber zu Chaim Kawiornik gingen? Da gibt's gute Käsesemmeln.«

»Käsesemmeln? Zwieback mit Milch – das darf ich essen.« Mayer der Blinde verzog die Unterlippe und entblößte ein paar schwarze, hakenförmige Zahnstummel. Eine Weile saß er kopfschüttelnd da, wie bei einer Beerdigung. Dann fragte er: »Was macht denn der Peltes da drüben?«

»Er hat eine Strickwarenfabrik.«

»Hazkele die Ratte? Eine Fabrik?«

»Eine große Fabrik mit über fünfzig Arbeiterinnen. Die meisten davon sind Spanierinnen.«

»Soso. Und sie?«

»Ganz die feine Dame.«

»Pah! Die gehen nach Amerika und werden honorig. Sie war eine Hure, hier in Hausnummer 6. Itschele Glomp war ihr Lude.«

»Jetzt sieht sie wie eine Gräfin aus. Du solltest ihre Brillanten sehen!« Max deutete mit dem Daumen an, daß sie so groß wie sein halber Zeigefinger waren.

Mayer der Blinde schlug mit der anderen Faust auf den Tisch.

»Was weiß man denn schon in Amerika? Dort dreht sich alles nur ums Geld. Dort regiert Geld die Welt. Hier hat es Krawalle gegeben, und die alte Bande ist zerschlagen worden. Ich sitze hier herum und kenne keinen mehr. Die Leute reden mich an, aber ich weiß nicht, wer sie sind. Bei den Krawallen haben sich die Schuhmacher und die Schneider gegen uns zusammengerottet. Keiner konnte sich gegen sie wehren. Alle auf dem Platz wurden zusammengeschlagen, wie die Hasen sind sie davongelaufen. Die Arbeiter sind in die Bordelle gegangen und haben die Dirnen verprügelt. Zwanzig Mistkerle sind auf mich losgegangen. Einer gegen zwanzig – da ist man nicht mehr der große Makker. Ich wurde ins Czyster Hospital eingeliefert und lag sechs Wochen dort. Abgesehen von zwei, drei Leuten ist niemand gekommen, um sich nach meinem Befinden zu erkundigen. Das ist aus der Krochmalnastraße geworden. Und in der Smoczastraße ist es auch nicht besser. Weshalb bist du hier?«

»Aus keinem besonderen Grund. Ich wollte mir halt das alte Warschau ansehen.«

»Es ist nicht mehr das alte Warschau. Vergangen, begraben. Früher hatte jeder sein eigenes Revier. Jetzt treibt sich hier das mieseste Gesindel herum. Keiner kennt den anderen. Der eine sagt schwarz, der andere sagt weiß. Die Polizei führt eine Razzia durch, erwischt die Gauner und jagt sie wie Hunde in den ›grünen Heinrich‹. So nennen wir den Gefängniswagen. Zu meiner Zeit hat der Kommissar Wojnow Schnaps mit uns getrunken. Der Wachtmeister hat immer einen Diener vor mir gemacht und mir seinen Respekt erwiesen, so wahr ich lebe und in einem jüdischen Friedhof begraben sein will. Damals hat hier ein gewisser Leibusch Trelbuch gewohnt, und wenn der einem etwas versprach, dann war das so gut wie eine schriftliche Verpflichtung. Er ist aufs Polizeirevier gegangen und hat gesagt: ›Euer Gnaden, das ist einer von meinen Leuten‹ – und sofort wurde der Betreffende aus der Haft entlassen. Dieser Leibusch ist vor sechsunddreißig Jahren gestorben. Ach was, das muß schon an die vierzig Jahre her sein. Er ist oft zu mir gekommen und hat gesagt: ›Mayer, dies und das ist passiert. Sie haben einen Familienvater eingelocht, und wir müssen ihn herausbekommen.‹ Schon zehn Minuten später hatten wir einen Haufen Geld gesammelt. Wir sind damit zum Polizeichef gegangen, so wahr ich Mayer heiße.«

»Ja, ich weiß.«

»Was weißt du? Nichts. Wie heißt die Stadt, in der du lebst?«

»Buenos Aires.«

»Ach ja. Früher sind ganze Schiffsladungen dorthin verfrachtet worden. Einer von der alten Garde ist noch da. Schmuel Smetena. Früher war er Hehler, jetzt ist er eine große Nummer. Die Frau, mit der er zusammenlebt, hat eine Schwester in Buenos Aires.«

»Ich weiß, wen du meinst. Sie ist dort nicht gerade ein großer Fisch.«

»Was du nicht sagst! Wie heißt doch gleich ihre

Schwester? Reizl Kork. Bis zu den Krawallen stand sie hier in der Krochmalna Tag für Tag am Hoftor und hat Betrunkene angesprochen. Dann hat Schmuel Smetena sich Hals über Kopf in sie verliebt und seine Frau verlassen. In Hausnummer 23 hat er für Reizl Kork eine Wohnung gemietet, und dort hat sie die Hosen an. Was weiß die heutige Generation denn schon? Aber Mayer der Blinde hat Verstand und ein gutes Gedächtnis. Für mich sind sie alle gebrandmarkt. Sie können mir nichts vormachen. Und deshalb hassen sie mich.«

»Niemand haßt dich. Ganz im Gegenteil.«

»Nebbich. Sie hassen mich. Ich sage die Wahrheit, und dafür bekommt man Prügel. Aber warum sollte ich vor ihnen Angst haben? Was können sie mir denn antun? Meine Enten vom Wasser wegscheuchen? Ich sitze den ganzen Tag hier herum, und das Leben zieht an mir vorüber wie ein Traum. Alle paar Minuten gibt's Krawall. Ein Goi geht vorbei, und man klaut ihm die Brieftasche. Die Huren müssen einmal im Monat zur Untersuchung gehen. Alles wird in den gelben Ausweis eingetragen. Wenn eine den kleinen schwarzen Wurm aufgeschnappt hat, verfrachtet man sie ins Hospital, wo sie vergiftet wird und nicht einmal eine anständige Beerdigung bekommt. Man gräbt ein Loch und legt Juden zusammen mit Gojim hinein. Einmal hat sich ein Zuhälter als Frau verkleidet. Wenn der ›grüne Heinrich‹ kommt, rennen sie alle davon. Sie wollen doch bloß ein paar Groschen verdienen – der Teufel hol sie mit Haut und Haaren! Wie ist das denn in Buenos Aires?«

»Der Spanier verkauft seine eigene Frau, damit er dem Nichtstun frönen kann.«

»Ich hab gehört, daß es dort Schwarze gibt.«

»In Amerika, nicht in Argentinien.«

»In New York?«

»In New York, in Chicago, in Cleveland.«

»Bist du schon dort gewesen?«

»Schon mehrmals.«

»Wie ist denn das Leben dort? Sie wollten, daß ich hinüberfahre, aber wer ist denn damals nach Amerika gegangen? Bloß der Abschaum. Mir hat es hier an nichts gefehlt. In der Krochmalna, in der Smocza, im ganzen Distrikt habe ich das Kommando geführt. Aus Tamki, aus Szilitz, aus Powacki, aus Ochota sind die Leute zu mir gekommen. Mein Wort war Gesetz. An dem ganzen Schlamassel waren die streikenden Arbeiter schuld. Alexander war ein guter Zar, aber man hat ihn umgebracht. Als dann die Pogrome begannen, sind immer mehr Leute in ferne Länder geflohen. Dann wurde der Ruf nach einer Duma laut, aber was nützt eine Duma den Leuten, die kein Geld haben und im Elend leben? Die Duma nützt ihnen genauso wenig wie einem Leichnam das Schröpfen. Ein Schuhmacher bleibt ein Schuhmacher und ein General ein General. Hab ich recht oder nicht?«

»Du hast recht.«

»Altwerden ist eine Plage. Ich hocke hier den ganzen Tag herum, weil mir das Laufen schwerfällt. Im Bett liegt man sich wund. Egal, was man tut – es ist keinen Pappenstiel wert. Bist du verheiratet?«

»Ja.«

»Warum bist du hierhergekommen? Um dir eine Geliebte zuzulegen?«

»Das kann man drüben auch.«

»Und ob! An solchen Weibsbildern herrscht nirgends Mangel. Aber wenn man alt wird und einem alle Knochen weh tun, denkt man nicht mehr an so etwas. Wenn die Königin von Saba splitternackt vor mir stände, würde ich nicht einmal hingucken. Ich habe mehr Frauen gehabt, als du dir vorstellen kannst. Einmal habe ich in einer Stadt im Hotel gewohnt. Das Zimmer neben mir hatten ein Oberst und seine Frau. Ich kam mit ihr ins Gespräch, und sie verliebte sich sofort in mich – einfach so, Hals über Kopf. Sie kam zu mir ins Zimmer und begann, auf mich einzureden. Ich sagte ihr die Wahrheit: ›Ich habe die Auswahl unter tausend Frauen.‹ Sie wurde kreideweiß und sagte: ›Die lieben dich nicht, aber ich liebe dich.‹ – ›Woher soll ich wissen, daß das wahr ist?‹ Ich rauchte gerade eine Zigarette. Sie sagte: ›Gib mir deine Zigarette!‹ Ich gab sie ihr, und da drückte sie sich die glühende Zigarette auf die Hand und brannte sich ein Loch ins Fleisch. Es wurde ganz schwarz. ›Hier ist der Beweis‹, sagte sie. So etwas hatte ich noch nie erlebt. Ich wollte in die Apotheke rennen und eine Salbe besorgen, aber sie sagte: ›Nitschewo. Gib mir deinen Mund!‹ – und dann saugte sie an mir wie ein Blutegel. Drei Tage und drei Nächte habe ich im Hotel mit dieser Russin verbracht. Wir haben nichts anderes getan, als miteinander gegessen und geschlafen. Als ich am vierten Tag fortging, konnte ich kaum noch laufen. Ich fühlte mich so schwach, als hätte ich Typhus gehabt.«

»Und wohin ist *sie* gegangen? Zurück zu ihrem Oberst?«

»Wohin denn sonst? Zu dir vielleicht? In der Gegend fanden Manöver statt, und er nahm sie mit. Ist dir dergleichen schon je zu Ohren gekommen?«

»Noch nie.«

»Je länger man lebt, um so mehr lernt man dazu. Man glaubt, alles zu wissen, aber plötzlich erfährt man etwas und traut seinen Ohren nicht. Das steht sogar irgendwo in einem heiligen Buch, ich weiß aber nicht mehr wo.«

Der Vormittag war vorüber. Ein Hotelangestellter meldete Max, daß er am Telephon verlangt werde, doch Max ließ dem Anrufer ausrichten, er sei ausgegangen. Seine Eroberungen hatten ihn müde gemacht. Er lag stundenlang im Bett und döste vor sich hin. Zirele wartete auf ihn, aber er war entschlossen, bis zum Mittwoch nichts zu unternehmen. Er wollte und konnte nicht mehr mit Zirele sprechen. Er hatte Bammel vor ihrem gescheiten Gerede, vor den grimmigen Blicken ihrer Mutter, besonders aber vor dem Rebbe. Wenn dieser ihn verfluchte, würde der Fluch bestimmt wahr werden. Er, der bereits eine Ehefrau hatte, durfte Zirele nicht länger vorgaukeln, daß er sie heiraten würde. Mit Basche war das eine andere Sache: vor ihrem Vater, der mit seiner Familie in der Provinz lebte, war er sicher.

Um neun Uhr abends weckte ihn der Hunger aus seinem Dämmerzustand. Die Sonne, rot und riesig, stand schon tief, nur noch ein schmales Wolkenband trennte sie vom Horizont. Zum ersten Mal, seit er nach Warschau gekommen war, schickte Max sich an, einen Abend allein zu verbringen. Er schlenderte die ganze Neue-Welt-Straße entlang, ging in ein Kaffeehaus und bestellte Semmeln, Hering, Eierkuchen und Kaffee. Er blätterte in einer polnischen Zeitung, konnte aber kein Polnisch mehr lesen. Dann holte er sich von einem anderen Tisch eine Illustrierte und schaute sich die Bilder an. Die Unterschriften zu lesen war gar nicht nötig: ein bekannter General und noch ein General; eine Braut mit einem Bukett in der Hand, ein Bräutigam, der sich auf den Griff seines Säbels stützte. Sie alle wollten das gleiche: Geld, Zweisamkeit, Macht. Was aber hatte *er* erreicht? Leute wie er mußten sich mit Überbleibseln begnügen, mußten aufheben, was andere wegwarfen, was keiner haben wollte. Selbst Zirele war zuviel für ihn. Er war aus der Gosse gekommen und mußte in der Gosse bleiben.

Er kaute langsam, damit die Zeit, die er mit dem Essen verbrachte, nicht zu schnell verging. Seinen Kaffee schlürfte er löffelweise. Er las einen Artikel, in dem er nur eine von drei Zeilen entziffern konnte. Jetzt tat es ihm leid, daß er den Tag verschlafen hatte, denn diese Nacht würde er bis zum Morgengrauen nicht einschlafen können. Er rauchte eine Zigarette nach der anderen. »Ich habe einen Fehler gemacht. Ich hätte zu der Séance gehen sollen.« Er zog das Adreßbuch, das er seit seiner Ankunft in Warschau bei sich trug, aus der Brusttasche, blätterte darin, las Namen, die ihm völlig fremd waren, und andere, vertraute Namen. Von den Leuten, denen er Grüße aus Argentinien bestellen sollte, hatte wahrscheinlich niemand ein Telephon. Immerhin munterte ihn das Blättern im Adreßbuch ein bißchen auf.

Er blieb bis elf Uhr im Café, dann machte er sich auf den Rückweg ins Hotel. Am Ende der Chmielnastraße versuchten einige Prostituierte, ihn anzulocken. Einen Moment lang spielte er mit dem Gedanken, stehenzubleiben und ein bißchen mit ihnen zu plaudern, aber sie sprachen polnisch, nicht jiddisch. Er kehrte ins Hotel zurück, ging aber nicht in sein Zimmer, sondern setzte sich ins Foyer. Eine alte Frau mit gelbem Gesicht, die einen schwarzen Hut mit einem langen schwarzen Schleier trug, zankte gerade ein etwa siebzehnjähriges Mädchen aus. Die bläulichen Lippen der Alten zitterten. Sie war offenbar verärgert und sagte dem Mädchen ihre Meinung. Auf ihrem Kinn sprossen weiße Haare. »Was kann es dieser Greisin denn ausmachen, wie das Mädchen sich benimmt?« dachte Max. »Wie lange kann dieser ausgedörrte Körper denn noch auf Erden wandeln? Niemand scheint an den Tod zu denken. Nicht einmal ein so altes Wrack wie sie. Was wäre, wenn ich genau wüßte, daß ich in sechs Monaten tot sein werde? Was könnte ich dann überhaupt noch tun?«

Er vertiefte sich völlig in diese Gedanken. »Was würde ich tun, wenn ich nur noch ein Jahr zu leben hätte? Man kann sich doch nicht ins Bett legen und auf das Ende warten. Man muß doch irgend etwas tun. Mein Vermögen an die Armen verteilen? Dann müßte ich zunächst einmal nach Argentinien zurückkehren und meine Häuser und Grundstücke veräußern. Es würde ein Jahr dauern, bis alles zu Geld gemacht wäre. Warum soll man eigentlich glauben, daß Wohltätigkeit belohnt wird? Es gibt keine andere Welt. Ein toter Mensch ist wie ein toter Ochse.«

Für jemanden wie ihn gab es nur ein einziges Vergnügen: Weiber. Er würde versuchen, möglichst viele Frauen zu haben. Er würde keine Kosten scheuen und sich so viele zulegen, wie er nur konnte. Angenommen, er hätte bloß noch ein Jahr zu leben.

War dies eine verlorene Nacht? Sollte er Reizl Kork anrufen und ihr sagen, daß er die Nacht bei ihr verbringen wolle? Oder sollte er versuchen, Esther, die Bäckersfrau, wiederzusehen? Nein, er hatte jetzt nicht die Kraft für sexuelle Abenteuer. Auch wer nur noch ein Jahr zu leben hat, kann nicht mehr tun, als seine Kräfte erlauben. Ob er in eine Kneipe gehen und sich betrinken sollte? Nein, er hatte keine Lust auf Schnaps. Noch eine Zigarette rauchen? Es *war* eine verlorene Nacht. Was aber sollte er morgen tun?

Im Sessel zurückgelehnt, begann er einen Plan zu schmieden. Er wollte möglichst viel Geld aus Argentinien herüberschaffen. Er würde ständig die Frauen wechseln. Wenn man bloß noch ein Jahr zu leben hatte, brauchte man sich wegen irgendwelcher Verwünschungen keine Sorgen zu machen. Er würde die ganze Welt bereisen und einen Haufen Weiber mitbringen. Für eine Menge Geld kann man alles haben. Allerdings brauchte er jemanden – einen Sekretär, einen Makler, einen Vertrauten –, der ihm bei der Ausführung seines Planes helfen würde. Aber wer kam dafür in Frage?

Im Nu wußte er, wer. Reizl Kork! Sie hatte Schmuel Smetena satt, und sie liebte das Geld. Sie würde ihm nicht nur *eine* Basche, sondern fünfzig besorgen. Er würde mit ihnen durch die ganze Welt reisen und Reizl ein Gehalt zahlen. Sie würde mit ihm nach Argentinien fahren. Sicherlich wollte sie ihre Schwester wiedersehen.

Max war ans Phantasieren gewöhnt, aber noch nie hatte ihn eine Phantasterei so fasziniert wie diese. Er würde für diesen Plan nicht sein ganzes Vermögen ausgeben müssen. Fünfzehn- bis zwanzigtausend Rubel würden genügen, um die Kosten zu decken. Er brauchte ja keine Revuetänzerinnen. Mädchen wie Basche würden ihm genügen. Er würde, falls Gott ihm ein längeres Leben gewährte, wohl kaum als armer Mann dastehen.

»Ja, das werde ich tun«, nahm er sich vor. Es drängte ihn, Reizl Kork anzurufen und die Sache mit ihr zu besprechen. Er stand auf, um sich nach einem Telephon umzusehen, setzte sich aber gleich wieder hin. »Nein, nicht jetzt!« Er wollte alles noch einmal überdenken und einen genauen Plan ausarbeiten – wie ein Architekt, bevor er ein Haus baut, oder wie ein Ingenieur, der zuerst den Entwurf für eine Maschine zeichnet. Er wollte alles so sorgfältig planen, daß Rochelle keinen Prozeß gegen ihn anstrengen konnte.

Er sah sich im Foyer um. Die alte Frau und das Mädchen – ihre Enkelin oder Urenkelin – waren nicht mehr da. Er war der einzige Gast im Foyer. Er ging hinüber zum Portier und ließ sich seinen Zimmerschlüssel geben. Anstatt den Fahrstuhl zu benützen, stieg er langsam die mit einem roten Läufer belegte Marmortreppe hinauf. Ohne Licht zu machen, legte er sich in seinen Kleidern aufs Bett. Ja, nach den Jahren des Kummers und Krankseins, die auf Arturos Tod gefolgt waren, hatte er es verdient, ein Jahr lang glücklich zu sein!

Er wußte, daß Reizl Kork sich sofort auf seine Pläne einlassen würde. In der Nacht, die er mit ihr verbracht hatte, war ihm ihre Situation klargeworden. Schmuel Smetena war alt und fett; er liebte das Bier, nicht die Frauen. Für die Liebe hatte er nichts mehr übrig.

Bevor Max einschlief, hatte er so ziemlich alles durchdacht. Er wollte mit Reizl herumreisen, und sie würde ihm überall Mädchen beschaffen. Sie war die geborene Puffmutter. Bei seiner ersten Begegnung mit ihr hatte sie ihm ja schon diesen Vorschlag gemacht. Frauen wie sie waren nicht eifersüchtig. Für solche Weibsbilder wurde die Kuppelei tatsächlich zur Leidenschaft.

Als er aufwachte, schien die Sonne. Es war zehn vor sieben. Er hatte nur fünf Stunden geschlafen, fühlte sich aber erfrischt. Er stand auf, überzeugt davon, einen Ausweg aus seinen Verstrickungen gefunden zu haben. Für seine Abenteuer brauchte er eine Bundesgenossin, die ihm helfen und gern mit ihm zusammensein würde: Reizl Kork. Sie hatte ihm Basche besorgt, und das war erst der Anfang.

Für einen Anruf bei ihr war es noch zu früh. Max rasierte sich am Waschbecken, dann bestellte er beim Zimmermädchen ein Bad. Danach zog er sich an und ging hinunter, um zu frühstücken. »Wir beide können die Welt auf den Kopf stellen«, sagte er sich. »Sie selber ist ja auch kein unansehnliches Frauenzimmer.« War es denkbar, daß Reizl nein sagen würde? »Undenkbar«, antwortete Max sich selber. »Es sei denn, der Rebbe greift ein. Ich muß ihn beschwichtigen und ihm eine Mitgift für Zirele geben.«

Um neun rief er Reizl Kork an. Ihre Stimme klang überglücklich.

»Max, ich habe die halbe Nacht an dich gedacht.«
»Die erste oder die zweite Hälfte?«
»Zwischendurch.«
»Reizl, ich muß mit dir sprechen.«
»Dann tu's doch! Du hast ja zum Glück einen Mund.«
»Können wir uns treffen?«
»Warum nicht? Ich hab nichts vor. Du fehlst mir.«
»Genau das wollte ich hören. Wann soll ich kommen?«
»Jetzt gleich.«
»Das ist ein Wort! Ich komme sofort.«
»Hast du schon gefrühstückt?«
»Ja.«
»Dann essen wir eben ein zweites Frühstück.«

»Na also«, sagte Max danach laut zu sich selbst. »Genau wie ich's erwartet habe. Sie wird alles tun, was ich will. Für mich heißt es jetzt ein Jahr lang: Genieße das Leben!«

Er schloß seine Tür ab und machte sich auf den Weg.

Er fühlte sich so beschwingt, daß er die Treppe hinunterhopste. Als er hinaus auf die Straße ging, sah er sich Zirele gegenüber. Sprachlos starrte er sie an. Sie trug den Hut, den er ihr gekauft hatte, und ein graues Kostüm. Sie war blaß. Max packte die Angst.

»Zirele, was machst du denn hier?«

Sie musterte ihn mit einer Art grimmigem Lächeln.

»Wo gehst du so früh am Morgen hin? Ich habe heute nacht kein Auge zugetan. Max, ich muß mit dir reden.«

»Dann tu's doch!«

»Nicht hier auf der Straße.«

»Komm mit auf mein Zimmer.«

»Nein, Max, ich gehe nicht mit einem Mann auf sein Zimmer.«

»Dann bleiben wir eben im Foyer.«

»Könnten wir irgendwo hingehen, wo es ruhig ist?«

»Wo ist es denn ruhig? Im Grab.« Er wunderte sich über seine eigenen Worte.

»Gehen wir doch in den Sächsischen Garten. Morgens ist es dort ruhig.«

»Einverstanden.«

Er hakte sich bei ihr ein, und sie zog ihren Arm nicht zurück. Wie ein Ehepaar gingen sie langsam und schweigend weiter. Als sie bei den sogenannten Elf Toren, einem Teil des Sächsischen Gartens, angelangt waren, gingen sie hinein. Max war klar, daß er Zirele eine ehrliche Erklärung schuldete, aber er wußte nicht, was er sagen sollte. Er senkte den Kopf. Sein ganzes Leben war ein Spiel gegen einen verborgenen Gegner, einen wahren Teufel. Nicht Zirele, sondern jener andere, der Böse, hinderte ihn unsinnigerweise daran, sich die Freuden zu verschaffen, denen er nachgejagt war, seit er auf den Füßen stehen konnte.

Man kann halt aus einem Schweineschwanz keinen Pelzhut machen«, sagte sich Max. Er hätte nie daran denken dürfen, Zirele zu heiraten. Es war Wahnsinn, Wahnsinn. Er hatte ihr endlich die Wahrheit gesagt: daß er in Buenos Aires eine Ehefrau hatte. Zirele hatte ihn angespuckt, und er hatte nicht einmal sein Taschentuch genommen, um sich den Speichel abzuwischen. Das würde er nie vergessen. Sie hatte Tränen vergossen, Tränen so groß wie Erbsen und so kristallklar wie Diamanten. Und sie hatte im Ton der Tora mit ihm gehadert.

»Verflucht sollst du sein! Auf ewig verflucht! Du sollst keinen Frieden finden, weder in dieser Welt noch im Grab!«

Sie war schluchzend weitergegangen. Alle paar Schritte hatte sie innegehalten und ihn angesehen. Ihr Gesicht war gerötet gewesen, tränenfeucht, verschwollen, verändert. Später hatte Reizl Kork ihm versichert, daß Verwünschungen nicht einträfen. Wenn auch nur ein Tausendstel der Flüche, die man gegen sie ausgestoßen habe, in Erfüllung gegangen wäre, dann läge sie bereits, mit den Füßen zur Tür, tot auf dem Boden. Max aber wußte, daß die Verwünschungen sich diesmal erfüllen würden. Nicht nur Zirele hatte sie ausgestoßen, sondern auch ihr Vater, der Rabbi. Es war seine Redeweise, seine Stimme gewesen. Die Worte waren wie glühende Steine auf Max gefallen. Er hatte geradezu gespürt, wie sie ihn trafen und ihn versengten. Und dennoch wollte er sich nicht bis zum bitteren Ende von Reuegefühlen leiten lassen. Solange er noch am Leben war, mußte er sich ein bißchen Freude verschaffen. So gewiß er sich war, daß der Tag der Abrechnung kommen würde, so gewiß war er sich auch darüber, daß er nicht mehr ohne Reizl Kork auskommen konnte. Innerhalb von vierundzwanzig Stunden war sie alles für ihn geworden – Gattin, Geliebte, Partnerin, Führerin.

Wie hatte es so schnell dazu kommen können? Jetzt, da er und Reizl Partner geworden waren, wurde ihm klar, daß sie ihm von Anfang an gefallen hatte. Sie war so phantasievoll und zügellos wie er selbst. Und sie war eine temperamentvolle, erfahrene, praktisch veranlagte Frau. Gemeinsam hatten sie einen Plan geschmiedet: Reizl würde Schmuel Smetena verlassen, der alt und fett war und eine Frau und Kinder und Enkelkinder hatte. Er litt an Herzerweiterung, hatte heftige Schmerzen und bekam Anfälle. Was hatte sie denn noch von ihm zu erwarten? Er würde sterben und ihr keinen Groschen hinterlassen. Ihre Schwester hatte ihr aus Argentinien geschrieben und sie angefleht, auszuwandern.

Reizl hatte, während sie und Max einander leidenschaftlich küßten und allerlei törichte, der Wollust entspringende Worte sagten, die Bemerkung gemacht, daß sie, gottlob, nicht völlig mittellos sei. Sie besitze schöne Schmuckstücke und habe etwas auf die hohe Kante gelegt. Weshalb sollte er in der Welt herumreisen? Auch wenn seine Frau sich nicht von ihm scheiden ließe, würde sie, Reizl, trotzdem mit ihm zusammenleben. Wenn sie beide noch ein paar Mädchen wie Basche mit nach Argentinien nähmen, würden sie bei ihren geschäftlichen Unternehmen kein Geld einbüßen – Gott soll schützen! Max könne sich völlig auf sie verlassen.

Bis zur Morgenröte hatte Reizl auf ihn eingeredet. Dann hatten sie sich auf die Seite gedreht und waren eingeschlafen. Als Max die Augen öffnete, war das Zimmer in Sonnenlicht getaucht. Er wachte mit dem Gefühl auf, gesättigt und dennoch hungrig zu sein. Reizl hantierte in der Küche herum. Er setzte sich im Bett auf. War das Liebe? Ja, es war Liebe. Zum zweiten Mal im Leben hatte er sich in eine Hure verliebt.

Sie hatte ihn nach seinem Vermögen gefragt, und er hatte ihr alles gesagt: wieviel Geld er hatte, wieviel seine Immobilien wert waren. Zum ersten Mal im Leben sagte er einer Frau die volle Wahrheit, ohne etwas zu verheimlichen. Hatte er bisher allen etwas vorgemacht, so kam ihm, als er die ganze Nacht mit Reizl redete, keine einzige Lüge über die Lippen. Er war sicher, daß auch sie ihm nichts vormachte. Um sie auf die Probe zu stellen, fragte er sie, ob sie Schmuel Smetena schon vorher betrogen habe. »Ja«, antwortete sie, »in den ersten zwei Jahren.« – »Mit wievielen Männern?« Keine Antwort. Im Halbdunkel sah er, wie sie es an den Fingern abzählte. Dabei murmelte sie: »Erstens: Josele Banz. Zweitens: Chaim Kischke. Drittens: Lame Berl.«

»Und wer war der vierte?«

»Moment! Leizer Bok.«

»Wie viele im ganzen?«

»Acht.«

»Und Schmuel hat nichts davon gewußt?«

»Nichts.«

»Und danach?«

»Danach bin ich ihm zehn Jahre lang treu gewesen. Bis du gekommen bist. Das ist die Wahrheit – oder ich werde dieses Jahr nicht überleben!« Sie stürmte zu ihm hinüber, brach in Tränen aus und begann ihn zu küssen.

»Ich hatte fromme Eltern«, beteuerte sie ihm. »Mein Großvater, Reb Mendl, war Verwalter einer Schul.«

Max legte den Kopf wieder aufs Kissen. Jaja, die Väter, die Großväter, die Onkel und Tanten. Vom Sündigen hatte man in Roszkow nichts wissen wollen. Als ein Hilfslehrer die Tochter des Wasserträgers Moische geschwängert hatte, war das ganze Schtetl in Aufruhr geraten. Metzger hatten den Lehrer aus dem Bett gezerrt, ihm Hose und Jacke angezogen und ihn bis zum Hochzeitstag eingesperrt. Das junge Paar hatte nach Amerika auswandern müssen. Eine Tante von Max, die mit siebenundzwanzig Jahren Witwe geworden war, hatte nicht mehr geheiratet, sondern als Waschfrau gearbeitet, um ihre fünf Kinder durchzubringen. Nach dem Tod ihres Mannes hatte sie nie mehr eine Perücke getragen, sondern nur noch ein Kopftuch, sogar am Sabbat und an den Feiertagen.

»Wie ist so etwas möglich?« fragte sich Max. »Hatten die denn kein Blut in den Adern? Waren sie keine Menschen, sondern Engel? Ist ihre Gottesfurcht so groß gewesen?«

Reizl kam herein. Noch nie war sie ihm so schön erschienen wie an diesem Morgen. Sie sah jünger aus, ihre dunklen Augen strahlten vor Zuversicht und Liebe.

»Gutes Aufstehen wünsch ich!«

Max war baff. Das hatte seine Mutter – sie ruhe in Frieden – auch immer gesagt. »Ich darf nicht abreisen, ohne in Roszkow gewesen zu sein«, ermahnte er sich. Eigentlich war er doch nur deshalb nach Polen gekommen.

»Reizl, ich bin nach Polen gekommen, um das Grab meiner Eltern zu besuchen. Ich werde nicht abreisen, bevor ich nicht in Roszkow gewesen bin.«

»Du bist nach Polen gekommen, um mich zu besuchen. Ich bin dein Grab«, sagte sie mit aufreizendem Lächeln.

»Du mußt mit mir nach Roszkow fahren.«

»Ich fahre mit dir bis ans Ende der Welt.«

»Und was soll aus Basche werden?«

»Moment, mein Lieber. Ich habe alles genau überlegt. Wir nehmen sie mit. Reiche Leute reisen in Begleitung einer Zofe. Wenn dir danach ist, kann sie natürlich auch dir behilflich sein.« Reizl lachte und blinzelte ihm zu.

»Was machen wir nach dem Frühstück?«

»Gib mir deinen Reisepaß.«

Max stutzte. »Meinen Reisepaß? Wozu brauchst du meinen Paß?«

»Letzte Nacht hast du mir hoch und heilig versprochen, Vertrauen zu mir zu haben. ›Du bist der General‹, hast du zu mir gesagt, ›und ich bin ein einfacher Soldat.‹«

»Trotzdem ...«

»Begreifst du denn nicht, daß wir zwei Reisepässe brauchen? Je einen für Mann und Frau oder für Bruder und Schwester. Beides läßt sich machen. Ich kenne einen Fälscher, der zehn oder auch hundert Reisepässe anfertigen kann – soviel man will. Er ist ein guter Freund von mir und stellt keine Fragen.«

»Kann er Spanisch?«

»Er kann alles, sogar Türkisch. Keine Sorge, er wird deinen Paß nicht ruinieren. Er macht bloß eine Kopie davon, in die er meinen Namen einträgt. Er bekommt viele Aufträge von Schmuel. Früher hat er gefälschte Dreirubelscheine fabriziert. Wenn ihn nicht irgendein Dussel verpfiffen hätte, wäre er heute ein zweiter Rothschild. Er hat fünf Jahre in Makatow abgesessen.«

»Wann würde ich den Paß zurückbekommen? Ohne Reisepaß kann ich mich begraben lassen.«

»In ein paar Tagen. Du kannst ganz beruhigt sein, Max. Komm, wasch dich jetzt, dann können wir frühstücken. Wir haben noch eine Menge zu tun, und die Zeit bleibt nicht stehen. Schmuel kann jeden Tag zurückkommen, und es wäre nicht gut, wenn er dich hier anträfe. Ich werde ihm sagen, du wärst verreist, und ich wüßte nicht, wohin.«

»Du hast wohl Angst vor ihm?«

»Er kümmert mich so wenig wie der Schnee von gestern. Aber ich will nicht, daß er Stunk macht. Entschuldige, aber du bist zu weichherzig. Man darf kein Mitleid haben. Mein Onkel hat immer gesagt: ›Existenzkampf ist Krieg.‹ Das gilt für alles im Leben. Wer keinen Pulverdampf vertragen kann, soll nicht in den Krieg ziehen. Schmuel hat mich zwölf Jahre lang gehabt, das reicht. Er braucht keine Liebe mehr. Er will mich natürlich nicht verlieren, aber er kann mich nicht zum Bleiben zwingen. Ich lasse dir einen Paß mit einem anderen Namen anfertigen. Dann kannst du in ein anderes Hotel ziehen und dort warten, bis ich alles erledigt habe. Ich muß das Mobiliar mit allem Drum und Dran verkaufen. Er wird einen Wirbel machen, aber ich werde schon mit ihm fertig. Er ist nicht der einzige, der es gut mit der Polizei kann.« Sie blinzelte ihm zu.

Sie hat mir gestern etwas Falsches geschworen«, dachte Max. »Im Vergleich zu ihr ist Rochelle eine Heilige. O weh, ich stecke bis zum Hals im Dreck!« Er mampfte ein frischgebackenes Bejgl und sagte sich, daß Reizl ihn in der Hand haben würde, wenn er ihr seinen Paß überließe. Dann wäre er völlig von ihr abhängig. Reizl gab ihm noch ein Bejgl, bestrichen mit Butter und Weißkäse. Während der Ehejahre mit Rochelle hatte er sich den Umgang mit Frauenzimmern aus der Unterwelt abgewöhnt. Er hatte nur noch von Töchtern reicher Familien, Prinzessinnen und vornehmen Damen geträumt. Aber jetzt hatte ihn Reizl wieder in den Sumpf gezogen. Ihr lächelnder Blick verriet weibliche Genugtuung und die Selbstgefälligkeit von Übeltätern, die nie bestraft und immer belohnt werden. »Na warte, Reizele«, dachte er, »an mir wirst du dir die Flügel versengen.«

»Hast du eine Photographie deiner Eltern?« fragte er unvermittelt.

Reizl hörte zu kauen auf. »Was? Nein, mein Lieber, ich habe keine. Meine Mutter hat Männer nicht einmal angeschaut, Gott bewahre! Wer hat sich damals denn schon photographieren lassen? Anständige Leute nicht.«

Max war ins Hotel Bristol zurückgekehrt. Er sollte warten, bis Reizl ihm seinen Paß zurückgeben würde. Der Fälscher, so hatte sie ihm versprochen, würde den Auftrag schleunigst erledigen. Sie wollte ihre Wohnungseinrichtung verscherbeln und Käufer für ihre Haushaltsvorräte finden. Alles müsse sehr schnell abgewickelt werden, noch bevor Schmuel Smetena aus Lodz zurückkommen würde.

Im Hotelfoyer wurde Max ein Brief mit vielen Poststempeln und mit argentinischen Briefmarken ausgehändigt. Rochelle hatte ihn nach Paris geschickt, von wo aus er weitergeleitet worden war. Sie hatte ihn vor sechs Wochen geschrieben. Ihr Gekritzel war nur schwer zu entziffern, aber was klar daraus hervorging war die Tatsache, daß sie wütend war. Und sie erwähnte sogar das Wort Scheidung.

Als Rochelle ihn geheiratet hatte, konnte sie weder lesen noch schreiben. Später hatte sie einen Lehrer engagiert und sich einige Jahre lang Unterricht erteilen lassen. Im Vergleich zu ihr war Max geradezu ein Schriftsteller. Das Schreiben hatte er in Roszkow gelernt, und im Lesen hatte er sich mittels der Lektüre von Zeitungen und Groschenromanen geübt. Er hatte Ausdrücke aus dem Jiddischen Theater und aus Vorträgen aufgeschnappt und bei einer Versammlung der Beerdigungsbruderschaft sogar das Wort ergriffen.

Nachdem er Rochelles Brief mehrmals durchgeackert hatte, wußte er, daß sie an einem Ausschlag litt, daß sie Ärger mit ihrer spanischen Zofe Rosita hatte, daß es in Argentinien kalt und regnerisch war und daß Rochelle wissen wollte, wann er nach Hause käme.

»Ja, wann und wozu?« fragte er sich.

Etliche Wörter konnte er einfach nicht entziffern. Als er sich den Brief noch einmal vornahm, konnte er plötzlich das Wort »Todestag« lesen – und sofort verstand er den ganzen Satz: »Bald ist Arturos Todestag.«

»Gott der Gerechte, wie konnte ich das vergessen?« Vor drei Wochen hatte sich Arturos Todestag zum zweiten Mal gejährt.

Max versank in Schweigen. Sein Sohn verweste im Grab, und er plante, gemeinsam mit Reizl ein Geschäft mit Prostituierten aufzuziehen. »Soll ich heute fasten?« schoß es ihm durch den Kopf. »Aber wem würde das etwas nützen?«

Er dachte an die Séance bei Schkolnikow. Arturo hatte kein Wort Polnisch gekonnt, und dennoch hatte er, Max, geglaubt, seine Stimme zu hören. Und was hatte Arturo damit sagen wollen, daß er in der anderen Welt nicht allein sei, daß er dort seine Großmutter getroffen habe?

In diesem Moment beschloß Max, seine Reise nach Roszkow nicht länger hinauszuschieben. Eigentlich hätte er gleich nach seiner Ankunft in Polen hinfahren müssen. Er hatte ganz einfach Angst gehabt, dorthin zu gehen, wo er Verwandte unter den Toten und den Lebenden hatte.

»Wie kann ein Mensch so selbstsüchtig, so ichbezogen sein? Wie nennt man das? Egoistisch. Sogar Wilde und Diebe haben Familiensinn. Bin ich denn ein ausgemachter Schurke?«

Jemand klopfte an seine Tür. Ein Zimmermädchen kam herein. »Sie werden am Telephon verlangt.«

»Von wem?«

»Von Madame Theresa.«

»Theresa?« Er konnte sich an keine Frau dieses Namens erinnern. »Das muß ein Irrtum sein«, sagte er, stand aber trotzdem auf und ging zu dem Apparat im Korridor. Die Stimme kam ihm bekannt, aber sonderbar vor. Die Frau sprach polnisch.

»Ich tue mir mit dem Polnischen schwer«, sagte Max. »Wer spricht dort?«

»Theresa Schkolnikow aus der Dlugastraße.«

»Ach ja, das Medium!«

»Ja.«

»Woher wissen Sie meine Adresse?«

»Von meinem Bruder.«

»Es hat Sie bestimmt gewundert, daß ich nicht mehr

zu diesen ... wie heißt das doch gleich? Ich bin sehr beschäftigt. Weshalb rufen Sie an? Ist etwas passiert?«

»Sie wollten doch wieder zur Séance kommen. Wir hatten eine sehr erfolgreiche Séance. Außergewöhnlich erfolgreich! Ihr Sohn wollte Verbindung mit Ihnen aufnehmen.«

»Mein Sohn? Verbindung mit mir?«

»Ja, er hat es versucht.«

»Kurz bevor Sie anriefen, habe ich an ihn gedacht.«

»Wirklich? Das ist bemerkenswert. Es war Gedankenübertragung. Mein Bruder hat nach Ihnen gefragt. Wir alle haben auf Sie gewartet.«

»Vielleicht kann ich heute abend kommen.«

»Heute abend findet keine Séance statt, aber ich würde Sie gern treffen. Ich habe Ihnen einige wichtige Dinge zu sagen.«

»Könnten Sie hierherkommen? Darf ich Sie zum Abendessen einladen? Sie wandeln zwar in höheren Regionen, aber sicher nicht ohne zu essen.«

»Natürlich nicht. Selbst jene, die diese Welt verlassen haben, nehmen Nahrung zu sich, allerdings eine andere als wir.«

»Wollen Sie mir weismachen, daß die Toten essen?«

»Ja, aber eine Nahrung anderer Art.«

»Ich spendiere Ihnen ein Essen für Lebendige«, erwiderte Max und wunderte sich über seine gute Laune.

»Wo treffen wir uns?« fragte Theresa.

»Hier im Hotel Bristol, wenn Sie wollen.«

»Vor dem Hotel vielleicht?«

»Also gut, treffen wir uns vor dem Hotel. Ist Ihnen acht Uhr recht?«

»Ja, ich werde um acht dort sein.«

»Gut. Dann gehen wir irgendwohin und reden miteinander.«

Merkwürdig! Nahezu jedesmal, wenn es so aussah, als müßte er einen Tag ganz allein verbringen, tat sich etwas. Er hatte ein bißchen Bammel vor Theresa. Weshalb aber hatte sie, wenn sie wirklich hexen und mit den Toten sprechen konnte, Angst davor, zu ihm ins Hotel zu kommen? »Ich werde kein Techtelmechtel mit ihr anfangen. Mit so einer könnte das schauderhaft sein.«

Er ging wieder in sein Zimmer. »Die Teufel spielen mit mir. Tun sie das mit jedermann, oder haben sie es besonders auf mich abgesehen?« Er setzte sich auf einen Stuhl, zündete sich eine Zigarette an und blies Rauchkringel. Auf dem Schiff hatte er einen Mann kennengelernt, der behauptet hatte, nicht an Gott zu glauben. Er aß weder Fleisch noch Fisch, nur Obst und Gemüse. Selbst bei heftigstem Regen und eisiger Kälte trug er weder Mantel noch Hut. Er hatte erzählt, daß er in Montevideo lebe, tagtäglich im Meer bade und noch nie mit einer Frau zusammengelebt habe. Er hatte schulterlange Haare und einen ungepflegten Bart. Während der Überfahrt hatte er Max davon zu überzeugen versucht, daß es keinen Gott gebe; alles sei Natur. Er reiste nach London, um an einer Art Konferenz mit Gleichgesinnten teilzunehmen. »Wenn alles Natur ist«, fragte sich Max, »warum spielt uns dann die Natur solche Streiche? Und wer hat dann die Welt erschaffen, wer hat das Meer mit soviel Wasser gefüllt, wer hat die Felsblöcke auf die Berge geschleudert? Und warum schlägt das Herz? Kann denn die Natur allein über so viele gleichzeitig schlagende Herzen wachen?«

Er hörte das Telephon im Korridor klingeln und

wußte im voraus, daß der Anruf für ihn war. Dann rief das Zimmermädchen: »Es ist für Sie!«

Es war Reizl Kork. »Max, Schmuel hat der Schlag getroffen!«

»Ist er tot?«

»Nein, er lebt noch. Man hat ihn nach Warschau transportiert und auf seinen Wunsch zu mir gebracht.«

»Dann sind unsere Pläne geplatzt.«

»Du mußt Geduld haben.«

»Kann er sprechen?«

»Ja, er hat sogar nach dir gefragt. Sie wollten ihn ins Krankenhaus einliefern, aber er hat sich dagegen gesträubt. Er hat gesagt, wenn er schon sterben muß, dann hier bei mir. Der Arzt ist gerade gegangen. Ein schrecklicher Tag für mich! Schmuels Mund ist ganz verzerrt, man kann kaum verstehen, was er sagt. Max, das ist nicht mehr der alte Schmuel.«

»Er hat doch eine Ehefrau.«

»Sie ist auf dem Land. In Michalin. Max, ich möchte, daß du herüberkommst.«

»Wann denn? Nicht heute.«

»Dann also morgen. Mit so einem Unglück hab ich nie gerechnet. Man hat mich nicht einmal angerufen. Es hat an der Tür geklopft, und als ich aufmachte, haben vier Männer Schmuel auf einem Bett hereingetragen. Wenn ich in diesem Moment nicht vor Schreck tot umgefallen bin, dann muß ich das ewige Leben haben.«

Max hätte gern beim Mittagessen Gesellschaft gehabt. Es tat ihm leid, daß er Theresa nicht dazu eingeladen hatte, aber das war jetzt nicht mehr zu ändern. Er ging die Neue-Welt-Straße entlang, bis er zu einem Restaurant kam. Dort bestellte er *kapuśniak* – Sauerkrautsuppe – und ein Wiener Schnitzel.

»Soso«, dachte er, »Schmuel Smetena hat der Schlag getroffen. Ob Gott das Reizl angetan hat, damit sie nicht mit mir fortgehen kann? Oder hat Schmuel vielleicht von jemandem erfahren, daß ihm seine Freundin untreu ist, und daraufhin einen Schlaganfall erlitten?« Jetzt blieb ihm nichts anderes übrig, als dieses (wahrscheinlich in Schweinefett geschmorte) Sauerkraut zu essen und über sein Los nachzugrübeln.

Er legte die jiddische Zeitung, die er sich am Morgen gekauft hatte, aufgeschlagen auf den Tisch. Und sofort hörte er Gemurmel und Gemurre. Die polnischen Mittagsgäste warfen ihm ärgerliche Blicke zu. Er schnappte das Wort *zyd* auf. Für den Rebbe war er ein Goi, für diese Gojim aber war er ein Jude. Sie verabscheuten den Anblick einer jiddischen Zeitung. »Die können mir den Buckel hinunterrutschen! Ich bin nicht von hier. Ich bin Amerikaner. Mir können sie nichts anhaben.« Er war ganz versessen auf diese jiddische Zeitung, die Nachrichten über Juden brachte, über die gegenwärtige Situation der Juden berichtete und Hackfleisch aus den Antisemiten machte.

Er breitete die Zeitung auf dem ganzen Tisch aus. »Welchen jüdischen Monat haben wir jetzt? Ist der neunte Tag des Monats Aw schon vorbei?« Dann fielen ihm auch die drei Wochen der Trauer, die neun Bußtage und der siebzehnte Tag des Monats Tammuz ein. »Auf welche Tage des modernen Kalenders fallen diese heiligen Tage? Ich muß mir einen jüdischen Kalender kaufen.« Dann kam ihm der Gedanke, daß diese Zeitung ein jüdisches Datum haben mußte. Er sah auf der Titelseite nach. Es war der Monat Aw. Der neunte Aw war schon vorbei, es ging bereits auf den Monat Elul zu. Noch knapp sechs Wochen bis Rosch Haschana.

In all den Jahren hatte er treifene Speisen gegessen. Es war gar nicht so leicht, in Buenos Aires koscheres Fleisch zu bekommen, aber jetzt schämte er sich plötzlich, nicht koscher gegessen zu haben. »Solange es bei den Gojim noch Judenhaß gibt, kann man ebensogut ein Jude bleiben«, sagte er sich. Trotzdem ließ er sich sein Schnitzel schmecken und bestellte obendrein eine Nachspeise.

Dann schlenderte er ziellos umher, bis er zur Grzybowstraße kam. Dort kaufte er sich einen jüdischen Kalender. Bei seiner Rückkehr ins Hotel war es erst ein Uhr – noch sieben Stunden bis zu seiner Verabredung mit Theresa.

Er nahm sich noch einmal die jiddische Zeitung vor. Unter den Annoncen fiel ihm eine auf: »Zu vermieten: Zimmer mit allem Komfort. Nur an einen Herrn zu vermieten. Dzikastraße 3.« Die Telephonnummer war angegeben.

»Soll ich dort anrufen?« überlegte er sich. »Warum wollen sie nur einen Herrn als Untermieter? Wahrscheinlich müssen sie eine Tochter unter die Haube bringen.« Er wußte, daß es eine Narretei war, ging aber trotzdem in den Korridor und rief an. »Alles bloß, weil ich so einsam bin.«

Als sich eine Männerstimme meldete, fragte er: »Haben Sie ein Zimmer zu vermieten?«

»Ja, für monatlich zehn Rubel.« Die Stimme klang nicht krächzend, aber ein bißchen dünn, wie die eines älteren Menschen. Der Mann sprach nicht mit Warschauer Akzent, sondern wie ein Provinzler.

»Ist es ein hübsches Zimmer?« fragte Max.

»Hübsch? Es ist ein Salon! Es hat zwei Fenster zur Straße hinaus und einen Balkon. Für wen wollen Sie es denn mieten? Für Sie persönlich?«

»Ja.«

»Entschuldigen Sie bitte, aber was sind Sie von Beruf?«

»Ich bin Ausländer. Gerade erst aus Amerika gekommen.«

»Aus Amerika? Und Sie wollen hierbleiben?«

»Nein, bloß ein paar Wochen.«

»Wir suchen einen Dauermieter. In den letzten drei Jahren hat ein Kaufmann bei uns gewohnt. Ein Handlungsreisender. Er war viel unterwegs. Jetzt muß er leider nach Rußland. Wir hätten gern wieder einen Untermieter wie ihn. Ein feiner Mensch! Hat gewissermaßen zur Familie gehört.«

»Ich habe Verwandte in Roszkow«, sagte Max, »aber zunächst muß ich ein paar Wochen in Warschau bleiben.«

»Nichts zu machen. Wir wollen einen von hier, keinen Fremden.«

»Schade«, sagte Max. »Ich wünsche Ihnen einen guten Sommer.« Er wollte den Hörer einhängen, hörte aber plötzlich Gezänk und dann die Stimme einer Frau.

»Entschuldigen Sie, hier spricht Frau Parisower. Mein Mann versteht nichts vom Zimmervermieten. Was wünschen Sie? Haben Sie die Annonce gelesen?«

»Ja, aber Ihr Mann – das ist doch der Herr, mit dem ich gerade gesprochen habe? – hat mir gesagt, daß er einen Dauermieter haben will. Einen Einheimischen. Ich gebe hier, wie man so sagt, nur ein kurzes Gastspiel.«

»Ein Gast ist uns sehr willkommen. Es dürfte schwierig sein, wieder jemanden wie unseren letzten Untermieter zu finden, einen jungen Mann mit den besten Empfehlungen. Die Kinder waren ganz verrückt nach ihm. Aber wie man so sagt: Nichts dauert ewig. Er bekam plötzlich eine andere Stellung und mußte wegziehen. Wie lange wollen Sie denn in Warschau bleiben?«

»Ein paar Wochen.«

»Und dann gehen Sie wieder nach Amerika?«

»Nach Argentinien.«

Nach einigem Zögern sagte die Frau: »Jetzt im Sommer finden wir sowieso keinen Untermieter. Kommen Sie her. Bei uns bekommen Sie ein schönes Zimmer. Ein schöneres finden Sie nicht einmal in der Marszalkowska.«

»Gut. Ich nehme eine Droschke und komme sofort zu Ihnen.«

»Ich erwarte Sie.«

»Warum tue ich das? Was hab ich denn davon?« fragte sich Max. Er wußte die Antwort: Er wollte es vermeiden, die paar Stunden bis acht Uhr allein verbringen zu müssen. Er nahm eine Droschke und fuhr durch die Miodowa-, Dluga- und Nalewkistraße. Das Haus lag an der Ecke Dzika-/Nowolipkistraße. Offenbar wohnten hier reiche Leute. Die Stufen waren sauber, und an den Türen waren Messingschilder mit den Namen der Mieter. Max läutete an Nathan Parisowers Wohnungstür. Eine Frau, Ende Vierzig, vielleicht auch schon Ende Fünfzig, öffnete ihm. Sie war sehr hellhäutig, hatte Tränensäcke unter den glänzenden schwarzen Augen und den Ansatz eines Doppelkinns. Aus ihren regelmäßigen Gesichtszügen konnte man schließen, daß sie einmal eine Schönheit gewesen war. Sie musterte Max von Kopf bis Fuß.

»Bitte treten Sie ein.«

Sie zeigte ihm das Zimmer. Es hatte einen Parkettboden und war mit einem Bett, einem Sofa, einem Schreibtisch und einem Waschtisch ausgestattet. Alles war blitzsauber. Eine verglaste Flügeltür führte auf einen Balkon. Max ging hinaus und betrachtete die gegenüberliegenden Geschäfte: ein Delikatessen- und ein Gewürzladen, ein Friseursalon und ein kleines Restaurant. Auf der Straße wimmelte es von Fußgängern – allesamt Juden. Droschken und Fuhrwerke drängten sich auf dem Kopfsteinpflaster, und hin und wieder fuhr ein Lieferwagen vorbei. Junge Burschen schrien aus voller Kehle. Mädchen lachten. »Palästina«, dachte Max.

Er hatte große Lust, hierzubleiben. Die Straße erinnerte ihn ein bißchen an das jüdische Wohnviertel in der Calle Corrientes in Buenos Aires. Allerdings kleideten sich die Juden hier in Warschau auf ihre besondere Art und Weise. Und man hörte hier nur eine einzige Sprache: Jiddisch.

»Was spricht denn dagegen, daß ich hierbleibe?« fragte er sich. »Ich könnte tagelang auf dem Balkon sitzen und hinausschauen.« Aber allein wollte er keinesfalls hier hausen. Er mußte jemanden um sich haben. Basche? Nicht als Ehefrau. Reizl Kork? Nicht in einem Haus wie diesem. Das hier waren Juden anderen Schlages, keine Unterweltler, sondern ehrbare Leute.

Max starrte vor sich hin. Er hatte einen beträchtlichen Teil seines Lebens unter Leuten aus den unteren Gesellschaftsschichten verbracht. Immer wenn er sich nach oben boxen wollte, hatte ihn irgend etwas wieder hinuntergestoßen.

»Wie gefällt Ihnen das Zimmer?« fragte Frau Parisower.

»Sehr gut.«
»Wo wohnen Sie jetzt?«
»Im Hotel Bristol.«
»Ach ja? Ein Hotel ist aber kein Zuhause. Kommen Sie, ich zeige Ihnen unsere Wohnung.«

Sie führte ihn ins Wohnzimmer, ins Eßzimmer und in die Schlafzimmer. An jedem Türpfosten hing eine hölzerne Kapsel mit einer Mesuse. Die Wohnung war durchdrungen von einer tiefverwurzelten Jüdischkeit.

Ein junges Mädchen kam herein. Sie trug ein langes, enges Kleid, dessen Rock, wie es gerade Mode war, an der Seite einen Schlitz hatte. Sie war hochbusig, hatte große schwarze Augen und eine krumme Nase.

Anscheinend genierte sich die Mutter, eine so häßliche Tochter zu haben. »Das ist Ruschke, meine Jüngste. Sie hat gerade das Lyzeum absolviert. Sie kann Hebräisch.«

»Mame, fängst du schon wieder an?«

»Was denn? Es hat uns ein Vermögen gekostet, aber wir halten viel von Schulbildung. Geld kann man einbüßen, aber was man im Kopf hat, das behält man. Haben Sie schon von der Hawazelet-Schule gehört?«

»Ich glaube schon.«

»Wir haben noch zwei Töchter. Eine ist verheiratet. Die Hochzeit war letzten Winter. Hat uns einen Batzen Geld gekostet, aber sie hat, gottlob, einen vortrefflichen Ehemann bekommen. Er ist Buchhalter. Und die Tora hat er auch studiert. Unsere andere Tochter ist in einem Geschäft in der Miodowastraße angestellt. Die beiden sind ebenfalls zur Schule gegangen, aber für unsere Jüngste tun wir alles, was in unseren Kräften steht. So Gott will, wird sie eine passende Partie machen. Das ist unser einziger Wunsch.«

»Mame, dieser Herr ist eben erst hereingekommen, und schon erzählst du ihm unsere Familiengeschichte.«

»Nu, er wird doch hier wohnen und zur Familie gehören. Ach, was rede ich denn da? Eltern wollen halt Freude an ihren Kindern haben. Ist das unrecht?«

»Nein, gewiß nicht«, sagte Max. »Wofür sonst hat man Kinder?«

»Wie war doch gleich Ihr Name?«

»Max Barabander.«

»Haben Sie Kinder, Panie Barabander?«

Max schwieg eine Weile.

»Ich hatte eine Frau, ich hatte einen Sohn, aber Gott hat sie mir genommen.«

»Ach! Gott bewahre uns vor solchem Unglück!« Frau Parisower rang die Hände.

»Nichts ist mir geblieben. Deshalb bin ich herübergekommen. Ich hoffte, die Reise würde mir guttun.«

»Wo leben Sie?«

»In Buenos Aires.«

»So weit weg? Jaja, die Welt ist groß. Was kann der Mensch denn schon machen? Alles ist vorherbestimmt. Wem es bestimmt ist, weiterzuleben, der wird sich nicht umbringen. Sie sind noch jung. Sie werden sicher wieder heiraten und Kinder haben.«

»Das ist ein schwacher Trost.«

Das Mädchen mit den flackernden schwarzen Augen und der krummen Nase sagte: »In Argentinien ist jetzt Winter, nicht wahr?«

»Ja, wenn hier Sommer ist, ist drüben Winter.«

»Sie weiß alles. Sie ist sehr belesen. Wann wollen Sie hier einziehen?«

»Ich zahle eine Monatsmiete im voraus, werde aber nicht vor übermorgen einziehen.«

»Wie Sie wünschen. Warum im Hotel Bristol wohnen, wenn Sie hier ein Zimmer haben? Dort ist es teuer.«

»Hier sind Ihre zehn Rubel.«

Frau Parisower betrachtete den Geldschein. »*Masel un b'roche!* Haben Sie viel Gepäck?«

»Zwei Koffer.«

»Bringen Sie sie her. Wir werden für Sie sorgen wie für einen Sohn.«

Als Max Barabander um fünf vor acht zum Hotel Bristol kam, wartete Theresa bereits auf ihn. Er hatte sie schon von weitem erkannt: groß, dünn, lose herabhängendes Kleid, Hut mit Schleier. Sie sah jetzt viel älter aus als in der Wohnung in der Dlugastraße. Offenbar war sie ungeduldig: ständig drehte sie den Kopf nach rechts und links. Mit ihrem auffallend langen Hals erinnerte sie Max an einen exotischen Vogel im zoologischen Garten. Als sie ihn sah, begann sie zu zittern.

Er ging zu ihr hinüber, nahm seinen Panamahut ab und küßte ihr die Hand, die in einem langen Handschuh steckte.

»Wo können wir hingehen?« fragte sie.

»In der Nähe ist ein Kaffeehaus. Dort können wir zu Abend essen.«

»Ich bin nicht hungrig, aber ich kann ja eine Tasse Kaffee trinken. Ich weiß, daß es nicht taktvoll war, Sie anzurufen, aber ich bin in einer schwierigen Situation. Wie meine Mutter zu sagen pflegte: ›Der Ertrinkende greift nach einem Strohhalm.‹«

»Was ist passiert?«

»Darüber reden wir im Lokal. Vielleicht finden wir einen Tisch, wo uns niemand zuhören kann. Hier in Warschau kennt man mich natürlich von den Séancen.

Außerdem war mein Bild in der Zeitung. Ich glaube allerdings nicht, daß man mich erkennen wird. Ich habe, wie Sie wissen, kurze Haare, aber heute habe ich mir einen Zopf angesteckt und mein Gesicht verschleiert.«

»Ja, Sie sehen verändert aus. Älter. Sie sprechen gut jiddisch. Ich dachte, Sie sprächen nur polnisch.«

»Mein Vater war ein frommer Jude. Ein Chassid. Wir annoncieren in der jiddischen Zeitung, und ich lese täglich den ›Heint‹ und den ›Moment‹ und natürlich auch die polnischen Zeitungen.«

»Wie sind Sie ein Medium geworden?«

»Ich werde Ihnen alles erzählen. Aber erst muß ich Ihnen sagen, daß Bernard Schkolnikow nicht mein Bruder ist.«

»Das hab ich mir schon gedacht.«

»Wieso?«

»Nu, er ist klein, und Sie sind groß. Und er dürfte an die dreißig Jahre älter sein als Sie. Er ist Ihr Liebhaber.«

»Bitte nicht so laut! Die Leute hören zu. Wo ist das Kaffeehaus?«

»Gleich da drüben.«

»Gut.«

In dem Café entdeckte Max einen Tisch am Fenster, etwas entfernt von den anderen Tischen. Der einzige andere Gast war ein polnischer Landjunker, der auf der anderen Seite an einem Ecktisch saß und mit Hilfe eines Vergrößerungsglases Zeitung las.

Die Bedienung kam sofort. Sie trug ein purpurrotes Kleid und ein Schürzchen mit einer Schleife an der Seite. Sie war jung, ungefähr achtzehn, und frisch vom Land. »Wie eine taufrische Pflaume«, dachte Max. »Die wäre auch nicht zu verachten.«

Kopfschüttelnd, als wollte sie sagen: »Ihr Männer

seid alle gleich«, warf ihm Theresa einen halb mißbilligenden, halb verständnisvollen Blick zu. Sie bestellte eine Tasse Kakao, Max eine Semmel, eine Portion Hering und einen Eierkuchen. Als die Bedienung verschwunden war, sagte er zu Theresa: »Mit einer Tasse Kakao trinken Sie sich aber nicht genug Kraft an, um die Geister herbeizurufen.«

»Scherzen Sie nicht! Es *gibt* Geister.«

»Und wo sind sie?«

»Überall.«

»Haben Sie schon welche gesehen?«

»Nicht nur einmal, sondern tausendmal.«

»Wie sehen die denn aus?«

»Ach, auf eine solche Diskussion möchte ich mich nicht einlassen. Sie sehen nicht wie Tote, sondern wie Lebende aus. Sie sind nicht tot.«

»Und wer ist im Friedhof begraben?«

»Erdklumpen.«

»Bitte erzählen Sie mir mehr davon. Seit ich meinen Sohn verloren habe, denke ich Tag und Nacht an solche Dinge.«

»Darüber kann man nicht diskutieren.«

»Mein Sohn hat nie Polnisch gelernt, aber während der Séance hat er mich auf polnisch angesprochen. Er sagte, er hätte seine Großeltern getroffen. Wo denn?«

»Das weiß ich nicht. Ich höre bestimmte Worte und wiederhole sie. Manchmal höre ich nicht einmal Worte, sondern habe bloß einen bestimmten Eindruck. Geister bedienen sich nicht immer der Sprache. Sie übermitteln eine Botschaft, und man weiß, was sie mitgeteilt haben.«

»Warum teilen sie *mir* nichts mit?«

»Das weiß ich nicht. Die Gabe, Botschaften zu empfangen, muß einem angeboren sein. Ich bin einmal zur Friseuse gegangen, um mir die Haare schneiden zu lassen. Mit langen Haaren fühle ich mich nicht wohl. Ich saß auf einem Stuhl, und sie beugte sich gerade mit der Schere in der Hand zu mir herunter, als plötzlich Klopfgeräusche zu hören waren. Es klang, als hämmerte jemand auf den Stuhl, aber eigentlich kam es von innen. Ich kann es nicht beschreiben. Klopfgeräusche sind ein Zeichen dafür, daß ... wie soll ich es ausdrücken ... daß jemand meine Aufmerksamkeit erregen will. Gewöhnlich passiert so etwas nicht, wenn ich außer Haus bin. Aber in diesem Fall hat etwas auf den Stuhl geklopft. Die Friseuse sagte zu mir: ›Ich weiß nicht, wer Sie sind, aber verschwinden Sie gefälligst. Vor so etwas graust mir.‹ Ich wollte bezahlen, aber sie weigerte sich, Geld von mir anzunehmen. Sie warf mich ganz einfach hinaus.«

»Vielleicht können Sie bewirken, daß etwas bei mir klopft. Ich werfe Sie bestimmt nicht hinaus.«

»Ich kann nichts bewirken. Es geschieht ganz einfach.«

»Was hat denn der Geist gewollt? Ich meine den, der an den Frisierstuhl geklopft hat.«

»Ich weiß nicht. Dort klangen die Klopfgeräusche so, als wollte der Geist das Haus niederreißen. Als ich wieder daheim war, hörte ich nichts mehr von ihm. Die Geister sind wie die Lebenden. Sie haben ihre Launen und Marotten.«

»Wo sind sie denn? Was tun sie den ganzen Tag?«

»Das weiß ich nicht. Sie sind irgendwo und lassen es mich nicht wissen. Als ich einmal bei mir zu Hause damit beschäftigt war, eine Socke zu stopfen, sah ich plötzlich eine Armee vor mir, eine ganze Armee. Es waren Soldaten aus einer anderen, vielleicht schon Jahrtausende zurückliegenden Zeit. Sie trugen Rüstungen und waren mit Speeren bewaffnet. Manche kamen hoch zu Roß, manche in Streitwagen. Tausende von Kriegern zogen mit Pferden, Eseln und anderen Tieren eine Landstraße entlang. Es dauerte ungefähr eine Dreiviertelstunde, bis sie verschwunden waren. Wenn Sie mich fragen, ob ich Römer, Ägypter oder Griechen gesehen habe – ich weiß es nicht. Aber Juden waren es bestimmt nicht.«

»Wollen Sie damit sagen, daß Soldaten, die schon längst tot sind, droben im Himmel marschieren?«

»Nicht im Himmel. Ich habe sie hier auf Erden gesehen.«

»Wohin sind sie denn marschiert? Ins Manöver?«

»Ich weiß es nicht.«

»Sie haben das alles nur geträumt.«

»Lassen wir es dabei bewenden. Es macht mich nicht reich, wenn man mir glaubt, und nicht arm, wenn man mir nicht glaubt.«

»Entschuldigen Sie, aber damit verdienen Sie doch Ihren Lebensunterhalt.«

»Ich bin kein Krüppel, ich kann mein Brot verdienen. Und abstoßend häßlich bin ich ja auch nicht. Ich könnte heiraten und mich von meinem Mann versorgen lassen. Ich wollte aus meinen übersinnlichen Kräften nie Kapital schlagen. Ich habe Sie angerufen, aber Sie wissen immer noch nicht, warum. Ich bin nicht hergekommen, um mit meiner Begabung zu prahlen. Mein Problem ist, daß ich von hier weg muß.« Ihr Ton änderte sich plötzlich. »Bernard hat mir gesagt, daß Sie ein reicher Mann sind. Könnten Sie mir vielleicht helfen? Ich meine nicht mit Geld, sondern ob Sie mir helfen könnten, mich von hier loszureißen.«

Eine Weile schwiegen sie beide. Theresa trank einen Schluck Kakao.

»Weshalb müssen Sie weg von hier?«

»Bernard hat mich sozusagen versklavt. Das ist der Grund. Er hat diese Kräfte in mir entdeckt und mir geholfen, sie zu entwickeln, aber das habe ich ihm Gott weiß wie oft vergolten. Dazu kommt, daß er niemanden an mich heranläßt. Die Sache ist so: Es gibt hier einen Goi namens Klusky, der ebenfalls ein Medium ist. Er ist Anhänger eines gewissen Professor Achorowitsch. Ich bin in einer Zwangslage. Die meisten Leute, die zu mir kommen, um etwas über einen Raubüberfall oder einen entlaufenen Ehemann zu erfahren, bringen uns, wie man so sagt, nicht genug für den Schabbes ein. Wir haben einen einzigen reichen Klienten aus einer sehr bekannten Familie, den Fürsten Sapieha, der seine Frau verloren hat. Er hat sie leidenschaftlich geliebt, fast bis zum Wahnsinn oder noch schlimmer. Anfangs ist er zu Klusky gegangen, der ihm allerlei Grüße von ihr übermittelt hat. Aber damit wollte sich Sapieha nicht zufriedengeben. Nachdem Klusky ihn zu mir gebracht hatte, wurden mir oft Sinneseindrücke von seiner Frau vermittelt, und manchmal hatte ich sogar Visionen. Aber auch das genügte Sapieha nicht. Kurzum, es stellte sich heraus, daß der Fürst das Unmögliche verlangte: eine Materialisation. So nennen wir die Verkörperung eines Geistes und sein Erscheinen in menschlicher Gestalt. So etwas geschieht nur in ganz seltenen Fällen – man kann sie an den Fingern einer Hand abzählen. Für einen Geist ist es kein leichtes, sich zu verkörpern. Aber Adam Sapieha gab nicht nach. Offen gesagt, in diesem Gewerbe kann man nicht ganz ehrlich sein, und daran sind einzig und allein die Klienten schuld. Für sie ist eine Séance ohne Kontaktaufnahme mit den Geistern purer Schwindel. Sie wollen etwas für ihr Geld haben. Aber die menschliche Seele ist kein Mechanismus. Man kann nicht einfach den Telephonhörer abheben und jemanden auf der anderen Seite anrufen. Aber genau das verlangen die Leute für ihre drei Rubel. Man kann ihnen nicht die Wahrheit sagen, also ist man gezwungen, ihnen etwas vorzumachen. Die meisten geben sich mit Lügen zufrieden. Im Grunde wollen sie sogar, daß man ihnen etwas vorlügt.«

»Es war also gar nicht Arturo?«

»Ich weiß nicht. Manchmal weiß ich es selber nicht. Und ich weiß auch nicht, warum ich Ihnen das alles erzähle. Sie sind ein Fremder und reisen bald wieder ab. Ich persönlich habe nichts zu befürchten. Ich habe mit Professor Achorowitsch gesprochen. Er hat Experimente mit mir gemacht, mehrere Séancen mit mir abgehalten und dann öffentlich erklärt, daß ich mit außergewöhnlichen Kräften begabt sei. Und er hat auch erklärt, daß kein Medium imstande sei, Fürst Sapiehas Frau jeden Abend herbeizurufen.«

»Und was haben Sie getan? Die Stelle seiner Frau eingenommen?«

Theresa blickte auf. »Ja. Wie haben Sie das erraten?«

»Ach, früher bin ich ein Dieb gewesen. Ich weiß, wie man gutgläubige Trottel hereinlegt.«

»Ein Dieb? Wo denn?«

»Hier in Warschau.«

»Tatsächlich? Alles ist möglich. Ich bin genötigt, dem Fürsten zweimal in der Woche zu erscheinen. Es genügt ihm nicht, mit mir zu sprechen. Er umarmt mich, drückt mich an sich und versucht, intim zu werden. Es ist fast schon so etwas wie Prostitution, und Bernard treibt mich dazu. Der Fürst läßt zwar viel Geld springen, aber er ist ein Trunkenbold und ein Meschuggener. Er hat bereits gedroht, Bernard zu erschießen. Und sogar mir hat er einen Revolver an die Brust gedrückt. Können Sie sich vorstellen, daß ein sinnlos verliebter Ehemann den Geist seiner Frau mit einem Revolver bedroht? In so eine Situation kann einen der menschliche Wahnsinn bringen.«

»Er weiß, daß es nicht seine Frau ist, sondern daß Sie es sind.«

»Natürlich weiß er das, aber er will sich unbedingt etwas vormachen. Ich kann es nicht mehr ertragen. Ich muß weg von hier. Andernfalls bringe ich mich um.«

Draußen war es schon dunkel. Die elektrischen Lampen wurden eingeschaltet. Durch ein Lüftungsloch blies ein warmer Wind herein. Max war sich bewußt, daß die Tage kürzer wurden und der Monat Elul vor der Tür stand, der Monat, in dem die Juden ihre Bußgebete sprechen und selbst die Fische im Wasser erzittern.

Theresa hatte Hunger bekommen. Max bestellte eine Semmel und Hering und Eier für sie. Er sah ihr beim Essen zu und dachte: »Sie kann sich nicht von Geistern ernähren. Sie muß sich, wie jeder andere auch, den Bauch vollschlagen. Könnte sie vielleicht in meinen Plan passen?«

Jetzt, da Schmuel Smetena krank war und Reizl vorläufig alles abgeblasen hatte, war der ganze Plan in der Schwebe. Zirele hatte er verloren. Basche stand unter Reizls Fuchtel. Schmuel Smetena konnte noch wochenlang, wenn nicht sogar jahrelang dahinsiechen. Max runzelte die Stirn.

»Sie wollen also vor diesem meschuggenen Landjunker und auch vor Schkolnikow davonlaufen?«

»Vor allem und jedem.«

»Was wollen Sie denn in Argentinien machen? Heiraten?«

»Ganz gleich, was ich tun werde – eine Partnerschaft kommt für mich nicht mehr in Frage.«

»Lieben Sie Schkolnikow nicht mehr?«

»Ich bin nur sein Spielzeug. Er benützt mich bloß. Er glaubt alles zu wissen und erteilt liebend gern Ratschläge. Ich habe gehört, wie er mit Ihnen über Hypnotismus und telepathische Botschaften gesprochen hat. Er ist selber ein Halbirrer. Er läßt sich von Nervenärzten behandeln. Das ist die Wahrheit. Und mich hat er auch krank gemacht. Wenn ich mich nicht von ihm losreiße, bekomme ich bestimmt einen Nervenzusammenbruch.«

»Was kann ich für Sie tun?«

»Ich kann keinen Paß für eine Reise nach Übersee beantragen, weil Bernard, falls er dahinterkommt, mir eine fürchterliche Szene machen würde. Er treibt mich Sapieha in die Arme, ist aber gleichzeitig eifersüchtig. Für wie alt halten Sie ihn?«

»So um die Fünfzig.«

»Er ist achtundfünfzig. Ich werde eine kleine Reisetasche packen und mich über die Grenze schmuggeln müssen. Ich dachte, Sie könnten mir vielleicht helfen.«

»Über die Grenze zu kommen, ist eine Kleinigkeit. Aber was ist danach? Haben Sie genug Geld für die notwendigen Ausgaben?«

»Ich habe etwas Geld. Wieviel kostet die Schiffsreise nach Argentinien?«

»Sie dürfen doch nicht Ihren letzten Groschen für eine Schiffsfahrkarte ausgeben. Wenn Sie drüben sind, können Sie nicht gleich am nächsten Morgen mit ihrem Geisterschäft beginnen. Zuerst müssen Sie Leute kennenlernen. In Argentinien kann sich eine Dame nicht allein auf der Straße blicken lassen. Die Polizei wird Sie nicht beschützen, denn wenn Sie ohne Anstandsdame herumlaufen, gelten Sie als Straßendirne.«

Theresa blickte von ihrem Teller auf. »So geht es also dort zu. Wie ist es denn in Amerika? Ich meine in New York.«

»Eine alleinstehende Frau ist überall wie ein Schiff ohne Ruder.«

»Hm. Darum hat Bernard so viel Macht über mich. Ich darf kein eigenes Inserat aufgeben. Ich darf mir nicht einmal eine Wohnung mieten. Wie lange sollen wir Frauen denn so versklavt werden? Wie ich gehört habe, soll es im Ausland anders sein.«

»Da ist es auch nicht anders. Bei einer Demonstration in London hat eine Frau den Minister angegriffen, weil die Frauen um Gleichberechtigung kämpfen. Aber es hat nichts genützt. Wenn Sie nicht in Begleitung eines Mannes ausgehen, dann müssen Sie ein Dienstmädchen oder Ihre Mutter mitnehmen. Sonst dürfen Sie nicht einmal ein Hotel betreten. Wie ist das denn bei den Geistern? Sind dort die Frauen gleichberechtigt?«

»Ach, Sie machen sich lustig über mich!«

»Ich lache Sie nicht aus, ich frage Sie. Wenn die Geister essen und sprechen, dann sind sie doch wie die Menschen. Offen gesagt, in Argentinien ist es schlimmer als hier. Übrigens gibt es auch dort Wahrsagerinnen. Ich bin einmal zu einer gegangen, und sie hat mir meine Zukunft vorausgesagt. Sie war allerdings eine alte Vettel und eine Eingeborene. Daß Sie Spanisch lernen müssen, brauche ich wohl nicht zu betonen. Juden gehen selten zu Wahrsagerinnen, und wie viele Juden leben denn schon dort? Jedenfalls müssen Sie Spanisch sprechen können. In Ihrem Gewerbe muß man die Leute beschwatzen. Welche Sprachen können Sie außer Jiddisch und Polnisch?«

»Russisch.«

»Irgendwelche anderen Sprachen?«

»Nein.«

»Egal, in welches Land man geht, man muß die Sprache erlernen. Man muß wie ein Wasserfall reden können. Haben Sie jemals Zigeuner reden hören?«

»Vergleichen Sie mich bitte nicht mit Zigeunern. Ich bin zu Ihnen gekommen, weil ich gehofft habe, Sie könnten mir helfen. Statt dessen entmutigen Sie mich.«

»Ich sage Ihnen die Wahrheit. Oder wollen Sie, daß ich Sie belüge?«

»Ich muß ja nicht unbedingt als Medium arbeiten.«

»Ganz gleich, was Sie tun wollen – Sie müssen die Sprache erlernen. Wenn Sie in einer Fabrik arbeiten, bekommen Sie einen Hungerlohn. In Argentinien arbeiten die jüdischen Frauen nicht. In New York ist das anders. Dort arbeiten sie entweder in der Fabrik eines Landsmannes oder sonstwo, und niemand schert sich darum. Ich bin dort gewesen und kenne die Stadt. Aber auch dort ist es ziemlich mies. Sie müßten als Dienstmädchen für eine Missus arbeiten – so werden dort die Hausherrinnen genannt – und mit drei anderen Mädchen im selben Zimmer schlafen. Für eine Woche Arbeit bekämen Sie einen Hungerlohn. Sie müßten mit dem Zug zur Arbeit und nach Hause fahren. Im Winter würden Sie vor Kälte fast erfrieren und im Sommer vor Hitze fast ersticken.«

»Das heißt, daß es für mich keinen Ausweg gibt.«

»Sie müßten verheiratet oder die Geliebte von jemandem sein.«

Theresa nahm ihr Glas, als wollte sie trinken, stellte es aber gleich wieder hin. »Um die Frau oder die Geliebte von jemandem zu werden, müßte ich den Betreffenden anziehend finden. Ich kann mich nicht wie eine Marktware verkaufen.«

»Manche können es, manche nicht. Bei den Türken kauft sich der Mann eine Frau, und niemand hält das für eine Sünde. Väter verkaufen ihre Töchter. Unser Vorvater Jakob kaufte Rachel ihrem Vater Laban für den Preis von sieben Jahren Arbeit ab und beschwindelte ihn bei dem Handel.«

»Ich habe keinen Vater, der mich verkaufen könnte.«

»Kommen Sie mit nach drüben. Ich bin auf der Suche nach einer Geliebten.«

Max war baff über seine eigenen Worte. Er befürchtete, daß Theresa ihn abkanzeln oder aufstehen und gehen würde. Sie blieb jedoch mit gesenktem Kopf sitzen und starrte ihren Teller an.

Draußen, nur ein paar Schritte vom Fenster entfernt, hielt eine Straßenbahn. Einige Fahrgäste stiegen aus, einige stiegen ein. Max sah ihnen zu und dachte: »Ob bei denen alles in Ordnung ist? Oder sind sie auch so durcheinander wie Theresa und ich?« Die Straßenbahn klingelte und fuhr weiter. Wo der Stromabnehmer die Oberleitung berührte, sprühten Funken.

Theresa hob den Kopf. »Sie machen sich lustig über mich.«

»Nein. Ich habe eine Frau, die krank und halb irre ist. Ich kann nicht mehr mit ihr zusammenleben.«

»Nach allem, was Sie Bernard erzählt haben, können Sie mit niemandem zusammenleben.«

»Ich könnte es, wenn ich einen Menschen hätte, dem ich mich eng verbunden fühle. In meinem Alter ist es schwierig, sich mit einer Frau nach der anderen einzulassen. Ich brauche eine enge Beziehung, eine Freundin.« Aber das, so sagte er sich, steht völlig im Gegensatz zu meinem Plan. Ich stelle alles auf den Kopf.

Mehr noch als über seine eigenen Worte wunderte er sich darüber, daß Theresa ihm zuhörte. Und dabei wußte er doch aus jahrelanger Erfahrung, daß ihm die Leute auch dann zuhörten, wenn er den größten Unsinn verzapfte oder wenn das, was er sagte, ihm selber verrückt erschien. Jetzt hatte er Theresa doch tatsächlich vorgeschlagen, seine Geliebte zu werden, obwohl er noch gar nicht wußte, ob er sie gern hatte. Aber gleichzeitig befürchtete er, daß sie nein sagen würde. »Habe ich vielleicht ihretwegen ein Zimmer bei den Parisowers gemietet?« Er verließ sich ganz auf sein Mundwerk, von dem er beherrscht wurde und das sein Schicksal war.

»Wir beide kennen uns doch kaum«, hörte er Theresa sagen. »Zuerst müssen wir uns richtig kennenlernen.«

»Das werden wir. Was Sie mir über sich erzählt haben, ist interessant. Waren Sie jemals in Bernard Schkolnikow verliebt?«

»Ach, er ist doch so viel älter als ich. Er hat meine Begabung entdeckt. Er ist mein Lehrer und mein Vater gewesen. Ich stamme aus einem Schtetl in Westpolen. Es konnte ja gar nicht anders kommen. Ich wurde seine Geliebte.«

»Warum nicht seine Ehefrau?«

»Er hat schon eine. Sie will sich nicht von ihm scheiden lassen.«

»Die alte Geschichte.«

»Aber wie lange kann es denn noch dauern? Er ist fast sechzig, und ich bin noch nicht ganz dreiunddreißig. Daß er mich dazu zwingt, dem Fürsten Sapieha alles mögliche vorzumachen, beweist doch, daß es auch bei ihm mit der Liebe vorbei ist. Er will mich bloß noch benützen, mich verkaufen, und das Geld in die eigene Tasche stecken. Er sagt mir nie, wieviel Geld er hat, obwohl ich ihm doch geholfen habe, es zu verdienen. Mein Essen und ab und zu ein neues Kleid – das ist alles, was ich von ihm bekomme. Ich wünsche ihm nichts Schlechtes, aber wenn ihm etwas passiert, was soll dann aus mir werden? Seine Frau wird kommen und mich hinauswerfen. Einmal ist er so krank gewesen, daß mit dem Schlimmsten gerechnet werden mußte. Aber zum Glück hat er sich wieder erholt. Ich habe Tag und Nacht an seinem Bett gewacht. Dann erfuhr ich, daß seine Frau einige Leute heimlich beauftragt hatte, sich nach seinem Befinden zu erkundigen.«

»Hat er denn kein Testament gemacht?«

»Als ich dieses Thema einmal anzuschneiden wagte, hat er mich geschlagen.«

»Soso.«

»Ich will einfach weg von hier. Wenn ich ihm nicht davonlaufe, werde ich ihm wieder ausgeliefert sein. So einer ist er.«

»Mit anderen Worten: er hat Sie hypnotisiert.«

»Er kann einen Stein zum Laufen bringen.«

»Lieben Sie ihn vielleicht doch noch?«

»Auch wenn es so wäre, muß ich fort von ihm.«

»Kommen Sie zu mir. Ich habe zwar auch eine Frau, aber ich werde Ihnen ein Haus überschreiben. Alles, was Sie wollen. Ich engagiere einen Lehrer, bei dem Sie Spanisch lernen können. Das ist keine schwierige Sprache. Sie werden einen Salon eröffnen, und die Einnahmen werden Ihnen gehören, nicht mir. Ich brauche Ihr Geld nicht.«

»Und was wird Ihre Frau dazu sagen?«

»Gar nichts. Alle Argentinier, sogar die Priester, haben eine Mätresse. Solche Frauen werden respektiert. Ich habe kein Kind mehr und wünsche mir einen Sohn, der nach meinem Tod Kaddisch für mich sagt. Wem sonst sollte ich denn mein Vermögen hinterlassen? Sie sind noch jung und hätten bestimmt auch gern ein Kind.«

»Ja, ich liebe Kinder. Solange Bernard mich als seine Schwester ausgibt, darf ich kein Kind von ihm bekommen. Ich war schon zweimal schwanger und mußte es von einer Hebamme abtreiben lassen. Beim zweiten Mal hatte ich so starke Blutungen, daß ich fast gestorben wäre.«

»Das ist kein Leben für eine junge Frau.«

Beide schwiegen. Draußen hielt wieder eine Straßenbahn, die aber völlig leer war. Merkwürdig!

»Wann reisen Sie ab?« fragte Theresa.

»Ich kann schon morgen abreisen. Hier hält mich nichts. Ich habe einige Torheiten begangen. Nur eines möchte ich noch tun: das Schtetl besuchen, aus dem ich stamme. Es heißt Roszkow. Dort habe ich Verwandte, die ich gern wiedersehen möchte. Ich hatte Heimweh nach Warschau. Vielleicht war es vorherbestimmt, daß ich Ihnen begegnet bin. Packen Sie ein paar Sachen zusammen, wenn Sie wollen. Von mir aus brauchen Sie gar nichts mitzunehmen. Dann fahren wir nach Roszkow und von dort aus zur Grenze.«

»Wo liegt denn dieses Roszkow?«

»Nicht weit von der Grenze.«

»Was soll ich denn in Roszkow tun?«

»Ein paar Tage auf mich warten. Ich bin, ehrlich gesagt, nur deshalb noch nicht hingefahren, weil ich mich einsam fühle, wenn ich allein reise. Seit mein Sohn dahingegangen ist, kann ich keine Minute allein sein. Ich bin in Schwermut verfallen und möchte, daß das aufhört.«

»So sehr haben Sie ihn geliebt?«

»Ich weiß nicht, ob ich ihn so sehr geliebt habe. Aber alles ist leer geworden, schrecklich leer. Glauben Sie, daß die Toten weiterleben?«

»Entweder die Toten leben, oder die Lebenden sind tot.«

»Sie sind wirklich ein interessantes Mädchen. Ich glaube, mit Ihnen könnte ich glücklich werden.«

»Wie verrückt kann man eigentlich sein?« fragte sich Max. Er hatte zehn Rubel für ein Zimmer in der Dzikastraße bezahlt, wohnte aber immer noch im Hotel Bristol. Theresa war bereit, mit ihm in der Welt herumzureisen. Sie hatte unumwunden gesagt, daß sie ihn überallhin begleiten würde. Aber Reizl Kork hatte seinen Reisepaß. Täglich hatte er mehrmals bei ihr angerufen. Sie hatte entweder gar nicht geantwortet oder ihm erklärt: »Ich kann jetzt nicht zu dem Fälscher gehen. Ich kann einen Kranken doch nicht allein lassen.«

Max lief in seinem Hotelzimmer auf und ab. Warum bloß hatte er einer Hure aus der Krochmalnastraße seinen Paß gegeben? Sollte er vielleicht die Polizei einschalten? Oder sollte er Reizl seinen Revolver an die Brust halten? Sie hatte gedungene Schläger. Sie würden ihn zusammenschlagen, und dann würde er verhaftet werden. In Warschau mußte es irgendwo einen argentinischen Konsul geben, aber wie sollte er diesem erklären, daß er seinen Reisepaß weggegeben hatte? »Ich bin in eine Falle getappt.«

Er rief bei Basche an, doch ihre Hausherrin meldete sich am Telephon. »Basche ist beschäftigt!« fauchte sie und knallte den Hörer auf die Gabel.

»Ich verdiene Prügel«, sagte sich Max. »Alles, was mir passiert, geschieht mir recht. Der Rebbe hat mich verflucht.«

Ohne seinen Paß konnte er nicht einmal nach Roszkow fahren, denn Gendarmen würden zur Ausweiskontrolle ins Abteil kommen. Wer sich nicht ausweisen konnte, wurde festgenommen und mit einer Häftlingskolonne nach Sibirien geschickt.

Die Geburtsurkunde, die er brauchte, um sich einen neuen Paß ausstellen zu lassen, würde er in Roszkow erhalten, aber wie sollte er nach Roszkow kommen?

»Ich werde sie erschießen«, sagte er sich. »Ich werde sie erschießen und mir dann eine Kugel durch den Kopf jagen. Alles ist besser, als im Gefängnis zu vermodern.«

Er ging in den Korridor und rief noch einmal bei Reizl an. Ein Mann mit rauher Stimme meldete sich.

»Ist dort die Wohnung von Reizl Kork?«
»Ja. Was wollen Sie?«
»Ich muß mit ihr sprechen.«
»Wie ist Ihr Name?«
»Max Barabander.«
»Barabander, hm. Einen Moment!«

Fünf Minuten vergingen, aber Reizl kam nicht an den Apparat. Max hängte ein. Als er nochmals anrief, antwortete niemand. Er versuchte es ein drittes und viertes Mal – vergeblich. Ob Reizl dahintergekommen war, daß er sich mit Theresa getroffen hatte? Ließ sie ihn vielleicht bespitzeln? Oder brauchte sie seinen Reisepaß bloß für ihre schmutzigen Geschäfte?

»Eine Kugel ist zu gut für sie. Ich ziehe ihr die Haut bei lebendigem Leibe ab. Sie wird froh sein, wenn ich ihr den Rest gebe.«

So wütend war er seit Jahren nicht mehr gewesen. Seine Jugendträume von Schießereien, Schlägereien und Messerstechereien hatten aufgehört. In späteren Jahren kreisten seine Gedanken nur noch um Frauen, um seinen Gesundheitszustand, um Badeorte und Wasserkuren. Jetzt aber kochte er vor Wut. Er öffnete seinen Koffer, nahm den Revolver heraus und zählte die Kugeln.

»Nein, ich muß mir ein Messer kaufen«, sagte er sich. Bei den Marktständen oder bei einem Straßenhändler am Eisernen Tor, wo er Jiddisch sprechen konnte, wollte er sich eines besorgen.

»So ein Pech!« dachte er. Ihm fiel sein Traum vom Gefängnis ein, in dem er von den anderen Häftlingen schweigend angestarrt wurde. Dieser Traum hatte ihm immer wieder Angst eingejagt. Jedesmal war er mit einem seltsam bedrückten Gefühl daraus erwacht – und mit der Gewißheit, daß ihm kundgetan wurde, was Gott vorhatte, genau wie in dem Traum des ägyptischen Pharaos. »Wie hieß der oberste Bäcker, dessen Traum von Josef ausgelegt wurde?« fragte er sich und dachte an die Worte: »Und die Vögel werden das Fleisch von dir abfressen.« Er sah die Szene vor sich, genau so, wie er sie sich damals im Cheder vorgestellt hatte: ein halbdunkler Kerker, ein langhaariger Josef im zerrissenen Hemd, der oberste Mundschenk und der oberste Bäcker.

»Pharao wird dein Haupt erheben und dich wieder in dein Amt einsetzen...«

»Pharao wird dein Haupt abschlagen und dich an einem Baum aufhängen...«

Er konnte sich noch an die Auslegung des Toratextes erinnern: »Und ich, da ich kam aus Padanaram... Habe ich dir doch zugemutet, für mein Begräbnis zu sorgen, obzwar ich selbiges für deine Mutter Rachel nicht getan habe... Es war noch ein kleines Stück Land zu pflügen... Die Erde war löchrig wie ein Sieb...« Er versuchte, sich die darauffolgenden Worte ins Gedächtnis zu rufen, aber er hatte sie vergessen. Nur die Melodie war ihm in Erinnerung geblieben.

»Wie hieß mein Lehrer? Itschele Chentschiner. Wie lange ist das her? Nebbich – ich bin verloren, verloren. Ich kann meinem Schicksal nicht entrinnen.«

Er steckte seinen Revolver ein, ging hinunter und gab seinen Schlüssel beim Portier ab. In Gedanken verabschiedete er sich vom Hotel, vom Portier und vom ganzen Personal. »Heute nacht werde ich bestimmt als Leiche irgendwo liegen. Vergib mir, Rochelle. Vergib mir, Zirele. Vergib mir, Rebbe. Es geschieht mir recht, aber ich hoffe, daß man mich wenigstens in einem jüdischen Friedhof begräbt.«

Er ging in Richtung Theaterplatz, Senatorska, Bankowyplatz. Auf der Rathausuhr war es zehn nach zwei. Droben im Turm, so hoch, daß man sich fast den Hals verrenken mußte, war die kleine Gestalt eines Feuerwehrmannes zu sehen, der das Gebäude inspizierte. Auf einem Fuhrwerk wurden Theaterkulissen, auf die Häuser, ein Garten, ein See und Schwäne gemalt waren, zum Opernhaus gefahren.

Auf dem Bankowyplatz fuhr gerade ein Wagen, in dem Geld transportiert wurde, durchs Eiserne Tor. Max starrte die beiden bewaffneten Wachmänner an, und sie musterten ihn. »Was würde passieren, wenn ich meinen Revolver herausziehen und die beiden erschießen würde? Man würde mich festnehmen, hier wimmelt es von Polizisten. Ein blödsinniger Gedanke! Die beiden sind bestimmt Familienväter.«

Er ging durch die Przechodniastraße und gelangte zum Säulenvorbau der Wiener Resource, wo Marktfrauen ihre Waren feilboten: »Knöpfe, Nadeln, Kissenbezüge, Stoffreste!« Aber keine hatte Messer zu verkaufen.

»Wo kann man sich denn in Warschau ein Messer besorgen?« fragte er sich. Reizl sollte keinen leichten Tod haben. Er bog in den Mirowskiplatz ein und ging auf die Marktstände zu. Dort konnte man alles bekommen, sogar Seefisch. Er sah Butter, die verschiedensten Käsesorten, allerlei Apfel-, Birnen- und Pflaumensorten, Datteln, Feigen, Türkischen Honig. Und Rindfleisch, Hühner, Enten, Puter, ja sogar Fasane und Hasen – aber keine Messer.

»O Gott, was passiert mit mir? Vielleicht ist's noch nicht zu spät, einen Ausweg zu finden. Vielleicht sollte ich zur Polizei gehen und alles berichten. Man wird nicht aufgehängt, weil man einen Reisepaß verloren hat. Ich schicke Rochelle eine Depesche und bitte sie, zu mir zu kommen. Sie wird mich retten.«

Er blieb eine Weile stehen. Zwischen zwei Marktbuden standen Tische, auf denen Töpfe, Steingut und Porzellan ausgestellt waren. Auf einem dieser Tische sah er Messer liegen, ganz gewöhnliche Küchenmesser mit Holzgriffen und stumpfen Klingen. Er suchte das beste Messer aus und bezahlte. Dann fuhr er mit dem Fingernagel über die Schneide, wie ein *schojchet*, bevor er sein Schächtermesser wetzt.

Welch merkwürdiger Zufall, daß er ein paar Schritte weiter einen Messerschleifer entdeckte, einen alten Goi mit weißem Backenbart und eingefallenen Wangen, der eine blaue Mütze mit blankpoliertem Schirm aufhatte. Max hielt ihn an und gab ihm das Messer. Da er das polnische Wort für »wetzen« nicht mehr wußte, bediente er sich der Zeichensprache. Der Alte rollte sein Gerät zum Gehsteig hinüber und begann, das Messer am

Schleifstein zu wetzen. Funken sprühten, und ab und zu prüfte der Alte die Schneide.

»Begeht man auf diese Art und Weise einen Mord?« fragte sich Max. »Ich mache doch bloß Faxen.« Er gab dem Mann zwanzig Groschen und winkte ab, als der Alte ihm etwas herausgeben wollte.

Dann ging er weiter zur Cieplastraße und kam an der Kaserne des Wolhynischen Regiments vorbei. Im Kasernenhof exerzierten Soldaten. Einer von ihnen saß auf einem Pferd. Max blieb stehen und starrte hinüber. Er hatte das Gefühl, das alles schon einmal erlebt zu haben. In Wirklichkeit oder im Traum? Alles kam ihm bekannt vor: der Messerschleifer, die einäugige Marktfrau, die ihm das Messer verkauft hatte, der Feldwebel, der auf einem Pferd umherritt, während ein Unteroffizier russische Kommandos brüllte. Von weitem sahen alle Soldaten gleich aus. Sie wirkten wie hölzerne Attrappen. Ihre Bajonette funkelten im Sonnenschein. Unter den Pferdehufen wirbelte Staub auf.

»Sie lernen, wie man Menschen tötet«, dachte er. »Offenbar *muß* getötet werden. Früher oder später werden Menschen so niederträchtig, daß man ihnen den Garaus machen muß.« Wieder geriet er in Wut. »Wenn sie mir den Reisepaß nicht zurückgibt, ist sie tot! Ich lasse mich von ihr nicht zum Narren machen. Ich hab das Leben sowieso satt.«

Als er an der Ecke Krochmalnastraße angelangt war, ging er hinüber zum Hoftor von Hausnummer 23. »Es ist noch nicht zu spät für die Heimkehr«, warnte ihn eine innere Stimme.

Er stieg die Treppe zu Reizl Korks Wohnung hinauf. Auf sein Klopfen antwortete niemand. Als er gegen die Tür drückte, ging sie auf. Er ging durch den Flur und das mittlere Zimmer. Dann öffnete er eine Tür und sah sich Schmuel Smetena gegenüber, der, an drei Kissen gelehnt, im Bett saß. Er hatte einen kastanienbraunen Bademantel an. Sein Mund war verzerrt, unter den Augen hatte er blaue Tränensäcke. Er wirkte ungemein massig und aufgedunsen.

Seine Augen unter den buschigen Brauen waren eine Weile auf Max gerichtet. Dann sagte er: »Komm doch herein!«

»Ist Reizl nicht zu Hause?«

»Zum Einkaufen gegangen. Das Dienstmädchen ist auch nicht da. Wie bist du hereingekommen? War die Tür offen?«

»Sie war nicht ganz zu.«

»Nu komm schon herein. Du weißt ja, was mir passiert ist.«

»Ja. Aber das geht vorüber.«

»Ha? Ich war kräftig und gesund. Aber plötzlich hat etwas in mir zu bibbern begonnen, und mir ist schwarz vor den Augen geworden. Mitten auf der Straße bin ich umgefallen, zwischen lauter Fuhrwerken und Lieferwagen. Als ich wieder zu mir kam, lag ich im Krankenhaus.«

»So etwas kann passieren. Du siehst gar nicht so schlecht aus.«

»Hab sechzig Jahre gelebt, ohne jemals zum Doktor zu gehen. Schau dir meinen Mund an. Ganz schief.«

»Das gibt sich wieder.«

»Ich wollte nicht im Hospital bleiben, ich verabscheue Krankenhäuser. Im Bett neben mir ist jemand gestorben. Wie soll man wieder gesund werden, wenn jemand direkt neben einem den letzten Atemzug tut? Einige aus meiner Clique sind gekommen, und ich habe gesagt: ›Ich will nicht in Lodz bleiben. Ich habe immer in Warschau gelebt und will in Warschau sterben.‹ Man hat ein Klappbett gebracht und mich zum Zug transportiert. Reizl wußte von nichts. Sie hat die Tür geöffnet, mich da liegen gesehen und einen Schrei ausgestoßen, den man ein paar Häuser weiter hören konnte.«

»Wirst du von ihr gepflegt?«

»Von wem denn sonst? Ich habe sie aus dem Dreck geholt und eine Königin aus ihr gemacht. Ohne mich würde sie immer noch in der Gosse verrotten. Meine Frau ist auf dem Land, irgendwo in Michalin – der Teufel soll sie holen! Der Krug geht so lange zum Brunnen, bis er bricht. Wenn man zwei Hausstände hat, kann man nichts sparen. Ein Rubel rinnt mir nur so durch die Finger – alles schön und gut, solange man nicht krank ist. Wenn ich mit den hohen Herren nicht ins Wirtshaus gehen kann, kommen sie bestimmt nicht zu mir.«

»Vielleicht kann ich dir aushelfen.«

»Aushelfen? Womit denn?«

»Ich könnte dir Geld leihen.«

»Warum solltest du das tun? Du bleibst doch nicht hier, du gehst wieder fort. Wenn du in Warschau bleiben würdest...«

»Ich gehe nicht fort. Wenn du wieder auf der Höhe bist, kannst du mir das Geld zurückzahlen.«

»Es ist nicht zu fassen! Meine Clique läßt mich im Stich, aber da kommt ein Fremder von der anderen Seite der Welt und will mir Geld leihen! Heutzutage ist der Mensch weniger wert als eine Fliege. Er lebt, und im nächsten Moment ist's mit ihm vorbei.«

»Du wirst dich erholen und weiterleben.«

»Vielleicht. Reizl hat Geld. Sie hat ein schönes Sümmchen gespart. Aber ich mag nichts von ihr annehmen. Wie heißt es im Sprichwort? ›Ein Nehmer ist kein Geber.‹ Ein Mann gibt alles her und bekommt nicht einmal ein Dankeschön zu hören. Aber wenn man etwas von einer Frau verlangen muß, wäre es besser, man läge schon im Grab.«

»Ich leihe dir Geld. Ich halte dich für vertrauenswürdig.«

»Es ist nicht mehr so, wie es einmal war. Als ich in die Krochmalnastraße zog, wurden Mädchen wie Vieh in die ganze Welt verfrachtet. Wenn ein Mädchen verführt wurde, galt sie sofort als Dirne. Mädchen, die nicht mehr Jungfrau waren, hatten es sehr schwer. Heutzutage gibt es Mädchen, die sich verkaufen, und Mädchen, die den Zaren stürzen wollen. Nein, nichts ist mehr so wie früher ... Ihr beide seid euch nahegekommen, was?«

Nach einigem Zögern sagte Max: »Nahegekommen? Nein.«

»Warum nicht? Sie hat gesagt, du gefällst ihr.«

»Ist sie dir denn nicht treu?«

Schmuel Smetena schwieg eine Weile, sein Mund wurde noch schiefer. »Was kann man denn von so einer erwarten? Sie hält nicht, was sie verspricht. Meine Mutter war eine tugendhafte jüdische Frau. Mein Vater mußte fünf Jahre in der russischen Armee dienen, und sie ist ihm treu geblieben wie am ersten Tag. Sie hat Sachen für ihn genäht und ihm Geld in die Garnison geschickt. Heutzutage taugen die Weiber nichts mehr. An Jom Kippur gehen sie in die Schul, und am nächsten Morgen heißt's wieder: alles ist erlaubt. Vielleicht werden wir in der nächsten Welt die Wahrheit erfahren.«

»Gibt es eine nächste Welt?«

»Etwas muß es doch geben.«

Schmuel Smetena schloß die Augen, dann begann er zu schnarchen. Er war eingeschlafen. Nach einer Weile stand Max auf und sah sich in der Wohnung um. Im mittleren Zimmer entschloß er sich, in der Kredenz nachzusehen. Da lag sein Reisepaß! Er blätterte ihn durch, dann steckte er ihn in seine Brusttasche. »Ein Wunder!« rief eine Stimme in ihm. »Es war mir nicht vorherbestimmt, einen Menschen zu töten.« Jetzt war ihm klar, daß Reizls Gerede über gefälschte Pässe eine einzige Lüge gewesen war. Sie hatte ihm den Reisepaß ganz einfach als Faustpfand abgeluchst. Warum aber hatte sie ihn in der Kredenz liegen lassen? Max war überwältigt: Droben im Himmel ließ man nicht zu, daß er zugrunde ging. Er hatte, obwohl er es nicht verdiente, einen Schutzengel.

Er hastete aus dem Haus, um frische Luft zu schnappen. Am Hoftor sah er Reizl mit einem Korb kommen. Sie hatte eingekauft: ein Huhn, einen Kohlkopf, Kartoffeln, Tomaten. Als sie ihn sah, war sie wie vom Donner gerührt. »Bist du oben gewesen?«

»Ich wollte mich erkundigen wie es Schmuel geht.«

»Und wie geht's ihm? Warum hast du nicht angerufen und mir gesagt, daß du kommst?«

»Ich habe angerufen. Ein Mann hat sich gemeldet und gesagt, er holt dich ans Telephon, aber dann hat er mich umsonst warten lassen.«

»Ein Mann? Was faselst du denn da? Wir bekommen keinen Besuch. Das muß gestern gewesen sein, nicht heute. Es kann nur Menasche der Bader gewesen sein.«

»Was ist mit meinem Reisepaß?« fragte Max barsch.

»Laß mich erstmal meinen Korb abstellen, er muß einen Zentner wiegen. Deinen Paß habe ich dem Fälscher gegeben, aber der hat sehr viel zu tun und zögert die Sache ständig hinaus. Solange Schmuel in diesem Zustand ist, komme ich nicht dazu, persönlich mit dem Fälscher zu verhandeln. Weshalb brauchst du deinen Paß? Willst du abreisen?«

»Schon möglich.«

»Und ich soll hierbleiben und mich abplacken?«

»Na und? Habe ich dich verführt? Bist du vorher eine unschuldige Jungfrau gewesen?«

Reizl sah ihn halb flehend, halb herausfordernd an. »Du brauchst mich wohl nicht mehr?«

»Gib mir zuerst meinen Paß zurück, dann können wir miteinander reden.«

»Ich hab ihn nicht, er ist beim Fälscher.«

»Wo wohnt dieser Fälscher? Ich gehe selber zu ihm.«

»Mit dir wird er aber nicht reden wollen.«

»Ich soll also hier in Warschau festsitzen, so lange es dir beliebt.«

»Max, was soll das heißen?«

»Das soll heißen, daß du ein Miststück bist. Jemanden wie dich umzubringen, ist eine gute Tat. Aber ein rascher Tod ist zu gut für dich. Man sollte dich zerquetschen wie eine Wanze.«

»Max, hast du den Verstand verloren?«

»Hure, Miststück, gemeine Lügnerin!«

Er konnte sich nicht mehr beherrschen und schlug sie so heftig ins Gesicht, daß sie fast umkippte.

»Max, was tust du?«

»Da ist mein Reisepaß!« Er zog ihn aus der Brusttasche und hielt ihn ihr vor die Nase. Ihre Augen hatten jetzt einen Ausdruck, der zwischen Belustigung und Schmerz schwankte.

»Du hast also in meiner Kredenz nachgesehen?«

»Genau dort hat er gelegen. Das ganze Gerede von dem Fälscher war Schwindelei. Lügnerin, Diebin, Betrügerin, Schmarotzer! Deine letzte Stunde hat geschlagen! Ich mach dich kalt!«

»Max, begeh keine Dummheit! Wenn du noch einmal Hand an mich legst, wird es auf der Straße von Leuten wimmeln, die mich in Schutz nehmen werden.«

»Wer denn? Deine Zuhälter?«

»Dann wirst du keinen heilen Knochen mehr im Leib haben.«

»Laß dich begraben!« fauchte Max und spuckte ihr ins Gesicht.

Reizl wischte sich den Speichel mit dem Ärmel ab. »Max, du solltest dich schämen.«

»Ich mich schämen? Warum hast du meinen Paß behalten, als ich ihn zurückhaben wollte?«

»Ich wollte damit zum Fälscher gehen, aber dann hat Schmuel der Schlag getroffen. Max, mein Lieber, warum stehen wir hier am Hoftor herum? Gleich wird es hier einen Menschenauflauf geben. Komm mit hinauf und laß uns wie menschliche Wesen miteinander reden.«

»Du willst ein menschliches Wesen sein? Du bist weniger wert als ein Wurm. Es ekelt einen sogar davor, dich zu zertreten.«

»Ich bin, was ich bin. Ich habe nie behauptet, eine Rebbezin zu sein. Du bist derjenige, der zum Rebbe rennt, nicht ich. Du bist zu mir gekommen, und ich habe dir nichts vorgemacht. Wenn du honorig werden willst, ist es nicht meine Schuld. Wir sind uns einig geworden, und ich dachte, die Sache käme jetzt ins Rollen. Schmuel war schon vorher zermürbt, und jetzt ist er erledigt. Dies hier ist ein Wohnhaus, kein Spital. Schlicht und einfach. Wenn du ein paar Tage wartest, gehöre ich dir, und du kannst mit mir machen, was du willst. Ich wollte dir deinen Paß nicht wegnehmen. Wozu denn auch? Ich kann doch tausend Reisepässe bekommen. In jener Nacht hast du bei der Seele deines Sohnes geschworen, daß du mich liebst.«

»Ich habe bei niemandes Seele geschworen, du Lügnerin, du Schwindlerin!«

»Du *hast* geschworen! Ich schwindle dir das nicht vor. Vermutlich hast du inzwischen eine andere verführt und willst mit ihr durchbrennen. Maxele, ich halte dich nicht zurück. Ich kann es nicht und ich will es nicht. Du brauchst nicht hier zu stehen und mir Schimpfwörter an den Kopf zu werfen. Wenn du fort willst, geh in Frieden. Gute Reise! Wenn ich meine Schwester besuchen will, kann ich auch ohne dich nach Argentinien fahren. Ich kann die Reise bezahlen. Jeder Mann auf der Straße läuft mir nach, das kannst du mir glauben. Ich könnte mir einen Neunzehnjährigen anschaffen, so wahr ich Reizl heiße. Du und ich, wir könnten ein gutes Gespann sein, aber wenn du mich jetzt schlägst, habe ich nichts Gutes von dir zu erwarten.«

»Soll ich dich vielleicht küssen?«

»Warum nicht? Komm mit hinauf und mach mit mir, was du willst. Heute oder morgen werde ich Schmuel los sein, dann steht uns die Welt offen. Wir nehmen Basche mit – drüben wird sie unser Dienstmädchen.«

»Warum hast du dafür gesorgt, daß ich mich nicht mehr mit ihr treffen konnte?« fragte Max und wunderte sich über seine eigenen Worte.

»Weil du nicht weißt, was mit dir los ist. Du handelst immer unüberlegt. Basche ist am Schabbes mehr tot als lebendig nach Hause gekommen. Das alte Ehepaar läßt sie jetzt nicht mehr aus dem Haus. So darfst du nicht handeln, Maxele. Du brauchst mich mehr, als ich dich brauche.«

»Für mich bist du keinen Pfifferling wert.«

»Dann geh, und Gott helfe dir.«

Eine Weile standen sie sich wortlos gegenüber. Reizl sah zu ihrem Einkaufskorb hinunter. Max zögerte.

»Du bist Schmuel untreu gewesen. Dein ganzes Gerede war Lug und Trug.«

»Wie kannst du behaupten, ich sei ihm untreu gewesen? Er ist seit drei Jahren kein Mann mehr.«

»Aber du bist ein Weibsbild geblieben, was?«

»Ich glaube, das werde ich sogar im Grab bleiben.«

»Und dann kommen die toten Körper zu dir, was?«

»Aber jetzt will ich einen lebendigen.« Sie hievte ihren Korb hoch. Max sah ihr nach, bis sie im Hausflur verschwunden war, dann folgte er ihr.

»Gib mir deinen Korb.«

Reizls Augen leuchteten auf. »Du willst wohl den Kavalier spielen? Komm, ich mach dir einen Kaffee.«

Er ging hinter ihr her und dachte: »Wie ein Ochse, der zur Schlachtbank geführt wird.« Eine animalische Trägheit ergriff Besitz von ihm. »Ich bin wirklich nicht besser als sie«, sagte er sich. Er betastete seine Brusttasche. »Alles andere, ja – aber meinen Reisepaß wird sie nicht mehr anrühren.« In der Küche setzte er sich auf eine Bank. Reizl stellte den Korb auf den Boden.

»Einen Moment! Ich sehe erst nach ihm.«

Sie ging in Schmuels Zimmer und blieb lange dort. Max zog seinen Füllfederhalter aus der Tasche und begann Zahlen in ein Notizbuch zu schreiben. Seit einer Woche hatte er seine Ausgaben nicht mehr notiert.

»Wenn ich mich nach allem, was passiert ist, wieder mit ihr einlasse, bin ich völlig charakterlos«, sagte er sich. »Ein Waschlappen! Warum habe ich das Zimmer in der Dzikastraße gemietet? Ich bin doch meschugge.«

Reizl kam zurück. »Er schläft.«

»Was hast du jetzt vor?« fragte Max.

»Das weißt du doch.« Sie blinzelte ihm zu.

»Ein gemeineres Luder als sie gibt's auf der ganzen Welt nicht«, sagte er sich.

Reizl öffnete die Tür zu einem Schlafzimmer, das er noch nie gesehen hatte. Ihr Blick war aufreizend.

»Er könnte doch aufwachen«, sagte Max.

»Er kann aber nicht laufen.«

»Nein, Reizl, lieber nicht.«

»Sei kein Narr!«

»Du würdest mir das gleiche antun wie ihm.«

»Nein, Max, du bist ein Mann.«

Er umarmte sie, und sie preßte sich an ihn. Sie weckte seine sinnliche Begierde und seinen Haß. Das Telephon läutete, aber Reizl deutete durch ein Kopfschütteln an, daß sie den Anruf nicht beantworten würde.

Jemand klopfte an die Wohnungstür und klingelte.

»Was soll denn dieser Radau?« maulte Reizl. Ihr Gesicht begann zu glühen, während sie ihn küßte und biß. »Max, gehen wir zusammen fort?«

»Ja, du Miststück.«

»Nenn mich nicht so! Ich werde dir treu sein.«

Sie warf sich aufs Bett und zog ihn zu sich hinunter. Die Matratze schlug dumpf auf. Reizl zog ihm das Jakkett aus und zerrte an seiner Hose und den Hosenträgern. Seine Lesebrille fiel aus der Westentasche. Plötzlich knallte ein Schuß. Reizl schrie. Pulvergeruch stieg Max in die Nase. Reizl fiel aus dem Bett, rappelte sich hoch, wankte hinaus und schrie wie besessen: »Er hat auf mich geschossen! Er hat auf mich geschossen!«

Max sah Blut auf dem Fußboden. Er stand auf und starrte es an. »Jetzt ist es soweit! Es ist soweit!« Er hörte Reizl schreien: »Hilfe! Polizei! Rettet mich! Rettet mich!« Aus Schmuels Zimmer kam ein dumpfer Schrei, aus dem Hof war Lärm zu hören. Max versuchte gar nicht, die Flucht zu ergreifen. Er faßte in seine Hosentasche. Das Metall des Revolvers fühlte sich warm an. Er sah das versengte Durchschußloch in der Hosentasche und begriff, daß es als Beweis dafür dienen konnte, daß er nicht absichtlich auf Reizl geschossen hatte.

Er wollte den Revolver aus der Tasche ziehen, scheute sich dann aber, dieses Instrument der Zerstörung zu entfernen. Dann fiel ihm das Messer ein. Wenn man es in seiner Brusttasche entdeckte, wäre es ein Beweis dafür, daß er mit dem Vorsatz, einen Mord zu begehen, hierhergekommen war. Jetzt mußte er sich schnell etwas einfallen lassen, um sich zu retten – aber alles in ihm war stumpf und teilnahmslos. »Der Rebbe hat mich verflucht!« Sein Kopf war bleischwer, seine Füße waren wie gelähmt. Sein gehässiger innerer Feind hatte einen Sieg errungen. Max wollte etwas tun, wußte aber plötzlich nicht mehr, was. Dann fiel es ihm wieder ein. Er bückte sich, um sein Jackett aufzuheben, doch im selben Moment wurde die Tür aufgerissen, und ein Polizist, der Pförtner und ein anderer Mann stürmten herein. Der Wachtmeister zog seinen Säbel aus der Scheide und brüllte: »Hände hoch!«

Max hob die Hände.

In einem Polizeiwagen wurde er zum Gefängnis gebracht. Alles spielte sich genauso ab wie in dem Traum, der ihn so oft heimgesucht hatte. Er stieg die eisernen Stufen hinauf, die schwere Tür öffnete sich, und er betrat einen Raum mit grauen Wänden und reihenweise aufgestellten Pritschen. Durch die vergitterten, mit Maschendraht verkleideten Fenster drang nur wenig Licht. Im Halbdunkel standen Männer in grauen Jakken und grauen Hosen herum. Alle starrten ihn schweigend an. Alles war von Anfang an vorherbestimmt gewesen. Ihn überkam eine Art Frömmigkeit, vermischt mit Furcht. Er, Max Barabander, war nach Warschau gekommen, um diese schrecklichen Torheiten zu begehen – und das alles nur, damit sein Kindheitstraum wahr werden konnte.

Glossar

Aw hebr. der elfte Monat im jüdischen Kalender (Juli/August).

Bejgl jidd. ringförmiges Semmelgebäck.
Bessamim-Büchse wird für den »Gewürzsegen« verwendet. Der Wohlgeruch der Gewürze soll die Trauer über das Ende des Sabbats vertreiben.

Chale jidd. (hebr.: *chala*. Plural: *chaless*) Weißbrot für den Sabbat.
Chassid hebr. »Frommer« (Plural: *Chassidim*). Anhänger der religiösen Bewegung, die um 1740 von Israel Baalschem Tow in der Ukraine und in Polen gegründet wurde und in Osteuropa weite Verbreitung fand. Die Chassidim betonen das Gefühl im Gesetzesglauben.
Cheder hebr. »Stube«. Lehrstube der Elementarschule für Knaben vom 4. bis 13. Lebensjahr.

Dibbuk hebr. wörtlich: »Anhaftung«. Im jüdischen Volksglauben ein Totengeist, der in den Körper eines Lebenden eintritt und bei dem Besessenen ein irrationales Verhalten bewirkt. Nur einem Wundertäter kann es gelingen, den »Dämon« auszutreiben.

Elul hebr. der zwölfte Monat des jüdischen Kalenders (August/September).

Gemara hebr. »Erläuterung«. Diskussion der babylonischen und palästinischen Talmudisten über die Mischna, mit der zusammen die Gemara den Talmud – die mündlich überlieferte Lehre – bildet.

Goi hebr. wörtlich: »Volk«. (Plural: *Gojim*). Mit diesem Wort wird im allgemeinen ein Nichtjude bezeichnet.

Haman im Buch Esther der erste Minister des Xerxes. Wollte alle Juden im Perserreich vernichten.

Hamawdil hebr. »Der da scheidet...«. So beginnt ein Vers im Segensspruch *hawdole* (s. d.)

Hawdole jidd. (hebr.: *hawdala*) »Scheidung«. Der Segensspruch über einen Becher Wein am Ausgang des Sabbats und der Feiertage, durch den der Unterschied zwischen Ruhe- und Werktagen hervorgehoben wird.

Hirsch, Maurice de (1831–1896). Erwarb im Namen der »Jewish Colonization Association« ausgedehnte Gebiete in Argentinien und setzte sich für die Entwicklung landwirtschaftlicher Siedlungen ein.

Jarmulke (von poln.: *jarmulka*). Samtkäppchen, von den Juden unter der Kopfbedeckung getragen, damit sie, wenn sie diese lüften, nicht barhäuptig erscheinen.

Jeschiwa jidd. (hebr.: *jeschiwot*) »Sitz«. Höhere Lehranstalt. Hochschule für das Studium des Talmuds.

Jom Kippur hebr. »Tag der Sühnungen«. Versöhnungstag, Fasttag. Der höchste jüdische Feiertag, der den Abschluß der mit dem Neujahrsfest beginnenden zehn Bußtage bildet.

Kaddisch aramäisch, wörtlich: »heilig«, »Heiliger«. Gebet mit der Verkündung der Heiligkeit Gottes und der Erlösungshoffnung. Teil des täglichen Gebets und Gebet bei der Bestattung und an den Gedenktagen der Verstorbenen.

Kiddusch hebr. »Heiligung«. Segensspruch des Hausherrn über einen Becher Wein zur Begrüßung des Sabbats oder eines religiösen Feiertages.

Kischkes jidd. Fett gefüllte, gebratene oder gekochte Rindsdärme.

Kohen hebr. Priester. Bestimmte Vorschriften und Privilegien der Priesterklasse sind bei strenggläubigen Juden bis heute in Kraft geblieben.
Kol Nidre hebr. »Alle Gelübde«. Widerruf aller unwissentlich oder unüberlegt gemachten Gelübde. Wurde als Gebet in die Liturgie des Versöhnungstages (Jom Kippur) aufgenommen.
Koscher jidd. (von hebr.: *kascher*) »recht«, »rein«. Was nach der Ritualvorschrift erlaubt ist, insbesondere den Speisegesetzen gemäß zubereitetes Essen.

L'chaim hebr. Trinkspruch: »Auf das Leben!«, »Zum Wohl!«
Levit hebr. Tempeldiener.

Masel tow hebr. Allgemeine Glückwunschformel.
Masel un b'roche jidd.: »Glück und Segen!«
Melamed hebr. Schul- und Hauslehrer.
Menora hebr. »Leuchter«. Insbesondere der siebenarmige Leuchter im Heiligtum.
Mesuse jidd. (hebr.: *mesusa*), wörtlich: »Türpfosten«. Handgeschriebene kleine Pergamentrolle in einer Metall- oder Holzhülse, die am rechten Türpfosten angebracht wird. Schutzsymbol (mit Text aus Deut. 6, 4–9; 11, 13–21).
Mikwe jidd. (hebr.: *mikwa*. Plural: *mikwess*) »Ansammlung« (von Wasser). Rituelles Tauchbad. Seit ältester Zeit in jeder jüdischen Gemeinde.

Pentateuch griech. Die fünf Bücher Mose: Genesis, Exodus, Leviticus, Numeri, Deuteronomion.
Purim hebr. wörtlich: »Lose«. Freudenfest zur Erinnerung an die Errettung der jüdischen Diaspora im Perserreich (Buch Esther).
Purischkewitsch, Wladimir M. Schirmherr der »Schwarzen Hundert« (s. d.), skrupelloser Rechtsextremist und Antisemit.

Raschi Abkürzung für Rabbi Schlomo ben Isaak (1040–1105). Der populärste Kommentator der Bibel und des Talmuds im mittelalterl. Europa. Die Raschi-Lettern sind ein Schrifttyp, der die hebräische Quadratschrift kursiv umbiegt. Angeblich zuerst von Raschi angewandt.

Reb Ehrentitel für gebildete, fromme oder auch nur ältere Männer.

Rebbe jidd. Rabbi, Herr, Lehrer, Gelehrter. Auch Wunderrabbi der Chassidim.

Rebbezin die Frau des Rabbi.

Rosch Haschana hebr. »Anfang des Jahres«. Neujahrsfest (im Herbst). Erster der zehn Bußtage.

Schabbes jidd. Sabbat

Schadchen jidd. Heiratsvermittler.

Schammes jidd. Synagogen- oder Gemeindediener.

Schatnes hebr. Bezeichnung für rituell verbotene Mischgewebe aus Wolle und Leinen.

Scheidebrief wesentlicher Teil des Aktes der jüdisch-rechtlichen Ehescheidung.

Schickse jidd. »Magd«, »Bauernmädchen«. Allgemein nichtjüdisches Mädchen.

Schiwe jidd. (hebr.: *schiwa*) die sieben Trauertage, die man nach dem Tod eines Familienangehörigen auf einem Schemel sitzend – und ohne Schuhe – zubringt (»Schiwe sitzen«).

Sch'lach hebr. (eigentlich *sch'lach – l'cha*). »Sende von dir aus«. Benennung der Bibelabschnitts 4. Buch Mose, 13, 1.

Schmegegge jidd. Trottel.

Schmetten süddeutsch, österr.: Rahm. Poln.: *smietana*.

Schul jidd. Bethaus

Schwarze Hundert, die. Seit 1905 aktive bewaffnete Schlägertrupps, deren Ziel es war, Revolutionäre und Juden auszumerzen.

Sechsunddreißig verborgene Heilige. Nach einer alten jüdischen Legende leben in jeder Generation 36 verborgene Gerechte, die durch ihre Tugenden das Fortbestehen der Welt ermöglichen.

Tallit hebr. Gebetsmantel. Viereckiger weißer Überwurf aus Wolle, Baumwolle oder Seide mit Schaufäden an den Ekken.

Tammuz hebr. der zehnte Monat des jüdischen Kalenders (Juni/Juli).

T'fillin hebr. Gebetsriemen. Werden beim wochentäglichen Morgengebet am linken Arm, dem Herzen gegenüber, und an der Stirn angelegt. Sie tragen Kapseln mit vier auf Pergament geschriebenen Texten aus dem Pentateuch.

Tora hebr. »Lehre«, »Unterweisung«. Die fünf Bücher Mose, der *Pentateuch*.

Treife jidd. Nach den religiösen Speisegesetzen verboten (im Gegensatz zu *koscher*).

Tscholent (wahrscheinlich vom altfranzös. *chauld* = heiß). Sabbatspeisen, meist Eintopfgerichte, die schon am Freitag zubereitet und dann für 24 Stunden in den Backofen gestellt werden.

Zejde bobe jidd. Großmutter.
Zimmes jidd. Gemüse.
Zyd poln. Jude.

> »Ein schöner, sicher erzählter Roman – ein klassischer Singer.«
>
> *Allgemeine Jüdische Wochenzeitung*

Aus dem Amerikanischen von Christa Schuenke
656 Seiten. Gebunden

Ein gewöhnlicher Abend an der New Yorker Upper West Side: Freunde und Verwandte, allesamt Überlebende des Holocaust, debattieren über Gott und die Welt. Doch an diesem Abend nimmt das Schicksal von Anna Makaver und Hertz Grein eine entscheidende Wendung: Beide verlassen ihre alten Partner und wollen in Florida ein neues Leben beginnen. Doch die Schatten der Vergangenheit holen sie ein.

Isaac B. Singer im dtv

»Ohne Leidenschaft gibt es keine Literatur.«
Isaac B. Singer

Feinde, die Geschichte einer Liebe
Roman · dtv 1216

Das Landgut
Roman · dtv 1642
Kalman Jacobi, ein frommer Jude, pachtet 1863 ein Landgut in Polen und gerät mit seiner Familie in den Sog der neuen Zeit.

Das Erbe
Roman · dtv 10132
Kalman Jacobis Familie im Wirbel der politischen und sozialen Veränderungen der Jahrhundertwende.

Verloren in Amerika
Vom Schtetl in die Neue Welt
dtv 10395

Die Familie Moschkat
Roman · dtv 10650

Old Love
Geschichten von der Liebe
dtv 10851

Der Kabbalist vom East Broadway
Geschichten
dtv 11549

Der Tod des Methusalem
und andere Geschichten vom Glück und Unglück der Menschen
dtv 12312

Schoscha
Roman · dtv 12422
Eine Liebesgeschichte aus dem Warschau der dreißiger Jahre.

Meschugge
Roman · dtv 12522
Zwei Freunde und ihrer beider Geliebte in New York – Zufluchtsort vieler europäischer Juden.

Das Visum
Roman · dtv 12738

Der König der Felder
Roman · dtv 12814
Mythenartig und humorvoll erzählt Singer von der Entstehung des polnischen Volkes.

Eine Kindheit in Warschau
dtv 12815

Ein Tag des Glücks
und andere Geschichten von der Liebe
dtv 12820

John Steinbeck im dtv

»John Steinbeck ist der glänzendste Vertreter der leuchtenden Epoche amerikanischer Literatur zwischen zwei Weltkriegen.«
Ilja Ehrenburg

Früchte des Zorns
Roman · dtv 10474
Verarmte Landarbeiter finden in Oklahoma kein Auskommen mehr. Da hören sie vom gelobten Land Kalifornien ...
Mit diesem Buch hat Steinbeck seinen Ruhm begründet.

Die Straße der Ölsardinen
Roman · dtv 10625
Gelegenheitsarbeiter, Taugenichtse, Dirnen und Sonderlinge bevölkern die Cannery Row im kalifornischen Fischerstädtchen Monterey.

Die Perle
Roman
dtv 10690

Tortilla Flat
Roman
dtv 10764

Wonniger Donnerstag
Roman
dtv 10776

Eine Handvoll Gold
Roman · dtv 10786

Von Mäusen und Menschen
Roman
dtv 10797

Jenseits von Eden
Roman · dtv 10810
Eine große amerikanische Familiensaga – verfilmt mit James Dean.

Meine Reise mit Charley
Auf der Suche nach Amerika
dtv 10879

König Artus und die Heldentaten der Ritter seiner Tafelrunde
dtv 11490

Stürmische Ernte
Roman
dtv 12669

Der rote Pony und andere Erzählungen
dtv 12850

Marcel Reich-Ranicki im dtv

»Man hat mir früher vorgeworfen, ich sei ein Schulmeister.
Man wirft mir heute vor, ich sei ein Entertainer. Beides
zusammen ist genau das, was ich sein will.«
Marcel Reich-Ranicki

Deutsche Literatur in West und Ost
dtv 3-423-10414-7

Nachprüfung
Aufsätze über deutsche Schriftsteller von gestern
dtv 3-423-11211-5

Literatur der kleinen Schritte
Deutsche Schriftsteller in den sechziger Jahren
dtv 3-423-11464-9

Lauter Verrisse
dtv 3-423-11578-5
Mit jeder seiner Rezensionen – und seien sie noch so scharf – beweist Marcel Reich-Ranicki seine Liebe zur Literatur.

Lauter Lobreden
dtv 3-423-11618-8
Anhand von zwanzig deutschen Autoren zeigt Reich-Ranicki hier, wie gut er (auch) zu loben versteht.

Über Ruhestörer
Juden in der deutschen Literatur
dtv 3-423-11677-3

Ohne Rabatt
Über Literatur aus der DDR
dtv 3-423-11744-3

Mehr als ein Dichter
Über Heinrich Böll
dtv 3-423-11907-1

Die Anwälte der Literatur
dtv 3-423-12185-8
»Von allen meinen literaturkritischen Büchern ist mir dieses das liebste.«
Marcel Reich-Ranicki

Meine Schulzeit im Dritten Reich
Erinnerungen deutscher Schriftsteller
dtv 3-423-12365-6

Über Hilde Spiel
Reden und Aufsätze
dtv 3-423-12530-6
Eine ehrfürchtige Verneigung vor der »Grande Dame der deutschsprachigen Literatur«.

Der Fall Heine
dtv 3-423-12774-0
Eine leidenschaftliche Annäherung an den Fall Heine – ein »Bekenntnis« in fünf Essays.

Marcel Reich-Ranicki im dtv

Mein Leben
dtv 3-423-**12830**-5
»Dieses Buch gehört zu den großen Geschichtserzählungen unseres Jahrhunderts.«
Peter von Becker im ›Tagesspiegel‹
»Nur herzlose Leser werden sich diesem Drama in Prosa entziehen können.«
Mathias Schreiber und Rainer Traub im ›Spiegel‹
»Reich-Ranicki hat eine der schönsten Liebesgeschichten dieses Jahrhunderts geschrieben.«
Frank Schirrmacher in der ›Frankfurter Allgemeinen Zeitung‹

Entgegnung
Zur deutschen Literatur der siebziger Jahre
dtv 3-423-**13029**-6

Über Marcel Reich-Ranicki

Jens Jessen (Hrsg.)
Über Marcel Reich-Ranicki
Aufsätze und Kommentare
dtv 3-423-**10415**-5

Peter Wapnewski (Hrsg.)
Betrifft Literatur
Über Marcel Reich-Ranicki
dtv 3-423-**12016**-9

Volker Hage,
Mathias Schreiber
Marcel Reich-Ranicki
Ein biographisches Porträt
dtv 3-423-**12426**-1

Hubert Spiegel (Hrsg.)
Was für ein Leben
Marcel Reich-Ranickis Erinnerungen
Kritiken, Stimmen, Dokumente
dtv 3-423-**30807**-9

Frank Schirrmacher
Marcel Reich-Ranicki
Sein Leben in Bildern
dtv 3-423-**30828**-1

Michael Ondaatje im dtv

»Das kann Ondaatje wie nur wenige andere:
den Dingen ihre Melodie entlocken.«
Michael Althen in der ›Süddeutschen Zeitung‹

In der Haut eines Löwen
Roman
dtv 11742
Kanada in den zwanziger und dreißiger Jahren. Ein Land im Aufbruch, wo mutige Männer und Frauen gefragt sind, die zupacken können und ihre Seele in die Haut eines Löwen gehüllt haben. »Ebenso spannend wie kompliziert, wunderbar leicht und höchst erotisch.«
(Wolfgang Höbel in der ›Süddeutschen Zeitung‹)

Der englische Patient
Roman · dtv 12131
1945, in den letzten Tagen des Krieges. Vier Menschen finden in einer toskanischen Villa Zuflucht. Im Zentrum steht der geheimnisvolle »englische Patient«, ein Flieger, der in Nordafrika abgeschossen wurde… »Ein exotischer, unerhört inspirierter Roman der Leidenschaft. Ich kenne kein Buch von ähnlicher Eleganz.«
(Richard Ford)

Buddy Boldens Blues
Roman
dtv 12333
Er war der beste, lauteste und meistgeliebte Jazzmusiker seiner Zeit: der Kornettist Buddy Bolden, der Mann, von dem es heißt, er habe den Jazz erfunden.

Es liegt in der Familie
dtv 12425
Die Roaring Twenties auf Ceylon. Erinnerungen an das exzentrische Leben, dem sich die Mitglieder der Großfamilie Ondaatje hingaben, eine trinkfreudige, lebenslustige Gesellschaft…

Die gesammelten Werke von Billy the Kid
dtv 12662
Die größte Legende des Wilden Westens – Liebhaber und Killer, ein halbes Kind noch und stets dem Tode nah: in ihm vereinigten sich die Romantik und die Gewalttätigkeit dieser Zeit.

Aleksandar Tišma im dtv

»Tišma sieht, zeigt und erzählt wie einer, der alles über den Menschen zu wissen scheint.«
Ursula März in der ›Frankfurter Rundschau‹

Der Gebrauch des Menschen
Roman · dtv 11958
Bis zum Zweiten Weltkrieg kommen die Menschen in Novi Sad relativ friedlich miteinander aus – Serben, Ungarn, die deutschsprachigen »Schwaben« und Juden. Durch Krieg, Terror und Unmenschlichkeit wird die Stadt aus ihren Träumen gerissen.

Die Schule der Gottlosigkeit
Erzählungen · dtv 12138
In Extremsituationen zeigt sich die Natur des Menschen unverhüllt: In den vier vorliegenden Geschichten aus dem Krieg geht es um Menschen am Rande des Abgrunds.

Das Buch Blam
Roman · dtv 12340
Novi Sad nach dem Zweiten Weltkrieg. Blam durchwandert die bekannten Wege und Straßen seiner Heimatstadt als aufmerksamer, melancholischer Betrachter.

Die wir lieben
dtv 12623
Ein Buch über die Prostituierten in Tišmas Heimatstadt und das Geschäft mit der Liebe.

Kapo
Roman · dtv 12706
»Aleksandar Tišmas Roman ›Kapo‹ ist ein ebenso großartiges wie irritierendes Psychogramm eines älteren Juden, der als junger Todeskandidat ins KZ gekommen war und als Handlanger der Mörder überlebte ... ein meisterhaftes Stück Literatur.« (Thomas Grob im ›Tages-Anzeiger‹)

Treue und Verrat
Roman · dtv 12862
Sergije Rudić ist ein Ruheloser. Während des Krieges war er im Widerstand, saß im Gefängnis, seine Geliebte wurde erschossen. Die Erfahrung, daß Treue und Verrat eng zusammengehören, bestimmt sein Leben auch nach dem Krieg.